1

»Ich kann am Verhalten der Menschen nichts ändern, aber ich kann beschreiben, woher es kommt.« Alle diese Geschichten spielen nach dem Zweiten Weltkrieg, doch die Gewalt zwischen den Menschen bleibt bestehen. Der Gebrauch des Menschen dauert unverändert an, und Tišma ist ein Meister darin, seine Mechanismen offenzulegen.
»Aleksandar Tišmas Erzählungen sind offene Fallen. Tišma schreibt mit minimalstem erzählerischem Aufwand, mit fast unerträglicher Zurückhaltung, mit der Geduld eines Uhrmachers. Er läßt seinen Figuren jede Zeit, um ans Ende zu gelangen. In dieser Aufmerksamkeit steht er ihnen nahe, liebevoll fast. Seine Sätze sind nicht kalt, nur ruhig: selbst da, wo sie das Entsetzliche beschreiben.« (Samuel Moser in der ›Süddeutschen Zeitung‹)
»Was Gabriel García Márquez für Kolumbien und José Saramago für Portugal, hat Tišma für seine nord-serbische Heimat geleistet: eine Provinz des Menschen dem Verdämmern zu entreißen und der Karte der Weltliteratur einzuschreiben.« (Andreas Breitenstein in der ›Neuen Zürcher Zeitung‹)

*Aleksandar Tišma* wurde 1924 im ehemaligen Jugoslawien geboren und wuchs in Novi Sad auf. 1944 trat er in die jugoslawische Befreiungsarmee ein. Nach dem Krieg arbeitete er als Journalist und Verlagslektor, er lebte in Novi Sad und Frankreich. Seine Gedichte, Erzählungen, Romane und Theaterstücke wurden in viele Sprachen übersetzt und mit zahlreichen Literaturpreisen ausgezeichnet. 1996 erhielt Tišma den Leipziger Buchpreis zur Europäischen Verständigung. 2002 wurde er zum neuen Mitglied der Berliner Akademie der Künste gewählt. Er starb 2003 in Novi Sad.

# Aleksandar Tišma

# Ohne einen Schrei

Erzählungen

Aus dem Serbischen
von Barbara Antkowiak

Deutscher Taschenbuch Verlag

Von Aleksandar Tišma
sind im Deutschen Taschenbuch Verlag erschienen:
Der Gebrauch des Menschen (11958)
Die Schule der Gottlosigkeit (12138)
Das Buch Blam (12340)
Die wir lieben (12623)
Kapo (12706)
Treue und Verrat (12862)

Ungekürzte Ausgabe
Februar 2006
Deutscher Taschenbuch Verlag GmbH & Co. KG,
München
www.dtv.de
Lizenzausgabe mit Genehmigung
des Carl Hanser Verlags

Titel der serbischen Originalausgabe:
›Bez krika‹ (Nolit, Belgrad 1980)

Umschlagkonzept: Balk & Brumshagen
Umschlaggestaltung: Stephanie Weischer unter Verwendung
einer Fotografie von © gettyimages/Special Photographers
Satz: Satz für Satz. Barbara Reischmann, Leutkirch
Druck und Bindung: Druckerei C. H. Beck, Nördlingen
Gedruckt auf säurefreiem, chlorfrei gebleichtem Papier
Printed in Germany
ISBN-13: 978-3-423-13423-1
ISBN-10: 3-423-13423-2

# Mitschuld

Er wußte, daß es um seinen Kopf ging, und er wußte auch, wie er sich retten konnte. Er brauchte nur zu gestehen – nicht Gott weiß was, denn er hatte nichts wirklich begangen, sondern nur ein paar der Kleinigkeiten, nach denen sie ihn auf Umwegen befragten, weil sie die Beute witterten. Sagen: Ja, ich habe mit diesem und jenem Menschen gesprochen; über die Zustände; es ist richtig, daß ich auf einige Ihrer Bestimmungen und Aktionen geschimpft habe; und sich demütig-reuig entschuldigen, eine Ausrede stammeln, seine Schwatzhaftigkeit zum Beispiel oder seine Unterordnung unter die kritische Meinung anderer, womit er sich zwar weder gerechtfertigt noch die Vernehmer überzeugt hätte, daß er aufrichtig bereute und von nun an seine Ansichten ändern werde, aber er hätte ihnen, die bei der wachsenden Unzufriedenheit (es herrschte Krieg) überbeschäftigt waren, sicher klargemacht, daß er nur in Worten ein Rebell war, ansonsten aber seine Ruhe haben wollte, also ungefährlich war – was tatsächlich auch zutraf.

Mit dieser Absicht ging er auch immer zu ihnen, wenn sie ihn wie einen Hund mit einem einzigen Pfiff direkt von der Arbeit telefonisch in ihr klobiges Gebäude befahlen, von dessen vielen Fluren und Türen man nicht wissen konnte, wohin sie führten und wann es keine Wiederkehr mehr geben würde. Aber wenn sie ihn dann im Vestibül warten ließen, eine halbe Stunde, eine Stunde oder länger in fieberhaftem Nachdenken darüber, ob ihm diese Wartezeit zufällig, aus Nachlässigkeit auferlegt wurde oder in der Absicht, seine Nerven weichzuklopfen; wenn er so in langen Minuten und Stunden den stummen gefliesten

Raum gemustert hatte, vergiftet vom Tabak und den ewigen Bildern ihres Mutwillens und seiner Demütigung, den immer gleichen Fragen, die ihm wieder bevorstanden – wobei er noch glaubte, daß ihn diese Selbstquälerei ein vernünftigeres Verhalten lehren würde –, war er am Ende so schwach und überdrüssig des Wartens, der Ungewißheit, der Erniedrigung – und seiner selbst in seiner Erbärmlichkeit, Nervosität, Furchtsamkeit, daß es ihn im Augenblick, da er vor die Peiniger trat, jedesmal krampfhaft Anstrengung kostete, um durchzuhalten.

Durchhalten konnte er nur mit Hilfe einer schnellen Stärkungsspritze, während sie ihn durch die Flure führten, nur mit wütender, dem Stakkato der Schritte folgender Geißelung seines Stolzes und Selbstgefühls, damit sie sich bäumten an der Wand der Verachtung gegenüber den Menschen, die imstande waren und es wagten, ihn zu martern, bequem an ihre furchteinflößende Macht gelehnt, während er, allein vor ihnen, jeder Stütze entbehrte.

So daß er das Vernehmungszimmer aufrecht betrat, mit Augen, die eben noch scheu den inneren Szenen der Erniedrigung gefolgt waren, sich jetzt aber in gefaßter Erwartung vereist zeigten; er setzte sich gemessen auf den angewiesenen Stuhl gegenüber dem Tisch, wobei er die Bügelfalten über die Knie zupfte, damit sie nicht knitterten; er zündete sich langsam, bedächtig eine Zigarette an, als wäre es die erste nach einer wohlschmeckenden Mahlzeit, und reckte sich bereitwillig vor den schon bekannten Fragen auf: Was hatte er dann und dann getan? Das und das. Wo hatte er die und die Zeit verbracht? An jenem Ort. Was hatte er dort gemacht? Das. Wirklich das? Ja. Konnte er sich etwas besser erinnern? Es gab nichts zu erinnern, er wußte es sicher. Alles stimmte. Kannte er den und den? ging es weiter in einem neuen, abgehackteren, nervöseren Rhythmus mit dem Namen eines der Männer, die lautstark ihre Verdrossenheit kundtaten. Ja, er kannte ihn. Trafen sie sich oft? Nein, selten. Worüber sprachen sie? Nur so, nichts Besonderes. Trotzdem? Nichts Besonderes. Trotzdem? Trotzdem? Trotzdem? Nein, nichts, antwortete er immer störrischer und: Nein, nein, nein, nein und nein! – Er wußte schon, daß er trotz seiner vernünftigeren Einsicht nichts sagen würde, und das nicht nur aus Solidarität mit dem Komplizen, dem man nicht einmal aufgrund der Wahrheit eine richtige Strafe verpassen konnte, auch nicht aus Schamgefühl, weil sich in der Stadt, unter den Menschen, an deren Meinung ihm lag, sein Geständnis herumgesprochen hätte: seine Scham war schon längst versengt von jener viel gewaltigeren Scham; sondern weil ihn nur noch dieses NEIN – wie er voller Bangen spürte – vor dem totalen Ausgeliefertsein schützte, als seine einzige Überlegenheit über ihre Allmacht.

Aber auch als immer größeres Hindernis für seine Befreiung von der Tortur, dieses NEIN. Es wuchs, so fühlte er, es wuchs weit über den Rahmen seiner Schuld hinaus – jener realen, bedeutungslosen, an Hand deren sie ihn wohl ausgeschnüffelt hatten, einer verletzenden Bemerkung oder einem scharf formulierten Urteil, und natürlich auch jener anderen, in den Köpfen der Vernehmer entstandenen Schuld, eines sinnlosen Verdachts, daß hinter leichtfertig gesagten Worten der Wille zur Aktion stehe –, es wuchs bereits unkontrolliert zu einer großen Drohung heran, die allmählich gleichermaßen Druck auf den Gequälten wie auf die Peiniger ausübte und nach einem Ausweg, einer Lösung, einer Entscheidung drängte, die jetzt nur noch Gewalt sein konnte, irgendwann. Er ging mit immer weniger Hoffnung auf Rückkehr zu den Vernehmungen, kam mit immer weniger Aussicht auf eine Gnadenfrist von dort wieder; und als ein weiteres Mal das Telefon klingelte und die bekannte Stimme ihn wie üblich zum Gespräch bestellte, erahnte er in diesen scheinbar etwas umständlicheren, freundlicheren Worten eine schon getroffene Entscheidung und sagte sein letztes NEIN. Nein, sagte er mit jener Ruhe, die dieses Wort von selbst in ihm erweckte, und auf den erstaunten Ruf des Vernehmers wiederholte er: Nein, er werde nicht kommen, er habe zuviel Arbeit, und er legte sofort den Hörer auf.

Er setzte sich an den Schreibtisch, noch immer eingehüllt von der Ruhe seiner dreisten Ablehnung, so saß er, bis ihr Widerhall seinem Gehör entwich und ihn allein ließ. Da begriff er, daß sich nach seiner Gehorsamsverweigerung wie auf Knopfdruck Verfolgergruppen bilden würden, die Flure und das Vestibül verlassen würden, um sich aus allen Richtungen der Stadt auf ihn zu stürzen, und daß ihm sehr wenig Zeit blieb. Er stand auf, nahm seinen Hut und ging hinaus.

Zwischen ihm und den Verfolgern erstreckte sich noch eine Zone unberührter, friedlicher und harmlos geräuschvoller Straßen; doch diese Zone wurde ständig schmaler, und das veranlaßte ihn, obwohl er weder Ziele noch Erwartungen hatte, sogleich einige von denen aufzusuchen, die er hatte verraten sollen, aber nicht verraten hatte. Er traf sie, einen nach dem anderen, bei ihren täglichen Verrichtungen an, wie bisher gesträubt in heftiger Unzufriedenheit; und als er ihnen auf Umwegen und mit gedämpfter Ungeduld ob der Kürze der ihm verbleibenden Zeit zu verstehen gab, durch welche Prüfungen er in den letzten Wochen gegangen war, senkten sie noch immer nicht die Stimme oder bekamen Angst wie er. Sie kannten – begriff er – das reale Maß ihrer Schuld gegenüber dem Gesetz, vielleicht waren sie selbst schon verhört worden, und wenn ja, waren sie bestimmt vor keinem Geständnis zurückgeschreckt, das für sie keine Erniedrigung, sondern die einzige Form des Kampfes war. Sie waren kühner als er, und er mit seinem NEIN schwebte tief unter ihnen, auch von ihnen verlassen.

Jedoch tat es ihm nicht leid, daß er indirekt ihretwegen, die auch weiterhin geräuschvoll leben würden, die Rolle des Märtyrers auf sich nehmen mußte, die ihm nicht zukam, denn als er auf die Straße trat, schon frei von jeder Verpflichtung, und unter weißen Wolkensegeln die sonnigen endlosen Durchgänge passierte, begriff er, daß es nur so hatte sein können, nachdem jenes so vergeblich einsame NEIN sein Wesen geworden war, wie eine nach langem Irren gefundene Berufung. Als er die bekannten gespannten Gesichter aus einer Seitenstraße auftauchen sah, lief er los, als sei das die vernünftigste Sache auf der Welt, und als es um ihn, den schon Atemlosen, krachte und Wölkchen vor ihm standen, die er unter schweren Lidern kaum mit dem Blick erfassen konnte, und als sie ihn, schon erstarrt, rüttelten und anschrien, um seinem letzten Atemzug zu entreißen, wo er sich während seiner letzten, seiner einzigen Freiheit aufgehalten hatte, wußte er, daß er jetzt bis zum Ende seinen Ausdruck leichtfertiger Ablehnung beibehalten würde, der ihn so viele Prüfungen gekostet hatte und ihm jetzt so leicht fiel.

# Sein ganzes Ich

Mein Onkel war eine Art eingebildetes Genie, jedoch nicht verrückt. Ich behaupte dies den Erklärungen zum Trotz, die unsere Familie aus konventioneller Verzagtheit vor etwas, was die Rahmen üblicher Auffassungen sprengt, verbreitet. Durch seine Handlungsweise erfüllte der Onkel den Auftrag einer monströs entwickelten Eitelkeit und – so glaube ich – einer ebenso maßlosen Barmherzigkeit.

Als er meiner Tante bei einem Mädchenfest während der Ferien vorgestellt wurde, war sie schon mit dem sehr ehrgeizigen jungen Direktor einer Zuckerfabrik unweit unserer Stadt verlobt, demselben, der später Abgeordneter werden sollte und den die Deutschen im zweiten Weltkrieg an einem Balken vor dem Verwaltungstrakt des Betriebes aufhängten, den er zwei Jahrzehnte lang erfolgreich geleitet hatte. Der Onkel glich in nichts diesem geschickten Wirtschaftsmann mit den kleinen, flinken Augen und raschen Bewegungen. Er war ein Recke, nicht zu hochgewachsen, aber breitschultrig und großköpfig, mit üppigem, gelocktem schwarzem Haar, das ihm ein wildes Aussehen verliehen hätte, wäre da nicht der ruhige, gefaßte Blick seiner runden braunen Augen gewesen, der sein Gesicht mit der hohen Stirn, den vollen Wangen und der kurzen geraden Nase beherrschte. Er war sehr schweigsam, aber bei diesem Äußeren brauchte er nicht viel zu reden. Er sagte der Tante, er gedenke sein Theologiestudium aufzugeben, um sich »seinen persönlichen Dingen« zu widmen, zitierte zwei, drei Verse aus der damals modernen französischen Poesie und vervollständigte damit den Eindruck, für den die freigebige Natur bei ihm gesorgt hatte. Als sie sich ein paarmal getroffen hatten, erklärte die Tante zu Hause, sie werde ihre Verlobung lösen.

Damit konnte sich die Familie nicht so leicht abfinden. Mein Großvater war Großhändler und konnte sich keinen zwanzigjährigen Theologen als Schwiegersohn vorstellen, wobei er noch nicht wußte, daß der Betreffende die Soutane ablegen würde, bevor er sie überhaupt getragen hatte. Auf das Mädchen wurde der damals in bürgerlichen Kreisen übliche Druck in all seinen Schattierungen ausgeübt: Reisen ins Bad, Verbot weiterer Begegnungen, Überredungsversuche, Predigten, Ohrfeigen, Ausgehverbote. Volle viereinhalb Monate – den ganzen Sommer und Frühherbst – dauerte der Zwang an, und dann nahm die Tante zwanzig Schlafpulver. Man fand sie bewußtlos in ihrem weißen Zimmer im Obergeschoß von Großvaters Haus und konnte sie erst nach tagelangen Magenspülungen, Injektionen, Schockbehandlungen ins Leben zurückholen. Als Folge der Vergiftung blieb ihr Herz während ihres ganzen kurzen Lebens geschädigt und leicht ermüdbar.

Die Familie war natürlich sehr verängstigt und nach dem erschöpfenden Ringen um das Leben der Sünderin auch voller Widerwillen gegen sie. Jetzt schon ohne Einwände, gab sie sie dem Verführer, warf sie sozusagen weg wie einen Gegenstand, der sich beim ersten Gebrauch als instabil und damit wertlos erwiesen hat. Der Onkel verließ Priesterseminar und Hauptstadt und mietete an der Peripherie unserer Stadt ein Zimmer für sich und die Tante. Von da an finanzierte er seinen kleinen Hausstand mit Fremdsprachenunterricht und widmete alle Freizeit »seinen persönlichen Dingen«.

Über diese Dinge heute etwas Bestimmtes zu sagen ist unmöglich, weil der Onkel nie etwas veröffentlichte und das, was im Manuskript vorlag, am Ende verbrannte. Einziger Anhaltspunkt bleibt deshalb das, was uns gelegentlich die Tante mitteilte, die von einigen gefühlvolleren Familienmitgliedern, darunter auch meine Mutter, nach einer gewissen Straffrist wieder eingeladen wurde. Aber die Tante lieferte keine konkreten Angaben – von ihr konnte man nur Lobeshymnen hören, so unerschütterlich war sie von den Texten des Onkels und deren künftiger Anerkennung überzeugt. Zeigte sie damit, das heißt mit ihrem Glauben an etwas, was sich nie verwirklichen würde, ein gewisses Maß an Verblendung, ja Beschränktheit? Natürlich war sie keine Literaturkennerin, aber sie hatte einen hellen und fähigen Kopf – das gaben alle in der Familie zu –, und verblendet war sie nur insofern, als sie ihren Glauben an die menschlichen Werte des Onkels und an sein Format ohne Einschränkung auch auf seine Werke übertrug. Nach meiner Meinung mit vollem Recht: Denn was verleiht einem Werk seinen Wert, wenn nicht die Persönlichkeit des Schöpfers? Natürlich gibt es Fälle, wo der persönliche Charakter trotz starken Willens nicht genügt; aber Ausnahmen bestätigen die Regel.

Die Familie nahm die Ergüsse der Tante allerdings skeptisch auf, schon um ihre ursprüngliche Haltung zu rechtfertigen. Infolgedessen war ich als ständig anwesender Hausgenosse sozusagen gezwungen, aus unterschiedlichem Blickwinkel zu beobachten, wie sich das Opus des Onkels entwickelte beziehungsweise nicht entwickelte. Auf Mamas gewöhnlich mehrmals wiederholte Einladungen kam die Tante zu uns, zart und schön, mädchenhaft jung trotz der Blässe aufgrund ihrer Herzbeschwerden, setzte sich an den Rand eines Sessels, dessen Lehne sie zärtlich zerstreut streichelte, nippte am Milchkaffee, plapperte stockend – ein lebhafteres Gespräch ließ ihre Atemnot nicht zu –, und dann rief sie ohne Anlaß, wie im Bann eines Gedankens, der sie innerlich bewegte: »Ratko arbeitet jetzt an einem Drama.« Und sie fuhr fort, wobei sie ihre immer etwas feuchten, gerührten blauen Augen schloß: »Ich bin sicher, daß es wunderbar wird!«

Monate oder Jahre später fragte mein Vater plötzlich und nicht ohne Anzüglichkeit meine Mutter: »Was ist denn aus Ratkos wunderbarem Drama geworden?« Eine Antwort erwartete er selbstverständlich nicht, die Tante erwähnte das Drama inzwischen längst nicht mehr, kündigte aber statt dessen eine lange Erzählung oder ein Poem an.

Soweit die Tante. Und der Onkel? Wie ertrug er es selbst, daß sich seine Pläne nicht erfüllten, beziehungsweise wenn er das ohne Murren ertrug – und das fast fünfzehn Jahre lang –, war er wirklich nicht verrückt? Ich glaube, seine schweigende Beharrlichkeit beweist das Gegenteil. Besessen sind diejenigen, die ihre Produkte – Patente oder Gedichte oder Prophezeiungen – rücksichtslos und ungeduldig und oft sehr geschickt der Gemeinschaft der Normalen aufnötigen und ihre Mißerfolge der Unreife dieser Gemeinschaft zuschreiben und das Heilmittel nicht bei sich, sondern bei Mäzenen suchen. Der Onkel hingegen drängte seine Texte niemandem auf, ja, er zeigte sie niemandem – nur ein einziges Mal am Ende, und nicht um seiner selbst willen –, er verwarf vielmehr einen nach dem anderen und bewies damit ein hohes Maß an Kritikfähigkeit. Warum hatte er dann nicht früher aufgegeben? Eine Teilantwort ist wiederum in den Erklärungen der Tante zu finden, und ich meine: noch mehr in ihrem grenzenlosen Glauben als Opfer und als Leidende, der ihn verpflichtete. »Für Ratko ist es unwichtig, wann er Erfolg haben wird. Ebensowenig, ob er jemals Erfolg haben wird. Für ihn ist nur wesentlich, die Form aufzuspüren, in der er sich ausdrücken kann.«

Sich ausdrücken. Aber wen? Den Apostaten und armen Sprachlehrer oder den unbescholtenen Schöpfer und unbescholtenen Ehemann inmitten einer von Raffgier beschmutzten Umgebung; oder den Schönen, Starken und Entrückten unter den Pygmäen der Kleinstadt; oder den, der den Erfordernissen von Gesellschaft und Natur hilflos gegenüberstand? Wahrscheinlich jeden, sein ganzes Ich auf einmal, denn nach dem häufigen Wechsel der Gattungen sprach die Tante schließlich über ein »Opus« ohne Genrebezeichnung, über ein großes Buch, das viele Jahre Arbeit erforderte.

Als es soweit war, begann die Last der Experimente, die diese seltsam unbürgerliche Ehe prägte, sichtbare Spuren auch beim Onkel zu hinterlassen. Er war noch immer reckenhaft, stark, ja schön, obwohl graue Fäden sein dichtes Haar durchzogen – er hatte die Fünfunddreißig hinter sich. Er war also stark und schön, aber unter diesem äußeren Rahmen, diesem Panzer – wie hohl und leer. Noch immer trug er die Anzüge aus seiner Jugendzeit – für neue hatte er kein Geld –, und obwohl diese Anzüge fleckenfrei waren und faltenlos saßen, gewann man den Eindruck, sie seien von der ständigen Reibung an immer denselben Stellen so morsch geworden, daß sie fast von ihm abfielen wie die Asche von der Spitze einer Zigarette. Er ging kerzengerade durch die Straßen, mit stampfenden Schritten wie ein aufgezogener Spielzeugsoldat, das erdfahle Gesicht über die Köpfe der Passanten erhoben, den Blick der großen braunen Augen auf ein nur ihm sichtbares Bild gerichtet. Oft erkannte er uns nicht; wir drehten uns nach ihm um.

Nur der Tante fiel das nicht auf, und ebensowenig sah sie sich selbst so, wie andere sie sahen: eine verarmte, leidende, durch ein Elendsdasein ohne wohltuende Ruhepausen auf ewig gefesselte einstige Schönheit. Wenn von Alltagsdingen gesprochen wurde, verhehlte sie nicht, daß sie ein mühsames, in Wirklichkeit immer mühsameres Leben führten: wegen der Teuerung, wegen des Ausbleibens neuer Schüler, wegen verschiedener formaler Probleme mit den Behörden. Aber während sie die Schwierigkeiten schilderte, klang es, als rühme sie sich ihrer – ihre Augen glänzten fiebrig, ihr kurzer Atem stockte vor Erregung. Ratko arbeitet furchtbar viel. Ratko holt nachts die verlorene Zeit auf. Ratko glüht. War das nicht unter der oberflächlichen Maske der Sorgen die beste Nachricht, das Unterpfand für die Verwirklichung des erhabenen und einzig wichtigen Ziels?

Dann wurde die für uns monotone und unmerkliche Fortdauer dieses schon etwas komischen Optimismus durch das Verbrechen zerrissen. Die Schüler klopften vergeblich an die Tür des Präzeptors, die Nachbarn – mißtrauische kleine Leute – brachen die Wohnung auf, fanden die Tante mit zerschmettertem Kopf im Bett und den Onkel angekleidet neben ihrem Bett ausgestreckt, mit aufgeschnittenen Venen. Und viel Blut am Boden und Asche vor dem Ofen.

Man muß nicht betonen, daß die Öffentlichkeit entsetzt war – davon kann sich jeder überzeugen, der einen Blick in unser damaliges Lokalblatt »Glasnik« vom 7. und 8. November 1938 wirft. Aber aus den nicht sehr ausführlichen, jedoch mit billigstem journalistischem Bombast vollgestopften Berichten erkennt man das Fehlen wirklicher Überraschung oder Skepsis, was auch mit meinen persönlichen Erinnerungen übereinstimmt. Fünfzehn Jahre lang hatte der Onkel seinem arroganten und unbegründeten Ehrgeiz gefrönt, und jetzt, im nachhinein, erschien es zwar furchtbar, aber auch natürlich, daß diese Raserei nur im Paroxysmus der Selbstzerstörung gipfeln konnte. Da war freilich auch das andere Opfer: die Tante, die keine Marotte hatte außer der einen, daß sie die seinige nicht durchschaute, aber genügte das nicht, sie ebenfalls zum Untergang zu verurteilen? In seinem Anfall finsterer Verzweiflung, als er beschloß, sich das Leben zu nehmen, hatte dieser Irre alles in den Abgrund gerissen, was ihm nahe war, das heißt, das einzige, was ihm nahe war, seine Frau.

Nur ein Umstand wich einigermaßen von dieser allgemein akzeptierten Vermutung ab, wie aus dem letzten Absatz des ersten Berichts im »Glasnik« ersichtlich, wo die Ergebnisse der polizeilichen Tatortbesichtigung aufgeführt sind. Und zwar eine gewisse Systematik in dem Bild, das die toten Eheleute boten: der Kopf der Frau, offenbar im Schlaf mit einem einzigen gezielten Axthieb zerschmettert; das Verbrennen der Papiere und das Aufschlitzen der Venen, das äußerste Entschlossenheit des Selbstmörders voraussetzt, denn es läßt ihm Zeit, anderen Sinnes zu werden, selbst wenn er die fatalen Schnitte schon ausgeführt hat. All das schien einer Selbsttötung im Affekt zu widersprechen, der sich auch gegen die zweite anwesende Person gerichtet hatte, und wies auf ein anderes, unbekanntes, durchdachtes Motiv hin.

Aber da die Fakten des Dramas und die Rollenverteilung so anschaulich klar lagen, ließ sich die Ermittlung nicht auf die detailliertere Untersuchung einer rein akademischen Widersprüchlichkeit ein; der zweite Bericht im »Glasnik« erwähnt sie gar nicht. Er zitiert nur die Aussagen der Vernommenen: meines Vaters und meines Onkels mütterlicherseits, welche Ratkos für die arme Tante verhängnisvollen Exzesse mit harten Worten geißelten; dann die der Nachbarn, die hauptsächlich über die schlechte materielle Situation des Ehepaars sprachen; schließlich noch die eines Freundes aus der Kindheit von Onkel Ratko, eines Gesanglehrers in der örtlichen Bürgerschule, eines Junggesellen und stillen Trinkers, der lange nach Ratko in unsere Stadt gekommen war und sich angewöhnt hatte, ihn als letzter Getreuer an jedem Sonnabendnachmittag zu besuchen. Nur dieser Mann führte über die schon bekannten Informationen hinaus eine neue Tatsache an. Zwei Monate vor dem Ereignis hatte der Onkel ihm ein Fragment seines in Arbeit befindlichen umfangreichen literarischen Textes anvertraut, damit er es unter eigenem Namen an einen befreundeten Verleger zur Begutachtung weiterleitete. Die negative Antwort des Verlags hatte der Professor dem Onkel vier Tage vor der Tragödie in seiner Garçonnière übermittelt, wo er ihm zugleich das Manuskript zurückgab. Und diese Einzelheit bestätigte nur die Annahme einer Selbsttötung aus Verzweiflung, die im Augenblick wilder Entschlossenheit auch das Leben der unschuldigen, friedlich schlafenden Frau kostete.

Viele Jahre später indes erfuhr ich vom Neffen dieses damals schon verstorbenen Professors – einem Mann meines Alters, den ich zufällig am Meer kennenlernte – ein weiteres Detail, das, wie ich glaube, für ein Verbrechen aus Barmherzigkeit spricht. Oder dafür, daß die Auslöschung des eigenen Lebens für den Onkel nicht das eigentliche Ziel seiner Raserei oder Verzweiflung war, sondern daß ihm vor allem daran lag, die Tante umzubringen. Die Selbsttötung spielte nur die untergeordnete Rolle einer Konsequenz aus der elementaren Tat. Nicht sich, sondern ihr wollte der Onkel die Erniedrigung des Scheiterns ersparen. Wahrscheinlich waren ihm schon lange vor dem Ereignis Zweifel an der eigenen Fähigkeit gekommen, jenes »allumfassende Werk« zu realisieren – das beweist sein rührend hilfloser Schritt, es, hinter einem anderen versteckt, zur Begutachtung einzureichen. Und schließlich, als er ihr und sein Blut vergoß, kannte er die Antwort schon seit vier Tagen. Aber ich habe noch nicht gesagt, worin das Detail besteht, das während der Gespräche mit dem Neffen des Professors – langen abendlichen Gesprächen am Strand, die ich, meinem Vorgefühl folgend, bewußt lenkte – heraussprang wie ein weißer Kiesel aus einer geschlossenen Hand im Dunkeln, um für einen Moment im Mondschein aufzuleuchten und dann zu Boden zu fallen, als Hinweis auf die Nähe aller Dinge zur Erde. Das Detail besteht darin, daß der Onkel in der Nacht auf Sonnabend tötete, also dem Tag, da gewöhnlich der Freund zu Besuch kam, der natürlich nichts von der Tragweite seiner Nachricht ahnte und sie auch in Gegenwart der Tante hätte wiederholen können.

Sie werden fragen: Warum hat denn der Onkel, statt diejenige zu töten, die er treu liebte, und sich, den sie treu liebte – warum hatte er nicht einfach den Freund gebeten, die ganze Sache mit dem Verleger zu verschweigen und zu vergessen? Ich glaube, der Grund ist, daß sein inneres Bedürfnis nach Reinheit unüberwindlich war. Vielleicht hatte er auch weniger Angst davor, wie die Nachricht als solche auf die Tante wirken würde, als davor, wie sie auf seine eigene, schon müde, schon kleinmütige Hinnahme dieser Nachricht reagieren würde – sie hätte sich nicht verbergen lassen –; die Tante hätte begreifen müssen, was bislang nur er selbst begriff und was er allein hätte ertragen können: daß ihr schönes aufopferungsvolles Zusammenleben ein Trug gewesen war.

Indem er sie vor dieser Erkenntnis tötete, im Schlaf tötete, konnte er sich damit rechtfertigen, daß er etwas vollendete, was sie selbst vor fünfzehn Jahren versucht hatte, und daß er durch die Verquickung der beiden Akte zu einem endgültigen, unwiderruflichen Finale jenes Scheitern, jene Täuschung zwischen ihnen zunichte machte, an der er allein die Schuld trug.

# Rückkehr zum Frieden

Der Mord geschah in einem engen Hof, der auf der einen Seite zur Straße hinausging und auf der anderen zum Bahndamm. Es ist eine schmutzige Dorfstraße, gesäumt von zwei tiefen grasbewachsenen Gräben. Der Bahndamm ist hoch und grau vom Schotter; er versperrt die Sicht wie die Klinge eines großen, längs in den Boden gestoßenen und dann vergessenen Messers. Das ist alles, was man in diesen beiden Richtungen vom Hof aus überblicken kann. In den anderen beiden Richtungen ist er umfriedet von einem im rechten Winkel gebauten Haus. Es zeigt dem Hof eine Art Veranda, in Wirklichkeit nichts weiter als einige viereckige überdachte Pfeiler, wodurch die Fläche noch enger und chaotischer wirkt.

Hier wohnen vier Familien, jede in einem Zimmer. Vorn, zur Straße hin, der Hausbesitzer mit Frau, Tochter und Schwiegersohn. Daneben Stanka Mulić, genannt Duša, mit zwei Söhnen, einer Tochter sowie einer Untermieterin und deren Tochter. Weiterhin Milenko Šušnjar und Frau. Am Ende ein Ehepaar mit zwei Kindern. Insgesamt neun Erwachsene und sechs Kinder auf der Wohnfläche eines Einfamilienhauses.

Es fragt sich, in welchem Maß Šušnjar, der Mörder, diese Übervölkerung als bedrückend empfand. Man kann sich vorstellen, wie er mit aufgestützten Ellenbogen zum Beispiel auf einem Klotz zwischen zwei Pfeilern sitzt, dem Hof zugewandt. Er sieht die Straße, die zwanzig Meter vor ihm endet, er sieht den Bahndamm, der sie quert, grau und himmelhoch, wenn man so von unten guckt. Und zwischen ihm und diesen zu eng gezogenen Grenzen lärmen schmuddlige Kinder, kleine und große, und alle fremd. Unter sie mischen sich Frauen, die Tücher ausschütteln und Wasser schleppen, fremde Frauen und seine eigene, die mit ihren neunundvierzig Jahren verdorrt und zahnlos und gealtert ist.

Eine Ödnis. Aber eine Ödnis, die sich bewegt und in ihrer Langeweile keine Ruhe gibt.

Nur ein Winkel liegt jenseits dieser klebrigen Ödnis. Das ist Dušas Zimmer. Duša ist sechsunddreißig und erträgt ihren zentralen Augenblick im Lebensbogen und in der Freiheit vom Ehepartner – einer Freiheit, die natürlich auch Sorgen und Kopfschmerzen bedeutet – ziemlich gut, sogar lässig. Vielleicht gelingt ihr das, weil sie so großgewachsen ist, langbeinig, langarmig, jedenfalls nicht ermüdet, was man auch ihrem dunklen vollen Gesicht ansieht, über dem das schwarze Haar straff sitzt wie ein Helm. Alles an ihr ist noch straff, wenn auch üppig; Šušnjar mit seinen dreiundfünfzig Jahren kann nicht umhin, das zu bemerken.

Er ist ein Mensch, dessen Leben vorbei ist, nicht nur den Jahren nach – für einen körperlich Arbeitenden bedeuten sie die unmittelbare Nähe des Alters –, sondern auch, weil er keine Aussicht mehr hat, seinen Status im geringsten zu verändern. Aber seine Natur kann sich mit Unabänderlichkeit nicht abfinden. Man muß ihn nur sehen: klein und stämmig und mit scharfen Bewegungen, fast ergraut und ganz runzlig, aber mit etwas Schroffem in der gebogenen Linie von Nase und Kinn, mit einem Hals, der zwar dick ist, sich aber lebhaft nach allem reckt, was er sieht und hört. Ein streitsüchtiger Hinterwäldler – geboren und aufgewachsen in dem Dorf Kupinovo –, der mit sieben Jahren seinen Vater verlor (die kränkliche Mutter starb wenig später) und sich den strengen ländlichen Sitten nicht unterordnen konnte. Einmal erwachsen und als Tagelöhner beschäftigt, gab er sein Geld sonntags im Wirtshaus für Alkohol, Musik und Kartenspiel aus; kaum hatte er sein kleines Erbe übernommen, verkaufte er es, da er mit Mais spekulieren wolle, was viel einträglicher sei; aber noch vor der Ernte hatte er seine Barschaft aufgebraucht. Er war immer stark und gesund gewesen, und stark war er nach wie vor.

Aber mit einer Kraft, die zu selbstsicher war und zu Extremen neigte. Die nach der in den Entwicklungsjahren versäumten Disziplin verlangte. Šušnjar war ein hervorragender Soldat, im Kader vor dem Krieg und bei den Partisanen während des Krieges, und wurde zweimal verwundet. Sobald der Militärdienst vorbei war, der eine wie der andere, erwachte in ihm das Bewußtsein seiner ungezügelten Kraft, durch keinen Drill mehr gedämpft.

Im Frühling 1931 wurde er aus dem Kader entlassen und im Sommer desselben Jahres wegen Mordes eingesperrt. Es geschah in seinem Dorf, wohin er nach dem Militärdienst zurückgekehrt war: Er sollte wieder im Tagelohn arbeiten – die Saison hatte gerade begonnen –, im Schuppen seines Dienstherrn kampieren, Dinar auf Dinar sammeln, um vielleicht zu etwas zu kommen. Der Zufall befreite Šušnjar von diesem Los, und ein wenig forderte er ihn auch heraus. Er machte sich an die Frau eines zugewanderten Arbeiters aus Serbien heran, und der bemerkte es. Zur Mittagszeit, da die Sonne heimtückisch die Müdigkeit steigert, gerieten sie im Hof der Meierei aneinander, wo sie beide arbeiteten; sie hielten sich an der Gurgel gepackt, aber Šušnjar entdeckte eine an der Scheune lehnende Axt, ergriff sie und hieb sie dem Mann aus Serbien mehrmals auf den Kopf, bis er tot war.

Die Haftstrafe saß er bis kurz vor dem Krieg ab. Im Gefängnis war er ruhig, unauffällig, wurde vorzeitig entlassen. Auch das war Zucht, eine Fortsetzung der Zucht, wenn man von dem kurzen, stürmischen sommerlichen

Zwischenspiel absieht. Besser als die Freiheit? Für ihm mit seiner Kraft, die nicht die Geduld hatte, sich nützlich zu machen, war sie sicherer. Es stimmt allerdings, daß er nach seiner Entlassung aus dem Gefängnis heiratete, was ein konstruktiver Schritt war, aber die Zeit reichte nicht, um zu überprüfen, inwieweit Šušnjar imstande war, bei einem solchen Schritt zu bleiben. Der Krieg brach aus, er floh zu den Partisanen, seine Frau wurde umgebracht, die in seiner Abwesenheit geborene Tochter von den Dorfbewohnern versteckt. Er blieb allein, um den Verletzungen nachzujagen – das konnte er.

Aber er verstand es nicht, nach dem Krieg all die Fäden seines schon dreimal begonnenen Lebens zu sammeln und zu etwas Normalem zu bündeln, das ihm zukam. Als Kämpfer erhielt er Land und ein Haus in einem Dorf, das größer war als seins – ziemlich viel Land, acht Hektar, davon ließ sich leben. Man sagte ihm auch, wie, und daran hielt er sich anfangs: Er holte seine Tochter zu sich und heiratete wieder. Nur ging er gern ins Wirtshaus, wo er Karten spielte und trank. Und da er nicht mehr ganz jung war – ein Bauer von achtunddreißig Jahren! –, war die neue Frau, selbst in den Dreißigern, schon einmal verheiratet, erfahren, nicht bereit, seine schamlosen Gewohnheiten zu dulden; sie ließ das Stiefkind im Stich und kehrte zu verschiedenen Malen zu ihrer Familie zurück. Doch auch den politischen Bossen des Dorfes ging das arbeitsscheue Mitglied der Gesellschaft bald auf die Nerven, da sie sich in diesen ersten pathetischen Jahren nach dem siegreichen Krieg verantwortlich fühlten für den eroberten Besitz, den sie Šušnjar anvertraut hatten; sie beorderten ihn ins Komitee und ermahnten ihn zu besonnenerem Verhalten. Šušnjar zerstritt sich mit ihnen; er führte seine Verdienste an, aber vergeblich, denn auch sie hatten welche, und das, was sie einst vereint hatte, Leidenschaft und Kühnheit, diente jetzt ihnen und nicht ihm als Argument. Übrigens konnten sie ihm nichts anhaben – das war seine feste Überzeugung. Nach einer giftigen Auseinandersetzung und nachdem ihn seine Frau zum zweitenmal verlassen hatte, schickte er die Tochter über einen entfernten Verwandten zu ihren Betreuern aus der Kriegszeit, gab Land und Haus auf und ging nach Novi Sad.

Vielleicht wollte er vermeiden, daß noch einmal die Axt in Aktion trat, weil er meinte, er könne auch ohne Axt etwas an seinem ungerechten Schicksal ändern. Oder er ging in die Stadt auf der unbewußten Suche nach mehr Ordnung und Disziplin, die auf dem Dorf in der Weite der Felder und Wege zerrann, in der Langeweile heißer Tage, da alle draußen bei der Arbeit sind und die Luft vor Leere schallt, in der Gleichgültigkeit dummen Geredes und Klatsches zwischen Komitee und Wirtshaus. Oder er glaubte nur, er würde besser dort leben, wo es mehr Männer und Frauen und Kaffeehäuser gab.

Natürlich konnte die Stadt seine Erwartungen nicht erfüllen. Sein einziger Besitz – acht Morgen Land für die Teilnahme am Krieg – war verspielt, und Šušnjar selbst, ein vierzigjähriger Bauer mit drei Grundschulklassen, ohne Ausbildung und Beruf, war hier überflüssig. Er bekam Arbeit in einer Schraubenfabrik, aber dort vernagelte er nur Kisten, etwas Besseres überstieg seine Fähigkeiten. Nach vielen Scherereien bekam er eine Wohnung, doch das war ein von einem Schuppen abgezweigtes Zimmer an der Peripherie. Er bekam eine Frau, jedoch eine dürre und mürrische kinderlose Witwe – eine andere wäre ihm nicht in diese kärglichen Verhältnisse gefolgt. Statt daß etwas Neues begann, ging von diesem Punkt an alles langsam zu Ende.

Langsam, denn damit in einem Menschen etwas zu Ende geht, muß er das begreifen, und das ist nicht leicht, solange es noch Konflikte, Versuchungen, Auflehnung gibt, solange Kraft da ist, die gebraucht werden will. Wann Šušnjar begriff oder zu begreifen begann, ist schwer zu sagen, denn als Triebmensch begriff er nie etwas richtig, sondern vielleicht begriff es sich auf eine Art in seinem Inneren. Auf einmal oder allmählich zwischen seinem achtundvierzigsten und einem späteren Lebensjahr, oder gerade an jenem 17. März, als er seinen zweiten Mord beging. Bis dahin plagte er sich. Er gab seine Arbeit auf, als er damit unzufrieden war, und fand eine neue. Diese gab er auf, weil man mit ihm unzufrieden war. Er fand eine dritte, eine vierte. Er schlug seine Frau, wenn er betrunken war, und er trank immer häufiger, weil er immer häufiger unzufrieden war und weil er sich an den Alkohol gewöhnt hatte. Vor acht Jahren hatte er seine Wohnung getauscht, nicht gegen eine bessere, nur gegen eine andere in der Nachbarschaft.

Aber schließlich mußte es in ihm begriffen haben, daß es nicht weiterging: wegen der schlechten Arbeitsstelle, der schlechten Wohnung, der schlechten Frau. Wegen der Endlichkeit. Da begann sich sein Blick grollend auf Fenster und Tür und Vorraum des Zimmers von Stanka Mulić, genannt Duša, zu richten.

Dort geschah ständig etwas. Aus der Petrovaradiner Kaserne kamen Soldaten, einzeln oder zu zweit, blickten sich im engen Hof um, klopften mißtrauisch an Dušas Tür mit der verhängten Glasscheibe. Dann verschwanden sie dahinter, während gleichzeitig Dušas drei Kinder und die Untermietertochter auf ein, zwei Stunden nach draußen kamen. Oder ein Arbeitskollege von Duša schaute auf eine Viertelstunde vorbei, sichtlich auf Verabredung, denn die Kinder samt der Untermieterin waren schon vorab vor die Tür gesetzt worden. Oder es kam eine ganze gemischte Gesellschaft von Männern und Frauen; wenn das Wetter schön war, amüsierte man sich bei offener Tür, schickte die Kinder nach Wein, trennte sich mit vielversprechenden Abschiedsgrüßen oder zog gemeinsam weiter in den Sommergarten bei der berühmten »Efika« im Zentrum von Petrovaradin.

Das war die Inkarnation jener *Schenke*, nach der Šušnjar immer gestrebt hatte – Lärm, Alkohol und Frauen –, es war hier, nebenan, und dennoch unzugänglich. Er sah es ständig und mußte es sehen, wenn er nur die Augen öffnete in seinem einzigen Zimmer, denn seine Tür und sein Fenster befanden sich im Knick des Hauses, im rechten Winkel zu Dušas Fenster und Tür. Auch wenn er die Augen nicht aufmachte, mußte er mit dem Geruchssinn, mit der Haut von Gesicht und Handrücken jenen lauen, etwas alkoholisierten, tabakgetränkten Hauch spüren, der aus Dušas Zimmer wehte.

Anfangs versuchte er sich anzuschließen. Das war in der ersten Zeit nach Dušas Einzug in dieses Haus, ein, zwei Jahre nach ihm, als Šušnjar für sie der gute Nachbar und Onkel Mile war. Er begrüßte die jungen Gäste, rief ihnen Scherze zu, zwinkerte von Tür zu Tür, half notfalls mit Zigaretten und ein paar Dinar aus. Er befreundete sich mit Dušas Bruder Krsta, einem langbeinigen Spaßvogel, der der bunten Gesellschaft zuliebe herkam, und als er in der Schamottfabrik angestellt wurde, wo Krsta bereits arbeitete, ergab es sich manchmal, daß sie zusammen nach Hause gingen. Krsta war für ihn auf seine Art fast so anziehend wie Duša, denn ihm lag weniger an der jungen Frau selbst als an der Lebendigkeit, die von ihrer Nähe ausging. Krsta verkörperte diese Lebendigkeit: bäuerlicher Herkunft wie Šušnjar, aber zwanzig Jahre jünger, hatte er es vermocht, seine ländliche Natürlichkeit zu bewahren und die städtische Leichtigkeit im Umgang zu übernehmen. Er ging – schließlich war er geschieden – mit Frauen ins Kino, besuchte aber auch Hochzeiten und Hauspatronsfeiern in den umliegenden Dörfern. Natürlich schleppte er nicht die Last so vieler in der Haft und im Krieg verlorener Jahre mit sich herum.

Teils träge, teils atemlos folgte Šušnjar dieser Jagd nach dem Vergnügen. Und blieb allmählich zurück. Wenn Duša Soldaten empfing, schlug sie ihm die Tür vor der Nase zu. Wenn ihr Bruder eine ansprechende Frau aufgabelte, ging er mit ihr in die Wohnung und überließ Šušnjar seiner Alten. Daraufhin wurde Šušnjar zudringlich. War er betrunken, erschien er ungebeten bei Duša, setzte sich, ohne dazu aufgefordert zu sein, und mischte sich in das Gespräch der Anwesenden, die sich über seinen Kopf hinweg vieldeutige Blicke zuwarfen. Er lud die Gesellschaft ins Café ein – vergebens, denn niemand mochte mit einem zerlumpten alten Säufer ausgehen. Als er einmal im Sommer bezecht nach Hause kam – es war der Monatserste, also Zahltag –, entdeckte er hinter Dušas weit offener Tür die Untermieterin und zwei ihrer Freundinnen: Sie hatten ein kleines Radio mitgebracht, das jetzt Volkslieder in den ruhigen, heißen Himmel abstrahlte. Šušnjars Frau war an diesem Tag nicht daheim, und ihm gab der Lohn in der Tasche Sicherheit; er ging hinein zu den Frauen, schwankend und schlucksend, und verlangte, daß Duša mit in seine Wohnung käme. Sie lehnte lachend ab. Darauf zog er einen Tausender aus der Hosentasche und warf ihn ihr hin. Sie las ihn auf und gab ihn zurück. Er warf ihn ihrer Untermieterin Ruža hin; die wandte sich ab. Die Freundinnen reagierten ebenso. Er trollte sich beleidigt und legte sich schlafen. Aber am nächsten Abend, als er spät und wieder betrunken eintraf und die Tür von Dušas schon dunkler Wohnung offen vorfand – der Hitze wegen –, kroch er hinein, tastete sich in der Enge bis zu Dušas Bett und griff nach ihr. Und da sie schrie und damit die Kinder weckte, die zu weinen begannen, packte er sie, verzweifelt wegen des Mißerfolgs, am Haar und zerrte sie vom Bett. Die Nachbarn – der Hausbesitzer und sein Schwiegersohn – eilten herbei, schleppten ihn mit Gewalt hinaus und schoben ihn in seine Wohnung.

Daran zerbrach die Freundschaft. Duša grüßte ihn nicht mehr, und am übernächsten Tag auf der Arbeit ermahnte ihn Krsta, seine Schwester nie wieder anzurühren. Zwischen den Nachbarwohnungen erhob sich plötzlich eine Mauer, viel undurchdringlicher als die reale, die weiterhin sorglos alle aufregenden Geräusche passieren ließ. Und darin bestand der Konflikt: in diesem Eingemauertsein ohne wirkliche Mauer. Šušnjar hockte da, ohne sie überspringen zu können, und sah dabei alles, was auf der anderen Seite geschah.

Das quälte ihn jetzt und reizte ihn auf. Zurückgewandt zu seinem grauen, unsichtbar ummauerten Winkel, dem Winkel, den er so bereitwillig vernachlässigt hatte, zu seiner in ewiger Besorgnis erstarrten Frau, die er sicher verprügelt hätte, sobald sie etwas Ähnliches nur andeutete, murrte er gegen das, was seinem Zugriff entzogen war. Er kam betrunken nach Hause, setzte sich im Zimmer auf das einzige Bett und beschwerte sich über Dušas unmoralisches Leben, das ihn störe und das er nicht mehr ertragen könne. Als er dann einsah, wie sinnlos es war, ein Wesen anzuklagen, das für Erniedrigungen unempfindlich geworden war – zum Teil auch durch sein Zutun –, fühlte er sich angewidert und versprühte seine Galle im Hof. Jetzt schrie er von der Türschwelle und beim Vorbeigehen und noch auf der Straße: daß Duša ein Flittchen sei, daß Ruža ein Flittchen sei, daß sie auf Staatskosten Kinder machten – hier rebellierte sein proletarisch-gesellschaftliches Bewußtsein – und daß er sie umbringen würde, wenn sie dieses Verhalten nicht einstellten. Er rief den eintreffenden Gästen Schimpfworte zu und schüttelte die Faust vor Dušas Tür, sobald sie abgeschlossen wurde. Und da auch das nichts half – obwohl Duša in ihrem gesunden Instinkt Angst bekam und wirklich den Betrieb einschränkte, die Gäste vor Šušnjars Wut warnte und abends das Licht löschte, sobald sie die Schritte des Nachbarn im Tor hörte –, als auch das nichts half, denn sie lebte weiterhin hier, bot ihren Körper dar und verströmte ihren Geruch, mordete Šušnjar ein zweites Mal.

Das geschah, wie schon gesagt, im Hof und an einem Sonntag, also an einem für erbitterte, untätige Menschen kritischen Tag. Šušnjar hatte den Tag nicht ganz untätig verbracht, sondern war am frühen Vormittag in den dreieinhalb Kilometer entfernten Wald gegangen, um Holz zu machen, und erst gegen Abend zurückgekommen. Aber es fragt sich, ob er nicht, während er allein im Wald über den nassen Boden stapfte und mit der Axt nach den dürren Pappelästen ausholte, die ihm feuchten Schnee in den Kragen schüttelten, hin und wieder oder unablässig an sein kaltes Heim dachte, an den Pöbel im Hof und in der Nachbarwohnung, wo das Leben pulste. Fest steht, daß er auf dem Heimweg an der Ecke seiner Straße das fachgerecht verschnürte Holzbündel abwarf und sich beim Winzer Božić einen Liter Schnaps in eine geliehene Flasche abfüllen ließ; fest steht auch, daß er zu Hause das Holz im Schuppen verstaute und die Axt mit ins Zimmer nahm. Aber Šušnjar holte sich häufig – zumal sonntags – etwas zu trinken nach Hause und bewahrte die Axt gewohnheitsmäßig, an den Schrank gelehnt, im Zimmer auf.

Aber es gibt zwei außergewöhnliche Umstände, die, zeitlich mit den erwähnten verflochten, auf ihn gewirkt haben konnten. Auf dem Rückweg vom Wald traf Šušnjar am Bahnhof Petrovaradin-Dunav den jungen Eisenbahner Pero Topalov, den er kennengelernt hatte, als er sich mit Duša noch gut stand. Topalov ging in entgegengesetzter Richtung, zur Meierei, Šušnjar war schwer beladen, also blieben sie nicht stehen und wechselten nur en passant ein paar Worte. Topalov fragte scherzend: »Was macht deine Duša?«, und als Šušnjar mit einem Fluch antwortete, drehte er sich noch einmal um und rief: »Grüß sie schön, und sag ihr, daß ich das, was ich mir bei ihr geholt habe, kaum losgeworden bin«, und er setzte lachend seinen Weg fort. Lachend, weil die Krankheit, auf die er anspielte, in diesem Fall als Gegenstand männlicher Prahlerei vielleicht erfunden war, aber Šušnjar konnte gerade das betroffen machen.

Der zweite Umstand war, daß Šušnjar bei der Ankunft in seinem Hof zwischen jenen Pfeilern, die selbst im Winter als Ausgleich für die Enge der Wohnungen dienten, Dušas Bruder Krsta und eine unbekannte magere Frau dabei antraf, wie sie sich laut und etwas mühselig mit den am Herd wirtschaftenden Damen des Hauses unterhielten. Er ging wortlos und mürrisch vorbei, verstaute das Holz und betrat seine Wohnung, wo ihm seine Frau erklärte, Krsta habe heute seine neue Braut mitgebracht. Auf seine ungeduldige Frage: »Was für eine Braut?« fuhr sie genüßlich fort, Krsta habe ein älteres Mädchen aus dem Dorf Ledinci heiraten wollen, das ihm der örtliche Schuster vermittelt hatte; da die Sache jedoch am Widerstand der Eltern gescheitert sei, habe Krsta ausgerechnet die Ehefrau des Heiratsvermittlers ganz schnell zur Flucht mit ihm überredet. Das war also diese magere junge Frau mit Kopftuch, die sich, an den Pfeiler gelehnt und die Hand vor dem Mund, die ganze Zeit auf komische Weise reckte; Krsta hatte sie hergebracht, um sie Duša vorzustellen und die ganze ungewöhnliche Geschichte zu erzählen.

Šušnjar hörte wortlos zu, scheinbar mit den bei jeder Heimkehr üblichen Verrichtungen beschäftigt. Er lehnte die Axt gegen den Schrank, nahm die Mütze ab, hängte sie an einen Nagel, setzte sich mit dem Blick zur Tür aufs Bett, zündete sich eine Zigarette an, zog die Flasche aus der

Jackentasche, entkorkte sie und begann zu trinken. Er trank wie gewöhnlich direkt aus der Flasche, wobei er aufrecht sitzen blieb und nur den massigen Kopf in den Nacken warf, während die langsamen, gleichmäßigen Schlucke seinen Adamsapfel hüpfen ließen. Von Zeit zu Zeit hob er den Kopf; und seine braunen Augen beobachteten jede Bewegung auf dem Hof. Das dauerte drei Viertelstunden oder eine Stunde, bis die Flasche leer war. Er stellte sie neben sich auf den Boden und fing an zu reden, nicht an seine Frau gewandt, sondern an sich selbst, eigentlich an den ganzen Hof.

Er stieß Flüche und Schimpfworte aus, nicht zu laut, aber doch so vernehmlich, daß er die Membran der verglasten Tür und den kurzen Abstand bis zu den Nachbarn durchdringen konnte. Er sagte, Duša sei ein Straßenmädchen, eine Infizierte, behauptete, er werde ihre Unzucht nicht mehr dulden, drohte, sie umzubringen, und wenn er dafür ins Gefängnis müßte. Dort würde es ihm übrigens bessergehen, sagte er an einem Punkt.

Solche Worte waren in letzter Zeit häufig aus Šušnjars Zimmer und von seiner Schwelle zu hören gewesen, Worte, bei denen Duša regelmäßig ihre Tür absperrte und das Licht löschte. Diesmal nicht, denn ihr Bruder war da. Sie zuckte nur zusammen unter dieser undeutlichen Empörung, deren Sinn sie leicht erriet, im Grunde auswendig kannte; aber mit einem Blick auf Krsta, der gezwungen lachte, hob sie die Schultern und erklärte der neuen Schwägerin halblaut: »Laß den alten Idioten.« So setzte sich durch den schon dunklen Abend, den die Glühlampen mit Licht- und Schattenlinien furchten, dieser Dialog ohne Echo fort: hier die monotonen Beschimpfungen, dort Rufe und Gelächter. Bis das bescheidene Hochzeitsessen fertig war, Duša die Gäste zu Tisch bat und die Kinder hereinrief, geschah nichts.

Aber als sich ihre Tür hinter dem letzten Kind geschlossen hatte und zwischen den beiden gegenüberliegenden Wohnungen fast nichts mehr zu hören war, ging Šušnjars Tür auf. Er öffnete sie, nachdem er sich schwer von seinem niedrigen Sitzplatz erhoben und nach der Axt gegriffen hatte. Einen Augenblick blieb er auf der Schwelle stehen, dann näherte er sich mit steifem Schritt der Tür gegenüber. Ihre Glasscheibe war verhängt, aber das Fensterchen daneben war hell. Šušnjar sah das wohlbekannte Zimmer: die vielen Betten, die vielen Menschen mit Gesichtern, die verzogen waren vom Kauen, vom Reden, vom Lachen, das gerade wieder aufbrandete. Er hob die Axt und hieb sie in das Fenster.

Das Splittern des Glases übertönte die Stimmen. Die Köpfe erstarrten, reckten sich, ein Kopf sprang hoch – der von Krsta – und näherte sich der Tür. Darauf hatte Šušnjar gewartet. Krsta hatte noch nichts sagen können, als die Axt mit der stumpfen Seite auf seinen Kopf herabsauste. Er brach auf der Schwelle zusammen. Šušnjar kniete nieder und hieb noch zweimal zu. Er holte ein viertes Mal aus, aber da war schon Duša herausgestürzt und beugte sich über ihren Bruder. Šušnjar traf sie nur flach gegen Wange und Schulter, denn seine ebenfalls herbeigeeilte Frau fiel ihm in den Arm.

Sie entwand ihm die Axt erstaunlich leicht. Šušnjar war in diesem Moment schon ruhig. Er war bereits ruhig gewesen, als ihn seine Frau bei der Hand faßte und rief: »Um Gottes willen, nicht auch noch sie.« Er antwortete halblaut: »Nein.« Und fügte hinzu: »Ich sehe schon, was ist.« Danach hatte sie ihm so leicht die Faust öffnen und die Axt wegnehmen können.

Er drehte sich um und kehrte ins Zimmer zurück. Ohne die Tür zu schließen, ohne nach links oder rechts zu sehen, ließ er sich der Länge lang aufs Bett fallen. Er fragte nichts, blickte nirgendwohin. Er ließ es zu, daß die Frauen und Kinder umherliefen, jammerten, um Hilfe riefen, Krsta hineintrugen und beweinten; er schloß die Augen, kreuzte die Arme über der Brust und schlief ein. So fand ihn die Miliz eine Stunde später vor: schlafend inmitten von Aufruhr und Geschrei, über ihm eine reglose alte Frau wie eine schwarze Fahne. Sie bekamen ihn kaum wach; so tief schlief er, natürlich vom Schnaps, aber auch von der Erkenntnis, die ihn eingewiegt, der Erkenntnis, die ihm eine Stunde zuvor die bleiern ruhigen Worte abgenötigt hatte: »Ich sehe schon, was ist.« Als er tötete, lag ihm nicht daran, auch jene, oder gerade jene umzubringen, deretwegen er sich zum Mord entschlossen hatte: auch der eine Mord sicherte ihm den Aufbruch beziehungsweise die Rückkehr dorthin, wo es besser war als hier.

# Ein Musterbild der Liebe

Die Wirtin erwachte von einem ungewohnten, gedehnten Ton; als sie lauschte, brach er ab, dann zerriß er wieder die schläfrige Stille des morgendlich dämmerigen Zimmers. Sie wußte, daß ihr Mann bereits zur Arbeit gegangen war – sie erinnerte sich, ihn über die Waschschüssel gebeugt und später mit der Mütze auf dem Kopf an der Tür gesehen zu haben – und daß das Kind neben ihr lag, sie spürte sein Gewicht und seinen Atem. In der Wohnung war also niemand sonst; dennoch wollte dieser gedehnte Ton, der wie ein Wimmern klang, nicht verstummen. In der Sekunde, als ihr bewußt wurde, daß es wirklich ein Wimmern war – vermutlich von einem Menschen –, war sie wach genug, um zu begreifen, daß es aus dem Mädchenzimmer kam, wo die Untermieterin wohnte.

Sie richtete sich im Bett auf, zog vorsichtig den Arm unter dem Kopf des Kleinen hervor, setzte die Füße auf den Boden und ging im Unterkleid, wie sie immer schlief – ohne in die Schuhe zu schlüpfen, die sie im Dunkeln nicht finden konnte –, auf Zehenspitzen zwischen Bett und Tisch hindurch zur Küche, in die das Licht des kalten Wintermorgens drang. Vor der Tür des Mädchenzimmers blieb sie stehen. Es war still gewesen, als sie über den kalten glatten Betonboden tapste, und für einen Moment hatte sie gedacht, das Geräusch zuvor sei ein Irrtum gewesen; nun machte sie zögernd an der Tür halt und hörte einen Schmerzenslaut, viel deutlicher als das schwer bestimmbare Wimmern, das sie im Zimmer vernommen hatte. Ohne Bedenken öffnete sie die Tür. Das Mädchenzimmer war hell wie die Küche, denn die Gardine war nicht zugezogen; die Wirtin erblickte mitten im Raum wie auf einer Bühne ihre Untermieterin Branka. Sie stand weit vorgebeugt, die Schuhe hatte sie von den Füßen gestreift, hielt die Knie gebeugt, der Kopf mit dem langen blonden Haar war kraftlos herabgesunken. Sie klammerte sich mit den Händen ans Bettgestell, als fürchte sie, jeden Augenblick zusammenzubrechen. Als die Tür knarrte, wandte sie erschrocken den Kopf und sah die Wirtin aus großen, grünen, weitstehenden Augen an; sie erkannte sie und begann zu weinen.

Die Wirtin trat zu ihr. »Was ist denn?« fragte sie, denn ihr war wirklich nicht klar, was Branka quälte, obwohl sie ahnte, daß ihr kläglicher Zustand etwas mit Nika zu tun hatte, mit dem sie am vergangenen Abend ausgegangen war. Sie faßte nach Brankas Arm und fühlte, daß sie am ganzen Leib zitterte. »Ich kriege … den Rock nicht runter«, stammelte das Mädchen unter Tränen, und dann schluchzte sie wie ein Kind: »Ich will ins Bett!«

Mit aufrichtiger, wenn auch ein wenig überlegener Teilnahme, wie sie eine Frau beim Anblick des Leids einer anderen empfindet, zumal wenn ein Mann die Ursache dieses Leids ist, kam die Wirtin mit ihrem ausgeruhten, kräftigen Körper dem Mädchen zu Hilfe. Sie kniete hin, öffnete den grauen Tuchrock und zog ihn herunter. Dann stand sie auf und begann an der Seidenbluse zu nesteln, aber etwas, was sie darunter entdeckte, ließ sie innehalten. Da rief Branka auch schon »Nein!« und raffte die Bluse bis zum Hals zusammen. Unter der heftigen Bewegung verlor sie fast das Gleichgewicht und drehte sich, nur von dem einen Wunsch erfüllt, wankend zum Bett um. Rasch bot ihr die Wirtin ihren Arm als Stütze, half ihr aufs Lager und breitete die Steppdecke über sie. Nun erst sah sie – denn das blasse Morgenlicht fiel auf das Bett –, daß auch die Wangen des Mädchens dunkle Flecken aufwiesen und um den Mund häßlich geschwollen waren. »Aber … wer hat das getan?« rief sie empört.

Zähneklappernd und krampfhaft schluchzend erzählte die Untermieterin, daß ihr Liebhaber Nika sie in der vergangenen Nacht auf einer Wiese in Čenej geschlagen, sexuell mißbraucht und aller Gegenstände beraubt habe, die sie bei sich trug, selbst des Wintermantels. Sie berichtete in abgerissenen, konfusen Sätzen und hob bei schwer zu beschreibenden Einzelheiten die Decke, streifte den Blusenkragen herab und das Unterkleid hoch, um an Hüften, Brust und Bauch die Spuren der Untat zu zeigen, die an ihr verübt worden war. Jedesmal, wenn die Wirtin Näheres zu wissen verlangte, drehte Branka das Gesicht zur Wand und dämpfte die Stimme zum Flüstern. Als sie endlich fertig war, stand die Wirtin resolut auf. Sie fühlte, daß sie sich, so leicht bekleidet, in dem ungeheizten Zimmer erkältet hatte, ging schnell hinüber in ihr eigenes und zog Kleid und Schuhe an, die sie jetzt ohne weiteres neben dem Bett fand. Dann beugte sie sich über den zweijährigen Sohn, vergewisserte sich, daß er ruhig schlief, deckte ihn noch einmal sorgsam zu; nahm den Mantel aus dem Schrank, schlüpfte hinein, tastete auf dem Tisch nach dem Kamm, zog ihn zweimal flüchtig durchs Haar. Fast im Laufschritt verließ sie das Zimmer, das Stockwerk – im Haus hatte niemand Telefon –, den Hausflur. Auf der Straße zögerte sie einen Moment, ob sie das Kolonialwarengeschäft rechts oder das Büfett gegenüber aufsuchen sollte. Schließlich entschied sie sich für die Bar und rannte über die Fahrbahn.

Eine halbe Stunde nach ihrer energisch vorgetragenen telefonischen Anforderung raste ein hoher weißer Rettungswagen in die schmale Straße mit ihren Läden und Werkstätten, in der aufgetürmte Schneehaufen schmolzen, und hielt vor dem Tor des zweistöckigen Hauses, wo ihn die beiden Frauen bereits erwarteten. Die Sirene hatte Hausfrauen mit vollen Einkaufskörben herbeigelockt, und nun schauten sie neugierig zu, wie die Wirtin die in einen geliehenen, für ihre große, schlanke Figur zu kurzen und zu weiten Mantel gehüllte, bis zur Nasenspitze in Schals und Tücher vermummte Branka in das Auto schubste und sie veranlaßte, sich auf die lederbezogene Trage zu legen. Sie selbst hockte sich auf die unbequeme Bank daneben. Während der kurzen Fahrt zum Krankenhaus blieb sie feierlich steif und schweigend sitzen.

Dort erwachte sie wieder zum Leben. Sie rannte anstelle der Patientin in die Aufnahme und diktierte ihre Daten, kehrte zum Wagen zurück, den sie nicht mehr bestieg, sondern energischen Schrittes bis zur Chirurgie begleitete. Hier half sie Branka beim Aussteigen, brachte sie in die Ambulanz, zog unterwegs einen Arzt und eine Pflegerin am Ärmel herbei, vor denen sie die Patientin sogleich entkleidete, damit sie unverzüglich versorgt würde. Das war nicht viel: ein paar Tröpfchen Jod, die der junge bebrillte Arzt an einigen Stellen auftupfte, aber ein willkommener Vorwand für ihn, mit kurzsichtigen Blicken und dünnen Fingern den ganzen Körper des Mädchens abzutasten und anschließend gleich in der Ambulanz seinen Befund zu schreiben. Darin stand, mit Registriernummer und Stempel versehen, daß »am 26. Januar 1962 die Patientin Branka Radić, Arbeiterin, 32 Jahre alt, zur Untersuchung erschien. Ihre rechte Wange zeigte Schwellungen und schorfbedeckte Abschürfungen, am Brustkorb und in der Leistengegend rechts wies sie Hämatome von der Größe 10 mal 10 cm auf, bei Berührung schmerzhafte Empfindlichkeit der linken Schulter sowie der ganzen linken Brusthälfte, ferner Hautabschürfungen am vierten Finger der linken Hand.«

Dies und die Anzeige, die am selben Mittag ein rosiger Unteroffizier der Miliz aufnahm, wurde zum Beweisdokument; der Unteroffizier war telefonisch ins Krankenhaus gerufen worden, und die Anzeige erstattete die Geschädigte persönlich, nachdem die Wirtin sie vor dem Weggehen in ein gestreiftes Nachthemd gehüllt und in einem der sechzehn Betten eines Saals für leichte Fälle untergebracht hatte. Das Material landete auf dem Tisch des Kommandeurs, der einen Haftbefehl ausstellte; damit machte sich der Unteroffizier der Miliz noch am selben Abend per Fahrrad auf den Weg, entdeckte den Beschuldigten Nikola Mišković, 32, Arbeiter ohne festen Wohnsitz, in einem Hafenlokal und brachte den ziemlich Überraschten und fast Beleidigten, der jedoch keinen Widerstand leistete, in die Untersuchungshaft. Die Anzeige wurde samt dem Untersuchungshäftling dem Gericht übergeben, und die Sache nahm ihren Lauf.

So geriet das ganze Ereignis aus dem geheimen Bereich des Geflüsters ins Schußfeld der Öffentlichkeit und wurde zum Gegenstand eines normalen Gerichtsverfahrens. Aber da förderte es plötzlich vor den Augen der abgestumpften Justizbeamten etwas Ungewöhnliches zutage: Es trug etwas wie einen Helmbusch, einen bunten Helmschmuck der Empfindsamkeit. Der entstammte zwar einer Lüge, aber da diese Lüge uneigennützig war, beschattete sie seinen üppigen Glanz nicht im mindesten.

Die Lüge zeigte sich gleich zu Beginn der Ermittlungen in dem Widerspruch zwischen den Aussagen des Beklagten, der Klägerin und ihrer Vermieterin über eine Einzelheit. Hier zunächst, was die letztere vor einem früh ergrauten, zu Schlaganfällen neigenden Ermittlungsrichter aussagte, der, während sie sprach, nervös mit seinen kleinen weißen Händen, die aus glänzenden schwarzen Ärmelschützern lugten, in der Akte blätterte.

Sie gab zu Protokoll, daß sie Danka Stanić heiße, vierundzwanzig Jahre alt sei, verheiratet, Mutter eines zweijährigen Jungen, von Beruf Hausfrau. Daß sie die Klägerin schon zweieinhalb Jahre kenne und fast ebenso lange auch den Beklagten. Als sie nämlich vor drei Jahren geheiratet und ihre jetzige Wohnung bezogen habe, sei sie auf der Suche nach einer Untermieterin gewesen, um die bescheidenen Einkünfte ihres Mannes (der Normenbearbeiter in einer Fabrik war) etwas aufzubessern; so sei sie mit Branka und über sie auch mit Nikola Mišković bekannt geworden, der schon damals Beziehungen zu ihr unterhalten habe.

Branka erwies sich – wie sich die Zeugin ausdrückte – als ordentliche Untermieterin, die als Hilfsköchin im »Volkshaus« auf ehrliche Weise ihr Geld verdiente und regelmäßig ihren Verpflichtungen nachkam, obwohl ihr Gehalt nicht hoch war. Sie ging selten und fast immer allein ins Kino oder in eine Konditorei, kam früh nach Hause und allein, versteht sich. Der einzige Mann, der sie gelegentlich besuchte, war Nikola Mišković, aber auch ihn nahm Branka nie mit auf ihr Zimmer – das konnte die Wirtin beim Leben ihres Kindes schwören. Wenn die beiden ungestört sein wollten, gingen sie zu Nikas Bruder in den nahe gelegenen Weiler Čenej und blieben dort, mit Wissen der Wirtin, über Nacht. Auf die Frage des Richters, wie oft das vorgekommen sei, antwortete die Wirtin, sie wisse es nicht genau, mal öfter, mal seltener – durchschnittlich zwei- oder dreimal im Monat.

Das Bild, das die Zeugin von Nika Mišković zeichnete, war hingegen düster. Nicht daß er sich jemals in ihrem Haus ungebührlich benommen habe, aber das sei Brankas Verdienst, die ihn nur einließ, wenn er nüchtern und erträglich gelaunt gewesen sei. Branka habe sich jedoch in jenen vertraulichen Augenblicken, die es unter Frauen bisweilen gibt, über ihn beklagt: Er sei zu impulsiv und grob; er halte es auf keiner Arbeitsstelle aus – obwohl er ein gutes Handwerk, Schlosser, gelernt habe –, sondern würdige sich hinab, für die Bauern in der Umgebung den Lastenträger und Kutscher zu spielen, weshalb er wiederum oft unzufrieden sei. Er habe Branka häufig beleidigt, ja geschlagen. Einmal im Sommer, etwa vor einem Jahr, habe er sie in einem Restaurant auf der Fischerinsel tätlich angegriffen, weil sie den Wein nicht trinken konnte, den er ihr aufnötigte. Damals sei sie zum Friedensrichter gegangen, und der habe Nika eine Geldstrafe auferlegt; nach einiger Zeit habe sie sich aber wieder mit ihm getroffen.

Auch in der Nacht, in der Branka mißhandelt und ausgeraubt worden war, mußte sie einen ihrer üblichen Ausflüge mit Nika unternommen haben. Sie hatte das schon ein paar Tage vorher angekündigt: Sie habe ihren Freund auf der Straße getroffen, und sie hätten für Montag eine Fahrt nach Čenej vereinbart – und es war klar, was das bedeutete. An dem besagten Montag war Nika tatsächlich gegen fünf Uhr nachmittags bei Branka erschienen. Er war frisch rasiert und in guter Stimmung, hatte sogar ein Tütchen Bonbons für den kleinen Sohn der Wirtin mitgebracht. Sie bot ihm einen Stuhl in der Küche an, und hier wartete er, während sich Branka in ihrem Zimmer fertigmachte. Und da sie alle Augenblicke in die Küche kam, um Wasser oder sonst eine Kleinigkeit zu holen oder um Nika etwas zu sagen, und da sie sich beim Weggehen ordentlich verabschiedet hatte, wußte die Wirtin genau, was sie trug und bei sich hatte, konnte also auch sagen, was ihr später fehlte. Für die Fahrt hatte Branka ihren grauen Tuchrock, eine Seidenbluse und darüber einen Pullover angezogen, dazu Wintermantel und Schal; ganz sicher hatte sie auch Ring und Armbanduhr angelegt, denn diese Gegenstände nahm sie nur abends vor dem Schlafengehen ab; in das Leinwandköfferchen hatte sie Wäsche, Toilettenartikel und Hauspantoffeln gepackt. Auch wenn sie es nicht selbst gesehen habe, sei ihr, der Wirtin, klargewesen, daß Branka all diese Dinge bei sich hatte, denn so hielt sie es immer, wenn sie nach Čenej fuhr, von wo sie am nächsten Tag direkt zur Arbeit ging, um erst am Nachmittag nach Hause zu kommen.

Diesmal jedoch war alles anders gewesen – und hier schilderte die Wirtin dem Ermittlungsrichter ihre seltsame morgendliche Begegnung mit der weinenden Branka, sie schilderte ihr eigenes Entsetzen und gab wieder, was Branka zähneklappernd und schluchzend berichtet hatte. Am Montagabend war sie mit Nika zum alten Kornmarkt gegangen, von wo um sieben Uhr der Bus nach Čenej abfuhr. Aber Nika hatte sie aufgefordert, eine Station vorher auszusteigen, bei einem Kaffeehaus, wo er sein Fahrrad abholte. Er ging dann mit ihr nicht auf der Chaussee weiter, sondern über die Felder, weil das angeblich eine Abkürzung war. Als sie dann ganz allein auf weiter Flur waren, begann er sie wegen der Anzeige vom letzten Sommer zu beschimpfen und zu schlagen. Am Ende befahl er ihr, Mantel und Pullover auszuziehen und auf den Boden zu werfen, die Unterwäsche abzustreifen und sich hinzulegen. Sie weigerte sich mit dem Hinweis darauf, daß sie ohnehin vorhatten, die Nacht gemeinsam zu verbringen, aber Nika schlug und trat nur noch heftiger nach ihr, so daß sie am Ende gehorchte und ihm dort auf dem Mantel, in Schnee und Schlamm, zu Willen war. Nika stand auf und trat wieder nach ihr, und als auch sie sich erhob, mußte sie die Hände vorstrecken, damit er ihr Ring und Uhr abreißen konnte. Dann stopfte er ihre Habseligkeiten, auch die eben ausgezogene Leibwäsche, in das Köfferchen, hob den Mantel vom Boden auf, hängte beides über den Lenker, stieg aufs Rad und fuhr davon. Sie stolperte zurück in die die Stadt und kam, derart mißhandelt und verfroren, zu Hause an. Auf Verlangen des Richters, und um Brankas Anzeige zu bekräftigen, zählte die Wirtin noch einmal genau alle Dinge auf, die der Untermieterin fehlten, als sie am Morgen hilflos in ihrem Zimmer stand: Leibwäsche, Unterkleid, Uhr und Ring, Wintermantel, Pullover und der Koffer samt Inhalt.

So hatte der Richter zwei Aussagen in einer; und tatsächlich, als tags darauf die ängstliche, aber fügsame, noch immer verschwollene und bis zum Kinn vermummte Branka Radić auftrat, wurde die Ermittlung nur durch eine neue – stellenweise erweiterte und stellenweise verkürzte – Version derselben Geschichte bereichert. In leicht erkennbarer, vielleicht halb unbewußter Furcht vor der *ganzen* Wahrheit beschrieb Branka allzu ausführlich den *Beginn* des Vorfalls, als läge darauf das Hauptgewicht ihrer Demütigung oder, was auf das gleiche hinausläuft, als unterdrücke sie instinktiv das Schlimmste, womit alles geendet hatte. Sie schilderte detailliert ihre abendliche Fahrt mit Nika: Der Bus war voller Dorfbewohner gewesen, so daß nur sie einen Sitzplatz bekam, Nika hatte ihr zugerufen, daß sie aussteigen müßten, und zwar eher, als sie erwartet hatte; sie war bei völliger Dunkelheit vor den ersten Häusern von Čenej herausgeklettert, wo sie noch nie gewesen war, und mit ihr zwei, drei Bäuerinnen, die ihre Körbe am Straßenrand absetzten. Nika hatte sie brummend am Ärmel auf die andere Seite zu einem einzeln stehenden Gebäude gezogen; sie erkannte ein Kaffeehaus, das jetzt geschlossen war, was Nika wütend machte; sie hatte mit dem Koffer in der Hand gewartet, während er fluchend um das Haus herumging und dann mit dem Fahrrad wiederkam, das er offenbar dort abgestellt hatte.

Inzwischen waren die Frauen mit ihren Körben verschwunden; Nika ging mit ihr weiter, aber nicht auf der Chaussee, sondern auf einem Weg, der links in die Felder führte. Sie folgte ihm widerwillig, denn der Weg war vom geschmolzenen Schnee aufgeweicht, und im Dunkeln konnte sie nicht sehen, wohin sie trat; als sie sich deshalb beklagte, erklärte er, dieser Weg durch die Felder und Gärten sei eine Abkürzung. So ging sie folgsam hinter ihm her, zusätzlich behindert durch das Köfferchen, während er sein Fahrrad durch Pfützen schob, aus denen eiskaltes Wasser hochspritzte. Aber am Horizont waren keine Häuser zu sehen, weshalb sie erschöpft stehenblieb und bat, sie sollten umkehren. Er kehrte schweigend um, aber nur bis zu ihr; er ging um sie herum und stieß sie unversehens so heftig mit der Faust in die Seite, daß sie fast stürzte. »Du hast zu gehen, wohin ich es dir sage!« schrie er und trieb sie, wie eine Sklavin in Ketten, mit Faustschlägen vor sich her. Es begann eine Art Wettlauf mit den Schlägen. Sie stolperte in ihren dünnen Sonntagsschuhen voran, nur um den Hieben auszuweichen, er aber holte sie ein, schob wütend das Fahrrad neben sich her und traf sie mit Faustschlägen und Fußtritten am Rücken und an den Hüften. »Du Nutte!« beschimpfte er sie. »Dich werd ich lehren, mich anzuzeigen. Für die Strafe wirst du mir büßen!« Und damit, ebenso wie mit den Schlägen, denen sie weiterhin auszuweichen versuchte, stachelte er sich immer mehr an. Am Ende war er wohl müde geworden, oder sein Zorn war verraucht, jedenfalls hielt er plötzlich inne und zischte: »Bleib stehen!« Sie gehorchte, und er befahl: »Zieh den Mantel aus!« Sie wollte sich wehren, doch er warf das Fahrrad um, sprang zu ihr, stieß ihr die Faust ins Gesicht, so daß sie das Gleichgewicht verlor, packte sie, hob sie hoch, zerrte ihr Mantel und Pullover herunter, griff nach dem Rock, aber das ließ sie nicht zu, also fuhr er mit der Hand darunter, zog ihr das Unterzeug vom Leib, worauf sie ihn, blind vor Angst, gewähren ließ.

Dann befahl er ihr, die Hand auszustrecken, und da sie nicht wußte, welche, streckte sie beide aus. Er nahm ihr den Ring ab, packte ihre Uhr so heftig, daß das Lederband platzte, und warf alles auf einen Haufen. Wieder schlug er sie, fluchte und drohte, sie werde schon sehen, wen sie da angezeigt habe; er warf sie zu Boden und mißhandelte sie weiter mit Fäusten und Füßen, bis er ermattete. Dann griff er sich den Koffer und all ihre Sachen, hängte den Koffer an den Fahrradlenker, warf den Mantel darüber, stieg auf und fuhr davon. Sie mußte zu Fuß und halb entkleidet in die Stadt zurückkehren.

In dieser erregten Aussage wurde der erzwungene Liebesakt verschwiegen, den die Wirtin in ihrer Darstellung erwähnt hatte; dem Richter fiel das auf, doch er wollte nicht durch direkte Fragen Schamgefühle verletzen. Er ging also auf Umwegen vor und äußerte, ihm scheine eine ganze Nacht zu lang für das, was Branka berichtet hatte; und damit erreichte er tatsächlich, daß sie errötete und ihre schrägen grünen Augen abwandte. Als sie sich wieder gefaßt hatte, räumte sie ein, das sei richtig, aber sie könne nicht den ganzen Verlauf der erlittenen Qualen beschreiben, da sie eine Zeitlang bewußtlos gewesen sei; wie lange die Ohnmacht gedauert habe, wisse sie nicht, aber als sie erwacht sei, habe sie auf ihrem Mantel gelegen, und Nika habe in einiger Entfernung bei seinem Fahrrad gestanden und geraucht; bei ihrer ersten Bewegung habe er sich wieder genähert und sie unter Beschimpfungen und Drohungen von neuem geschlagen. Mehr war nicht aus ihr herauszubekommen, und das genügte dem Gericht.

Zumal der aus der Untersuchungshaft vorgeführte Nika Mišković die Beschuldigungen nicht abstritt. Er verhielt sich nur seltsam verstört, unmotiviert zornig wie alle impulsiven Menschen, die nicht überlegt, sondern instinktiv, im Affekt handeln und sich dann wundern, wenn sie deshalb zur Verantwortung gezogen werden. Er trat vor dem schmalen Richtertisch nervös von einem Fuß auf den anderen, reckte sich, sehnig und mager, gelbgrau im Gesicht nach mehreren Tagen der eingeschränkten Bewegung, bald nach links zum Fenster, bald nach rechts zur Tür und rollte seine arabisch schwarzen Augen, als wolle er sofort aus dem engen Büro oder aus der eigenen Haut springen. Er sprach heiser, abgehackt, mit deutlicher Verachtung für die Weibergeschichten, die man ihm anlastete, aber ohne Ausflüchte, wie ein starkes Tier, das entschlossen ist, sich selbst um den Preis einer härteren Strafe aus der langsamen Quälerei zu befreien.

Er behauptete, keine hinterhältige Absicht gehabt zu haben, als er die Busfahrt nach Čenej eine Station zu früh unterbrach: Er wollte einfach in das Kaffeehaus einkehren, um etwas zu trinken und das Fahrrad zu holen, das er zwei Tage zuvor im Schuppen hinter dem Haus abgestellt hatte. Er hatte nicht bedacht, daß die Gaststätte an diesem Tag (einem Montag) geschlossen hatte, und war wütend, als er es bemerkte. Der Bus war inzwischen weitergefahren, also mußte man zu Fuß gehen; darum hatte er sich querfeldein gewandt, was den Weg zum Haus seines Bruders in der Tat beträchtlich abkürzte. Branka jedoch jammerte unausgesetzt wegen des morastigen Bodens, was seinen Zorn noch steigerte; ihm fiel wieder ein, daß sie ihn wegen zwei oder drei Ohrfeigen beim Friedensrichter verklagt hatte, denn gerade vor ein paar Tagen war er ermahnt worden, die zehntausend Dinar Strafe zu zahlen. Er wollte sich einfach an ihr rächen, und darum verprügelte er sie. Und nachdem er sie schon gezwungen hatte, den Mantel auszuziehen (*wozu*, das erwähnte auch er nicht, als verstünde es sich von selbst), nachdem er ihr also Mantel und Pullover abgenommen hatte, kam ihm die Idee, er könne sich jetzt schadlos halten. Das sagte er Branka und warf Mantel und Pullover zu Boden; dann nahm er ihr die anderen Sachen ab, ja, auch Ring und Uhr, denn er war zu zornig, um ihren Wert einzuschätzen. Schließlich hängte er alles ans Rad und ging, ohne sich nach Branka umzuschauen, zum Haus seines Bruders, das er vom Garten her betrat; die Sachen und das Fahrrad ließ er im Schuppen zurück. Er traf Bruder und Schwägerin beim Abendessen an. Fünf, sechs Minuten später sei auch Branka eingetroffen, und sie hätten die Nacht zusammen verbracht.

An dieser Stelle unterbrach der Richter die kurzgefaßte Einlassung des Beschuldigten: Der Widerspruch zu den beiden vorausgegangenen Aussagen war zu kraß. War ihm Branka wirklich zum Bauernhof gefolgt? fragte er, war sie nicht, verprügelt und ausgeraubt, allein in die Stadt zurückgekehrt? Aber diese Zwischenfrage, die Nika in Verlegenheit bringen sollte, rief bei ihm nur ungeduldiges Staunen hervor. Weshalb hätte Branka zurückkehren sollen! Er verzog geringschätzig den Mund. Diese Nacht war doch verabredet gewesen. Branka hatte sie kaum erwarten können und war ihm gefolgt, vielleicht in einiger Entfernung, weil er es eilig hatte, aber der Abstand konnte nicht groß gewesen sein, da sie nur ein paar Minuten nach ihm eintraf. Auf Verlangen des Richters, der nicht geneigt war, ihm zu glauben, berichtete Nika auch Einzelheiten aus dem weiteren Verlauf des Abends und der Nacht. Als er bei seinem Bruder ankam, hatte er, wie er sagte, verschwiegen, was auf dem Feld geschehen war, doch als Branka eintraf, errieten Bruder und Schwägerin mehr oder weniger alles aus ihrem Anblick und der unvollständigen Kleidung. Die Schwägerin erhob sich vom Tisch und bot ihr Platz an; Branka jedoch wollte nicht essen und erbat nur Wasser, um sich den Schmutz von den Beinen und das Blut vom Gesicht zu waschen, also ging die Schwägerin mit ihr in den Flur. Der Bruder, mit dem Nika allein am Tisch sitzen blieb, machte ihm Vorhaltungen, weil er sich an Branka vergangen habe, aber Nika verbat sich jede Einmischung und ging beleidigt, ohne das Abendessen beendet zu haben, ins Gästezimmer, wo er sich sofort entkleidete und hinlegte. Einschlafen konnte er jedoch nicht, er hörte, daß Branka mit der Schwägerin in die Küche zurückkam, daß sie miteinander redeten, daß Branka flüsterte und weinte und der Bruder schimpfte. Er sah, daß die Petroleumlampe allmählich herunterbrannte, dann wurde die Tür des Gästezimmers geöffnet. Es war Branka, die sich, schon ohne Schuhe, dem Bett näherte und fragte, ob sie sich hinlegen dürfe. Er rückte schweigend beiseite, und sie zog sich aus und legte sich zu ihm. So verbrachten sie die Nacht gemeinsam wie immer. Am Morgen trennten sie sich, denn er mußte mit dem Fahrrad und sie mit dem Bus fahren. Als er aufbrechen wollte, kam sie zu ihm auf den Hof und fragte nach den Sachen, die er ihr weggenommen hatte, worauf er ihr ins Wort fiel: Die Sachen werde er behalten und notfalls verschleudern, damit sie endlich lerne, nicht mehr gegen ihn zu klagen. So war es auch; er fuhr mit dem Rad, an dem die Sachen noch so hingen, wie er sie am Vorabend verlassen hatte, in die Stadt und gleich zum Trödelmarkt, wo er alles zusammen für siebeneinhalbtausend Dinar verkaufte. Offensichtlich hatte er nicht damit gerechnet, daß Branka den Mut hätte, ihn ein zweites Mal anzuzeigen.

Diese neue, längere Beschreibung der Nacht, wenn auch juristisch bedeutungslos, denn beide Straftaten – Körperverletzung und Raub – wurden durch sie nicht abgestritten, vernebelte den ganzen Fall einigermaßen, und der Richter sah sich gezwungen, weiterzuforschen. Dabei war er überzeugt, daß sich der Gewalttäter nur wichtigmachen wollte, denn das Bild der stillschweigenden Versöhnung des Liebespaars auf dem Bauernhof, so lebendig es auch gezeichnet war, paßte absolut nicht zu der schmerzlichen und demütigenden Abrechnung auf dem Feld, die vorausgegangen war, und auch nicht zu dem ausgeglichenen, aufrechten Charakter, den die Klägerin bei ihrer Vernehmung gezeigt hatte. Mit einem müden Seufzer eingedenk seines Berufs, der einen vernünftigen Menschen zwang, Zeit auf die Klärung krankhafter Hirngespinste zu verschwenden, unterschrieb er die Anweisung, die Ermittlungen auf Ilija und Smilja Mišković, Landarbeiter und Hausfrau aus Čenej, auszuweiten.

Es dauerte ein paar Tage, bis die beiden Vorgeladenen in der Stadt und im engen Richterbüro erschienen, gezwängt in zu klein gewordene Sonntagskleider, vorsichtig, verlegen und gerissen zugleich, wie Bauern gewöhnlich vor Behörden auftreten. Ilija Mišković – eine gesündere, muskulösere und weniger schwarze Ausgabe von Nika Mišković – gab sogleich zu Protokoll, er solidarisiere sich nicht mit seinem Bruder, der ein unverbesserlicher Strolch sei und nur das Ansehen der Familie beschmutze; ermutigt durch diese Erklärung, möglicherweise auch durch eine vorherige Absprache zu Hause, fügte seine sommersprossige blonde Frau mit piepsiger Stimme hinzu, ihr Schwager habe es nur dieser armen Branka zu verdanken, daß er hin und wieder unter ihrem unbescholtenen Dach habe weilen dürfen. Seltsamerweise bestätigten beide aber in der Einzelheit, deretwegen sie vorgeladen waren, nicht etwa die Aussage der Klägerin, sondern die des Beklagten: Branka sei wirklich am Montag vor zwei Wochen bei ihnen gewesen und habe dort übernachtet. Um jeden Zweifel auszuschließen, vernahm der Richter sie getrennt, aber auch dabei deckten sich ihre Aussagen: Sie beschrieben auf gleiche Weise nicht nur Brankas Ankunft und Abschied, ihre Worte und Handlungen – unter anderem die traurige, resignierte Bereitschaft, im Gästezimmer zu übernachten –, sondern auch die Art, wie sie in dieser kalten Januarnacht gekleidet beziehungsweise nicht gekleidet war, ja selbst Art und Ausmaß der Verletzungen an Gesicht und Hals, die in allem mit dem ärztlichen Gutachten übereinstimmten.

Der sichtlich überraschte Richter ordnete eine Gegenüberstellung an, und an einem der folgenden Tage fanden sich Branka Radić und die drei Mišković zur selben Stunde bei ihm ein. Die letzteren blieben bei ihrer Behauptung – Nika mit schiefem, hochmütigem Lächeln, das bäuerliche Paar schulterzuckend, wie zur Entschuldigung –, so daß Brankas Gegenthese diesmal sehr wenig überzeugend ausfiel. Ihr schien überdies nicht daran gelegen, daß man ihr Glauben schenkte, vielmehr daran, daß die qualvolle Szene vorüberging: Die Einzelheiten ihrer Selbsterniedrigung in der Nacht nach der Gewalttat hörte sie blaß und wortlos an, wobei sie den Blick gesenkt hielt, und wiederholte auf die Frage des Richters nur ihre frühere Aussage mit sehr leiser, monotoner, leidenschaftsloser Stimme.

Und so blieb es auch bei der Verhandlung. Mit diesem Widerspruch in den Aussagen zu einem nebensächlichen Detail, das jedoch den Fall ins Geheimnisvolle, Atavistische ausweitete. Den weiteren Verlauf der Nacht abzuleugnen bedeutete für Branka Radić offenbar, das Profane ihrer Liebesbeziehung abzuleugnen. Aber wer hätte die Behauptung gewagt, daß diese Beziehung profan war? Nur wer sie oberflächlich beurteilte, aufgrund dieser sporadischen Begegnungen – die Wirtin hatte gesagt: mal häufiger, mal seltener, gewöhnlich zwei- bis dreimal im Monat –, welche die Bedürfnisse keines der beiden Partner auf harmonische, menschlich und gesellschaftlich annehmbare Weise befriedigen konnten. Ins Kino und ins Café ging Branka allein; Nika tauchte nur auf, wenn er Lust hatte, die Nacht mit ihr zu verbringen, und sie fügte sich ihm. Also eine Verbindung zwecks teilweiser Befriedigung zweier schon reifer Menschen.

Aber wenn man bedenkt, was Branka für die Verbindung aufwendete, dann ändert sich das Bild. Man braucht sich nur der Dinge zu erinnern, die sie für den abendlichen

Ausflug nach Čenej bereitgelegt hatte und die ihr dann weggenommen wurden – Unterkleid und Koffer, Handtuch und Seife, Zahnbürste und Zahnpasta, Hauspantoffeln, Wäsche zum Wechseln –, und sich vorzustellen, was für Mühe, da es sich um eine Hilfsköchin, eine mittellose einsame Frau und Untermieterin handelte, die Beschaffung all der Dinge erforderte. Und dann das Wissen, die Kultur, die sie sich angeeignet hatte, sicher aus einem inneren Bedürfnis heraus, den Begegnungen Glanz zu verleihen nach einem höheren, gleich welchem Vorbild. Für sie, das nicht mehr junge Mädchen, bedeuteten sie mehr als nur Befriedigung, sie bedeuteten Flucht aus dem Alltäglichen in die Sphäre der Gefühle, eine Sphäre, die allumfassend ist, jenseits von Zeit und Raum, vollkommen.

Der Partner, den ihr die Umstände in Gestalt des liederlichen, gewalttätigen Nika Mišković bestimmt hatten, ließ sich freilich kaum in dieses Musterbild einfügen. Aber ist es nicht ein Beweis für die Kraft dieser Frau, daß sie, als sie Nika einmal begegnet war, nicht mehr von ihm abließ, sich aber auch nicht seiner rüden Art anpaßte? Sie war bereit, dem Begehren eines rücksichtslosen Mannes zu dienen, den vermutlich gerade ihr für seine Begriffe übertriebener Ordnungssinn und wählerischer Geschmack zu rächender Brutalität anstachelten – nahm sich daraus aber nur das, was sie als Nahrung für ihr Ideal brauchte, nämlich das Begehren. Sie paßte sich dem unregelmäßigen, durch Nikas hitziges Naturell und seine anderen Beziehungen diktierten Rhythmus der Rendezvous an; sie war bereit, die Nächte mit ihm auf dem entfernten Bauernhof zu verbringen, wohin sie beschwerliche Fahrten unternehmen und wo sie sich dem Gerede fremder Menschen aussetzen mußte – statt das Mädchenzimmer in der Wohnung einer ordentlichen Familie gegen eine zweifelhafte, aber zugänglichere Behausung zu vertauschen –, doch wenn sie es tat, nahm sie alle Requisiten besseren Geschmacks und höherer Anforderungen mit.

Deshalb war sie von dem Feld, wo Nika sie verprügelt und beraubt hatte, nicht in die Stadt zurückgekehrt, sondern war ihm zum Bauernhof gefolgt – wegen dieses Ideals, das um jeden Preis zu bewahren war, wegen ihrer Liebe zu Nika, mit einem Wort. Aber aus Treue zu diesem Ideal konnte sie sich nicht entschließen, das zuzugeben.

Hier bleibt nur eine Frage ungeklärt: Warum hatte sie Nika Mišković nach der mit ihm verbrachten Liebesnacht angezeigt und verklagt? Es ist freilich ungewiß, ob sie das getan hätte, wäre sie nicht in mißhandeltem und ausgeraubtem Zustand gesehen worden. Beim erstenmal, damals im Sommer, hatte sie Nika angezeigt, weil er sie vor vielen Leuten im Restaurant geohrfeigt hatte. Diesmal war sie mit den Schmerzen, den Verletzungen und der Erkältung, mit all dem Ungemach, das durch die Liebesnacht ein wenig betäubt worden war, unbemerkt in die Stadt zurückgekehrt und lautlos in ihr Zimmer geschlichen, um sich hinzulegen und zu erholen. Doch die Fahrt durch den kalten Morgen hatte die Verletzungen wieder stärker spürbar werden lassen, und beim Entkleiden vor dem Bett hatte sie ihr Zähneklappern und Stöhnen nicht unterdrücken können. Sie war in ihrer Demütigung gesehen worden und mußte so handeln, wie es ihr Idealbild der Liebe in solchen Situationen vorschrieb.

# Das reine Hemd

Djuro Dražetić war es gelungen, sich und seine Familie über den Krieg in der heimatlichen Bosanska Krajina zu retten und nach dem Krieg als Kolonist nach Jarak in der Bačka zu gehen. So wurde er 1946 mit genau sechsundvierzig Jahren zum Flachlandbauern. Freilich nicht in vollem Sinne, denn den erreicht man bei dieser Arbeit nur, wenn sie eine Lebensaufgabe ist. In Dražetićs Fall jedoch bedeutete das als Geschenk und zur Bearbeitung erhaltene Stück fremden Bodens in erster Linie eine willkommene Möglichkeit für sich selbst und die Seinen, sich vom Hungern und Nomadisieren während des Krieges zu erholen. Da der Boden ihm unverhofft zugefallen war, ohne Vergangenheit, die ihn – oder seine Vorfahren – verpflichten konnte, hatte das Stück Land auch keine Zukunft. Es wurde einfach genutzt, so wie man Holz aus dem Wald zum Heizen nutzt, Steine aus den Bergen zum Bauen, wie Wasser und Luft, die uns stärkend und erfrischend durchströmen.

Die Früchte des Feldes füllten die Mägen oder sie wurden zu Geld gemacht, mit dem Dražetić sich und die Familie kleidete und den Kindern eine Ausbildung ermöglichte. Die Tochter hatte im nahen Dorf Kovilj einen Angestellten der Genossenschaft geheiratet, der älteste Sohn war Traktorist geworden, die beiden jüngeren hatten Handwerksberufe erlernt. Darüber waren fünfzehn Jahre vergangen; Djuro war jetzt sechzig. Ein alter Mann, noch rüstig, aber grauhaarig und zahnlückig, und der Boden, den er besaß, mußte, wenn er Frucht tragen sollte, ständig gepflügt, gejätet, umgegraben werden. Von ihm, in gebückter Haltung, durstig und schwitzend.

Aber wozu das jetzt? Solange die Kinder mit ihren Bedürfnissen zu Hause waren, hatte sich diese Frage nicht gestellt. Sie würde sich auch heute nicht stellen, hätten die Kinder, obwohl sie nicht mehr im Haus lebten, den Wunsch erkennen lassen, den Landbesitz zu erben und zu übernehmen – dann hätte er im Namen des Bodens eine gewisse Macht über sie gehabt. Aber als echten Abkömmlingen eines Kriegsteilnehmers und Flüchtlings galt ihnen die Macht des Bodens nichts; sie empfingen nur gern das Geld und die Pakete, die ihnen die Mutter brachte und schickte und für die er sich auf den Feldern geschunden hatte. Sie stießen ihn in die Erde, in die Furchen, aus denen sie ihre Füße im feinen Schuhwerk befreit hatten.

Dražetić rebellierte, erbittert durch diese sklavische Abhängigkeit, die niemand mit ihm teilen wollte. Um sich zu rächen, verbot er seiner Frau, die Söhne und die Tochter weiterhin zu beschenken, da sie das nicht verdienten. Aber sie war auch von dieser Art: Sie achtete den Boden ebensowenig wie die Kinder und er selbst; sie war auch schon alt geworden, häßlich dick, keine Frau mehr, nur noch eitle Mutter. Sie blinzelte heimtückisch und stahl stillschweigend Geld aus Dražetićs Anzügen und Mehl aus der Vorratskammer. Als er das wieder einmal bemerkte – sie wisperte in der Sommerküche mit dem jüngsten Sohn, der auf Urlaub von der Armee gekommen war –, sprang er hinzu und schlug sie mit dem Peitschenstiel zweimal ins Gesicht und auf den fetten Busen. Im selben Augenblick stand der Sohn vor ihm, packte ihn, warf ihn auf den von Hühnerkot beschmutzten Boden, hob ein Brett und drohte ihn zu erschlagen, falls er die Mutter nur noch einmal anrührte. Der Alte stand keuchend auf. »Das sagst du mir?« stöhnte er empört. »Ja, und sieh dich bloß vor!« rief der Sohn, der das Brett noch immer hoch erhoben hielt. Er war der Stärkere, und Dražetić mußte weichen. In der Küche nahm er seine Joppe vom Nagel und ging davon, um nie wiederzukehren.

Was geschehen war, hatte ihn erschüttert. Während er halb bewußtlos durchs Dorf und an den Feldern vorbei zur Landstraße strich, hatte er ständig das Bild vor Augen, wie der jüngste Sohn das Brett über ihm erhob, der er hilflos und schmerzerfüllt auf dem schmutzigen Boden lag. Jetzt kam es ihm unglaublich vor, daß er sich der Gewalt so leicht gebeugt hatte; jetzt fielen ihm die passenden Worte und Gesten ein, mit denen er den Flegel hätte in die Schranken weisen und bestrafen müssen. Er hätte die beiden aus dem Haus jagen sollen, statt sich selbst vertreiben zu lassen! Aber es war zu spät; und er fühlte auch eine gewisse boshafte Genugtuung bei dem Gedanken, daß ihm gerade diejenigen, denen er mit seiner Arbeit zu Diensten gewesen war, unrecht getan hatten: Sie würden bald merken, wie es ihnen ohne ihn erging! Dieser Gedanke erleichterte ihm wie eine gute Arznei die Last der Entscheidung, und nach einiger Zeit konnte Dražetić sein Augenmerk äußeren Dingen zuwenden. Es war ein stiller Vormittag im März, er stellte fest, daß er in Richtung Novi Sad ging, und billigte diese unbewußte Wahl. Wie all die schon bestellten Felder, an denen er vorbeikam, blieb auch sein eigener Boden, den er nicht geliebt und um dessentwillen er wie ein Sklave gelitten hatte, für immer hinter ihm. Als er müde geworden war, sprach er einen älteren Mann an, der in seiner Richtung mit einer Fuhre Maisstroh unterwegs war; zum Mitfahren eingeladen, erfand er ziemlich schnell die Erklärung, er wolle wegen einer Steuerangelegenheit nach Novi Sad. An der Peripherie ließ er sich absetzen (die Fuhre bog hier ab) und marschierte zu Fuß in die belebten Straßen.

Mit dem Stadtleben war er einigermaßen vertraut, denn in Bosnien hatte er als junger Mann zeitweilig beim Straßen- und Häuserbau gearbeitet; was noch wichtiger war, er hatte aus dem Krieg Erfahrungen und Geschick im Umgang mit Vorschriften mitgebracht. Als erstes fragte er also einen Milizionär, wo er sich um Arbeit bemühen könne; und obwohl der recht mißtrauische junge Mann seine Erkundigung mit Gegenfragen beantwortete, bekam Dražetić von ihm die Adresse des Arbeitsamtes, ohne daß er seine wahren Motive offenbart hätte. »Ich habe keine Kraft mehr für die Schinderei auf dem Acker«, erläuterte er entschuldigend und zückte den Invalidenausweis, den er zum Glück immer bei sich trug. An den folgenden Tagen wiederholte er diese Vorgehensweise – mündlich und schriftlich – schon routiniert vor den amtlichen Arbeitsvermittlern.

Und sein Ersuchen fiel ganz erträglich und leger aus, als wäre er aus dem Alter in eine Zeit der Erwartung zurückgekehrt. Es entsprach seiner kommunikativen Natur, sich darzustellen und sogar zu bitten, nachdem er seine seelischen Verletzungen überwunden hatte. Wenn er sich morgens dem schönen zweistöckigen Gebäude des Arbeitsamtes näherte, begegnete er auf den Gehwegen und im benachbarten Park ganzen Scharen schlechtgekleideter Menschen, die wie er vom Dorf gekommen waren und alle mit dumpfer Hoffnung auf das schwere Eisentor blickten. Sobald es sich öffnete, drängten sie in den riesigen ovalen Wartesaal und auf die Bänke, wo sie sitzen würden, bis sie von einem Schalter her aufgerufen wurde, wo ihre Namen registriert waren. Unter den Banknachbarn waren Gespräche nicht zu umgehen, und das Gemurmel im Saal verstummte nur auf zwei, drei Sekunden, wenn ein Name aufgerufen und verstanden wurde. Jeder breitete seine Nöte aus, und es zeigte sich, daß Dražetić nicht am schlimmsten dran war, denn hier gab es Männer, die eine Familie oder eine kranke Frau am Hals hatten oder selbst krank waren;

keiner war wie er aus freiem Willen und Trotz in die Stadt gekommen. Und obwohl er sich hütete, seinerseits eine Beichte abzulegen, sondern die erprobte Ausrede benutzte, er habe keine Kraft mehr für die Landwirtschaft, fühlte er eine kleine innere Überlegenheit, und er konnte sogar mit traurigem Kopfschütteln Mitleid bekunden oder Ratschläge erteilen. So bekam er einige ständige Gesprächspartner und über sie auch eine Wohnung in einer strohgedeckten Hütte am Kanal, wo ihm ein gealterter Zigeunermusikant gegen einen entsprechenden Anteil an der Miete einen Platz auf seinem zerdrückten Strohsack einräumte.

Aber es kam auch ein Ende des erzwungenen Nichtstuns – zur rechten Zeit, nachdem der Inhalt seiner Brieftasche bis auf den Invalidenausweis zusammengeschmolzen war, der seine Rolle redlich erfüllte, denn er verhalf Dražetić zu einer Beschäftigung als Wächter auf einer neuen Baustelle. Das war ein stolzer Augenblick: Er wurde noch gebraucht! – und im Grunde eine ungeheure Überraschung, denn er hatte allmählich die Hoffnung verloren und dachte schon heimlich an eine schmachvolle Rückkehr in sein Dorf. Statt dessen meldete er sich beim Chef in einer Baracke am Donau-Ufer, und da die Arbeit hier erst beginnen und das Personal rekrutiert werden sollte, wurde er gleich dabehalten.

Die Arbeit war nicht schwer: Er hatte im Wechsel mit einem jungen Mann, dem der linke Arm fehlte, die Baracke und das Gelände zu bewachen, wo das Baumaterial abgeladen wurde. Zwölf Stunden am Tag oder in der Nacht. Nur daß es unendlich langweilig war. Nicht weil es keine wirkliche Arbeit gab, was Dražetić gut aushalten konnte, sondern aus Mangel an Gesellschaft. Auf der Baustelle war er fast ständig allein, denn der Chef, der mehrere solcher Projekte überwachte, kam nur gelegentlich mit seinem Motorrad vorbei und fluchte leise wegen der schleppenden Materiallieferungen, die Dražetić nichts angingen; die Transportarbeiter – junge, dreiste Leute, die ihn kaum eines Blickes würdigten – sprangen in ihre Lastwagen, kaum daß sie die Ziegel und Klinker abgeladen hatten, und der wortkarge einarmige Kollege – Metallarbeiter aus einer wohlhabenden Familie, der den Unfall vor kurzem erlitten hatte – beschränkte sich auf fünf Minuten Gespräch beim Schichtwechsel. In der Hütte wiederum lief ein ganz anderes Privatleben ab, ärmlich und Dražetić ebenso fremd. Der Vermieter, ein Alkoholiker, war Fuhrmann, und seine Frau, obwohl erst in den Dreißigern, lag ständig, wachsbleich und schmutzig, krank im einzigen Bett, jammerte und schalt die Kinder, die schmuddelig und närrisch durchs Haus und seine Umgebung rannten. Der Zigeunermusiker war bald nach Dražetićs Einzug weggegangen – er hatte eine Bratsche aufgetrieben, die er für seine Arbeit auf den Dörfern brauchte –, und wenn Dražetić morgens heimkam, traf er nur Unordnung und Lärm an, was seinen Schlaf störte, und nach der Tagschicht Finsternis und den schweren Geruch schlafender ungewaschener Körper. Nirgends gab es Menschen in einem Übergangsstadium, wie er es durchlebte, denen er wie im Arbeitsamt seine geschönte Geschichte hätte erzählen können.

Das fehlte ihm, denn wenn er auch auf ein bestimmtes persönliches Leben verzichtet hatte – das eines Landarbeiters, Vaters, Kämpfers und so weiter –, so doch nicht auf das Recht, dieses Leben freiwillig und lautstark zu leugnen, in Wahrheit zu bestätigen. Ein anderes Leben hatte er ja nicht. Er konnte stundenlang auf den Stufen der Baracke sitzen und zusehen, wie sich die Weidenkronen belaubten oder die Ziegelhaufen höher wurden, und wenn niemand kam, hatte er das Gefühl, ebenso zufällig hier zu sein wie diese Weiden, die ewig rauschten, oder die Ziegel, deren wahre Bestimmung noch unbekannt war. Dann war die Schicht vorbei, und er ging nach Hause, immer auf demselben Weg am Stadtrand am Kanal entlang, über den Wall aus getrocknetem Schlamm von seinem Grund, auf dem die Füße der Passanten einen kaum erkennbaren Pfad getreten hatten. Er erreichte die Siedlung, vorbei an Häusern, in deren Gärten die Männer umgruben, die Frauen Wäsche aufhängten, die Kinder tollten – er hatte hier keinen Gegenstand, keinen Fußbreit Land, um darauf zu verharren. Er betrat ein Geschäft, um Lebensmittel für den kommenden Tag zu kaufen, aber das brachte ihm keine Freude wie früher. Auf die Waren, die er unter dem Arm trug, wartete niemand, ebensowenig auf ihn selbst. Ihn erwartete nur ein Strohsack, und das auch nur deshalb, weil er eine Kleinigkeit dafür bezahlt hatte – ansonsten störte er. Wer war er? Jener Djuro Dražetić, der seine Frau und seine kleinen Kinder durch vierzehn Flüchtlingslager gebracht hatte und am Ende von ihnen aus dem Haus gejagt worden war? Niemand wußte davon, niemand interessierte sich dafür, und Dražetić schien es inmitten der Gleichgültigkeit und Ödnis seiner Tage, daß auch in ihm jene klare Linie seines Lebens, deretwegen er gelitten hatte, die er aber als einziges besaß, zerbrach, verschwamm, verschwand. Er hatte das Gefühl, ein Nichts zu sein, nicht zu existieren.

Zu der kranken Vermieterin kam gelegentlich eine junge Frau namens Slavica; Dražetić traf sie, wenn er früh oder nachmittags zur Schicht ging, dabei an, wie sie den rissigen Lehmherd heizte oder Kartoffeln schälte oder vor dem Haus, an die Mauer gelehnt, aus einem Topf die Reste dessen aß, was sie für eine fremde Familie gekocht hatte. Sie war mittelgroß, aber zierlich gebaut; immer im Kopftuch, das sie auf dem seidigen blonden Haar mal vor-, mal zurückschob; in ihren raschen, flüchtigen Bewegungen war eine erleichternde Lebhaftigkeit inmitten der von Krankheit gezeichneten Hütte. Eines Morgens, im Gespräch mit der Vermieterin – der er normalerweise auswich, weil sie nach Schweiß roch und ständig jammerte –, erfuhr er, daß die junge Frau in der Nähe wohnte, vor kurzem vom Dorf gekommen war, wo sie ihren Mann verlassen hatte. Sie hatte nicht immer genug zu essen, und so verdingte sie sich für eine Mahlzeit.

Das machte auf Dražetić einen starken Eindruck: Zum ersten Mal, seit er Arbeit gefunden hatte – und gezwungenermaßen isoliert lebte –, erfuhr er von einem Schicksal, das er selbst hätte beeinflussen können. Alles ringsum war gesichtslos, zufällig, uninteressant, ohne Anteilnahme an ihm oder unheilbar in die eigenen Nöte versunken, die mit seiner Not nichts zu tun hatten; nur dieses eine Wesen strahlte Vitalität und Entschlossenheit aus und brauchte Hilfe – auch von ihm. Die junge Frau hatte Hunger, man mußte ihr zu essen geben – warum sollte er das nicht tun? Natürlich wirkte auf Dražetićs Überlegung wesentlich das angenehme Äußere der jungen Frau ein, ebenso wie die Tatsache, daß er kürzlich seinen ersten Lohn erhalten hatte, eine bescheidene Summe, von der aber nach der Bezahlung des Strohsacks genügend übrigblieb, um sorglos damit umzugehen.

Als er am nächsten Morgen die Hütte verließ, traf er Slavica dabei an, wie sie in einem auf zwei großen Steinen ruhenden Trog die geflickte Wäsche der Fuhrmannsfamilie wusch. Ohne groß nachzudenken, zog er die Jacke und das Hemd aus – sein einziges, das er einmal wöchentlich am Kanal wusch – und reichte es dem Mädchen mit den Worten: »Wasch mir das, ich bezahle gut.« Dann setzte er sich, statt zu frühstücken, auf einen Baumstumpf vor dem Haus (es war warmer Mai), scheinbar in der Absicht, die Arbeit an seinem Kleidungsstück zu beaufsichtigen.

Als sie das Hemd entgegennahm, warf Slavica einen forschenden, ernsten Blick auf den Auftraggeber; dann beachtete sie ihn nicht mehr, sondern beugte sich über ihre unerwartet größer gewordene Arbeit. Sie weichte das Hemd im schmutzigen warmen Wasser am Rand des Troges ein und fuhr fort, das einzuseifen und zu scheuern, was sie angefangen hatte. Schließlich kam auch das Hemd an die Reihe; Dražetić empfand eine seltsame Genugtuung, als er sah, wie das vom Wasser dunkel gewordene Gewebe mit dem vertrauten blauen Muster durch die dünnen Finger der Frau glitt, ihre nackten Arme mit Seifenwasser umspülte, und wie sich bei jeder Bewegung der Ausschnitt unter ihrer Achsel erweiterte und die weiße, von rötlichen Härchen leicht verschattete Haut entblößte. Als das Hemd gewaschen war, legte Slavica es nicht an den Rand des Trogs, sondern zog es sofort durch das saubere kalte Wasser im Eimer daneben, wrang es über dem Gras aus und trug es extra hinters Haus, wo die Wäscheleine gezogen war – und Dražetić glaubte in dieser Trennung ein geheimes Zeichen zu entdecken. Er stand auf und fragte sie – als wüßte er es nicht –, wann das Hemd trocken wäre. »Heute abend haben Sie es«, sagte sie bescheiden und verriet damit, daß sie seinen Tagesablauf kannte. Er zog einen Hunderter aus der Tasche und reichte ihn ihr. »Hier, im voraus«, erklärte er, da sie zögerte, das Geld zu nehmen. Fast selbst verwirrt wegen seiner Großzügigkeit (er hatte mindestens fünfzig Dinar zuviel bezahlt), machte er sich schnell auf den Weg zur Arbeit.

Abends war Slavica nicht vor dem Haus und natürlich auch nicht darin. Es herrschte tiefe Nachtstille, und als Dražetić sich seiner Schlafstätte näherte, sah er in dem schwachen, durch das Fenster dringenden Mondlicht, daß dort etwas Weißes lag. Er strich ein Zündholz an: Es war sein Hemd, gewaschen und gebügelt, gefaltet und zugeknöpft bis zum Kragen, dessen Ecken hochstanden. Seit Monaten hatte er kein gebügeltes Hemd getragen; als er jetzt sah, wie schön es unter den sorgsamen Frauenhänden geworden war, konnte er der Versuchung nicht widerstehen: Er legte die Jacke ab, zog das Hemd an und ließ sich langsam auf dem Strohsack nieder. Der Stoff lag etwas steif, aber glatt auf seiner Haut, und ihm fiel jetzt zum erstenmal auf, wie schmutzig und unbequem der Strohsack war. Dem Hemd entströmte ein zarter, aber nachhaltiger Duft nach Seife, Sonne, Bügeleisen; der Strohsack dagegen stank nach Staub und Schweiß, seinem eigenen und dem anderer Menschen. Das, was Dražetić bisher ins Elend gezogen hatte, ermahnte ihn nun, sich daraus zu befreien.

Zwei Tage lang sah er Slavica nicht, doch dann war sie wieder da; er erblickte sie, über den Herd gebeugt, im selben Moment, als er sich auf dem Strohsack aufsetzte. Benommen vom unruhigen Schlaf dicht über dem feuchten Lehm, der in der Hütte den Fußboden ersetzte, und mit klopfendem Herzen wie jedesmal, wenn er der jungen Frau ansichtig wurde oder an sie dachte, schlüpfte er in die Schuhe und näherte sich ihr in ihrem Rücken. Bei dem Geräusch drehte sie den Kopf, sah Dražetić, hielt in ihrer Bewegung inne und lächelte, ohne den Blick zu wenden. »Du hast mir das Hemd schön in Ordnung gebracht«, sagte er, schaute hinüber zur Vermieterin, die ihn vielleicht beobachtete, und als er ihrem neugierigen Blick begegnete, fuhr er leiser fort: »Wäschst du weiter für mich?« Slavica schlug die Augen nieder. »Ja.« Aber ihre Bewegung setzte sie nicht fort; ihre Hände verharrten mit zerknülltem Zeitungspapier und Holzscheiten vor dem offenen Feuerloch, als erwarte sie noch etwas. »Ich höre, daß du oft Hunger hast«, sagte er. Sie schüttelte den Kopf: »Nein.« »Das darfst du auch nicht«, nahm Dražetić den Faden auf und kam dann endlich mit seinem Vorschlag heraus: »Wenn du bereit wärst, mit mir zu leben, würdest du nie wieder Hunger haben. Verstehst du? Nie wieder!«

Sie zuckte nur mit den Lidern, ihr Lächeln erstarrte, aber sie antwortete nicht. »Willst du?« drängte er. Er beugte sich über sie und spürte ihren Geruch, denselben Geruch, schien ihm, den sein Hemd an jenem Abend verströmt hatte. »Wie Sie meinen«, vernahm er leise, aber deutlich, und schon schob sie das Knüllpapier und nacheinander die Scheite ins Feuerloch. Der jüngste Sohn der Vermieterin näherte sich ihnen barfuß, nur mit einem Hemdchen bekleidet; vom Bett in der Ecke glühten jene zwei kranke Augen. »Also abgemacht«, flüsterte Dražetić, drückte Slavica einen bereitgehaltenen Hunderter in die Hand, murmelte: »Für die Auslagen« und richtete sich auf. Slavica ließ die zerknitterte Banknote geschickt in ihre Schürzentasche gleiten, dann zündete sie ein Streichholz an und hielt es an das Knüllpapier. Ein Flämmchen flackerte auf, und sie verschob es im Feuerloch, ganz in ihre Arbeit vertieft. Dražetić trat etwas beiseite und begegnete dem mißtrauisch lauernden Blick der Vermieterin. Ihm war klar, daß sie begriffen hatte, und er schämte sich ein wenig. »Ich werde auch für sie bezahlen«, rief er, um sie zu beruhigen, wurde aber noch verlegener, denn er erfaßte erst bei diesen Worten – einer geschäftlichen Vereinbarung –, daß wirklich alles in Ordnung und Slavica die Seine war. Ihm fiel ein, was das bedeutete, jetzt sofort bedeuten konnte, und er schaute die junge Frau ungläubig an. Sie war noch immer in gebückter Haltung mit dem Feuer beschäftigt und blickte nicht auf, hielt jedoch den Kopf etwas schräg, als lausche sie auf etwas. Er war ganz schwindlig vor Siegesgewißheit, aber der Verstand sagte ihm, daß er überlegen und abgeklärt bleiben mußte, wollte er nicht aufs Spiel setzen, was er so glücklich errungen hatte. »Also bis heute abend«, sagte er heiser und ging schnell fort, auf unsicheren Beinen wie einst in der Jugend, als es noch vorkam, daß er sich samstags betrank.

Die Trunkenheit hielt den ganzen Tag an; zum erstenmal, seit er in der Stadt war, und, wie ihm schien, seit langer Zeit, empfand er die Stunden als Hindernis, wie ein Gewirr zäher Fäden, die sich um die Beine schlingen und den Schritt hemmen. Auf der Baustelle traf er zu früh ein – wieder ohne gefrühstückt zu haben –, so daß sich der Einarmige noch in der Baracke aufhielt, was Dražetić jetzt irgendwie störte. Ebenso störte ihn am Mittag die Ankunft eines Lastwagens voller Drahtrollen, welche die Arbeiter umständlich und lautstark in der Baracke abluden. Er brauchte nicht länger die Nähe anderer Menschen, um sich seiner Existenz bewußt zu werden: Sie bäumte sich in ihm auf wie ein Pferd, dem es im eigenen Körper zu eng ist. Er war wieder Djuro Dražetić, der bäuerliche Heiduck, der proletarische Märtyrer, der verlassene Ehemann und Vater, jetzt auch ein später Liebhaber, all das in einer festgefügten, wenn auch vom Schicksal gebeutelten Person. Er hatte das Licht der Welt erblickt und gearbeitet, er hatte Kinder gezeugt und Menschen zu Grabe getragen, er hatte Verletzungen und Demütigungen hinnehmen müssen, und als er es nicht mehr aushielt, hatte er von sich aus eine scharfe und schmerzhafte Wendung in seinem ohnehin wechselvollen Leben vollzogen. Gerade jetzt, nach dieser Wendung, zeigte sich ein erregender Strahl Heiterkeit, und dem strebte er reglos an diesem langen Tag entgegen, während er jeden Moment zum Himmel aufblickte, wo die Sonne ihre weite Bahn begann, rundete und beendete, und am Abend eilte er befreit und auf trunkenen Beinen davon.

Vor der Hütte erwartete ihn Slavica mit einer warmen Mahlzeit – Kartoffelpaprikasch, das sie beide, auf zwei Steinen sitzend, aus einer geliehenen roten Kasserolle und mit geliehenen Löffeln aßen –, und als er sich eine Zigarette anzündete, ging sie mit dem leeren Geschirr hinein. Der Abend senkte sich still auf die Häuser, nur über dem weichen Band der Dunkelheit, das die Erde umfing, flimmerte rötliches Licht aus dem fernen Stadtzentrum. Dražetić schnippte mit einem Fingernagel den Stummel aus der Zigarettenspitze, blies die Tabakkrümel hinaus, stand auf und wandte sich langsam zur Hütte. Dort war die Finsternis schwarz und starr, und er hörte nur seinen eigenen Atem. Aber als er sich nach rechts zu seinem Strohsack umdrehte, spürte er den vertrauten Duft von Seife und gewaschenem Leinen. Er kniete sich auf den Rand der groben Schlafstätte, streckte die Hände aus und ertastete tatsächlich Slavicas auf der Seite liegenden Körper, warm und glatt unter einem kurzen Hemd. Mit einem unwillkürlichen Seufzer streckte er sich neben ihr aus.

Er war schon vom Begehren ergriffen und wußte natürlich, was für ein Geschenk er da bekam; aber doch verblüffte ihn nicht die Intensität der Lust, sondern die Kühnheit, mit der er sich ihr hingab. Während er allmählich alterte, in der Arbeit neben seiner Ehefrau, die vorzeitig verwelkte, war er auch früher in der Nähe jüngerer weiblicher Wesen in Versuchung geraten, hatte aber geglaubt, das Leben nur nicht genug ausgekostet zu haben – im Krieg waren die besten Jahre dahingegangen! –, und voller Selbstvorwürfe den hitzigen ergrauten Kopf gebeugt. Jetzt jedoch gab es keinen Widerspruch zwischen dem Begehren und dem Wissen darum; der Körper, der sich ihm darbot, war sein Lohn, seine Schöpfung, und er bediente sich seiner ohne Hemmung und Scham. Er bediente sich seiner wie ein Mann, nicht alt, nicht jung, nicht Ehemann, der mit der Umarmung einen Streit oder eine gemeinsame Sorge überbrückt, sondern einfach als ein Wesen, das gedankenlos begehrt, so wie man ißt oder trinkt oder raucht.

Dieses Gefühl war für ihn so neu, daß er es zunächst mit einer gewissen belustigten Ungläubigkeit wahrnahm. Er überprüfte es in den folgenden Tagen und Wochen an Slavicas Gesicht, einem Gesicht, das sich vor Sattheit und Befriedigung allmählich rundete, und am Gesicht der Vermieterin, das von den flachen Kissen in der Ecke boshafte Blitze aussandte – er täuschte sich nicht, er war der Sieger. Wenn er das Haus verließ, war sein Schritt immer sicherer, denn er wußte, daß ihm Blicke voller Achtung für ihn als Mann und Ernährer folgten, und wenn er heimkam, hatte er die Gewißheit, daß er die Belohnung für seine Verdienste bekommen würde und sich nehmen konnte. Während er die Baustelle bewachte, die eine schöne Einfriedung aus Draht erhalten hatte, dachte er jetzt an sich: Er konnte hören, wie sich in ihm die Kraft ansammelte, mit der er am Abend oder am Morgen die andere, zu Hause gebliebene Hälfte der Kraft bewältigen würde. Jede Begegnung war eine neue Bestätigung: Seine Kraft war in ihre Bahnen zurückgekehrt und hatte sich daran gewöhnt, voller Liebe verausgabt zu werden, und er dachte mit Verachtung an jene dürftigen, oft durch Alkohol, oft durch Trotz erzwungenen Verzückungen, durch die er seine jugendlichen Triumphe und später sein eheliches Joch verwirklicht hatte. Nein, er war nicht nur wieder Djuro Dražetić, der alte Bauer, und er hatte nicht nur seine verlorene Selbstachtung zurückgewonnen, sondern eine neue, jüngere, fast übermütige Erfahrung hinzubekommen, die ihn glauben machte, sein wahres Leben fange erst an.

Jeder Tag brachte ihm etwas, was er noch nicht erlebt, nicht erreicht hatte, und das nicht nur in den Umarmungen, sondern auch in dem Maße, in dem die Umarmungen zur Gewohnheit wurden, auch im allmählichen Übergang zum Alltag, einem Übergang, der gewöhnlich das Erlebnis verblassen läßt. Ihn hingegen rückte er weg von den Anfängen, die, so berauschend sie waren, noch von der Unsicherheit des verstoßenen und vereinsamten alten Mannes geprägt waren. Der Alltag begrub die Unsicherheit unter seiner dünnen, aber immer dichter werdenden Staubschicht und machte aus Dražetićs gehemmten Schritten den ruhigen Gang eines souveränen Hausvaters. Morgens zückte er mit listiger Langsamkeit, deren Sinn nur ihm selbst klar war, die abgegriffene schwarze Lederbrieftasche, drehte sie um, betrachtete sie und reichte dann je nach Bedarf einen oder zwei Hunderter seiner geduldig wartenden jungen Frau. Sonntags ging sie gern auf den Markt zum Einkaufen; er folgte ihr dann im Abstand von einem Schritt und musterte verstohlen und voller Stolz ihre glatten Beine und schwingenden, ausladenden Hüften. An den Marktständen hörte er sich ihre Vorschläge billigend an oder lehnte sie ab, reichte würdevoll die abgezählte Summe herüber, empfing das Wechselgeld, und wenn sie auf dem Rückweg die Stadt verlassen hatten und die öde Peripherie erreichten, nahm er ihr den Korb aus der Hand und trug ihn so feierlich wie einen Kelch. Zweimal, als er am Sonntagmorgen arbeiten mußte, ließ er sie mit einem bis auf den Dinar berechneten Betrag allein zum Markt gehen; dennoch gelang es ihr, eine Kleinigkeit einzusparen. Vor ihrem Heim, wo er auf sie wartete, zeigte sie ihm Zuckerzeug für sich selbst und zwei Dezi Schnaps in einem Fläschchen. Letzteres wurde zum Anlaß eines gespielten Geplänkels – denn mit Slavica gab es keine trägen, ausweglosen Streitereien wie in seiner Familie –, das glücklich in einem kleinen Gelage mit dem feurigen Getränk endete, auf den Steinen vor der Hütte, zehn Schritt entfernt von dem jetzt mit duftend weißem Laken bedeckten Strohsack, wo Slavica gleich ihren warmen, fülligen Körper darbieten würde.

Dražetić vergaß allmählich die unsicheren Anfänge. Ihren jungen Duft in sich, den Hunger in ihr. So wie sich in ihm der Alltag festigte, würde er es auch in ihr tun, meinte er, ohne darauf zu kommen, daß Hunger kein Gefühl ist, das sich festigen, sondern das nur andauern oder vergehen kann. Bei ihr war er vergangen – Slavica war wohlgenährt und rund –, und mit dem Verschwinden des Hungers war auch die Grundlage ihres Gehorsams verschwunden. Sie war satt und darum nicht mehr von Dražetić abhängig – sie hatte sich befreit.

An einem Abend im Juli traf er sie nicht zu Hause an. Der Fuhrmann und seine Frau lagen schon im Bett. Nachdem Dražetić seinen glatten und kalten Strohsack betastet hatte, trat er hinaus vor die Hütte, um auf dem noch warmen Stein eine Zigarette zu rauchen. Obwohl es schon halb neun war, ging der Tag eben erst zu Ende, die üppige Vegetation der Gärten verbarg fast die Häuser, in denen sich nichts mehr rührte. Der Gedanke, daß Slavica jetzt durch dieses dunkle Dickicht irrte, beunruhigte Dražetić; als er aufgeraucht hatte, erhob er sich und ging zur Straße. Sie war in beiden Richtungen unendlich lang, seit den Frühjahrsregen von Wagenrädern aufgewühlt und gesäumt von jungen Bäumen. Kein Mensch zeigte sich, nur in der Ferne glaubte Dražetić Bewegung zu sehen, doch es stellte sich heraus, daß nur ein Zweig sich gebogen oder eine Katze einen Zaun übersprungen hatte. Einmal näherte sich dennoch jemand: Dražetić sah Schatten zwischen den schwarz ins Dämmerblau gegrabenen Stämmen und hörte gleich darauf leichte Schritte. Unter einer schrecklichen Ahnung trat er hinter den nächststehenden Baum und erstarrte. Die Schritte kamen näher und mit ihnen kräftige Männerstimmen; er lugte hinter dem Baum hervor und erblickte zwei hochgewachsene Burschen, die offenbar aus der Stadt zurückkamen. Er fühlte sich ganz schwach und setzte sich am Straßengraben ins Gras. Nirgends mehr ein Laut. Plötzlich dachte er, daß Slavica durch die Gärten und also von ihm unbemerkt nach Hause gegangen war; er sprang auf und rannte zur Hütte. Der Strohsack war noch immer leer. Im Zimmer schlief man. Er überlegte, ob er die Vermieterin wecken sollte, doch sie lag da mit ihren Kindern, die sofort zu schreien und zu weinen begonnen hätten. Er ließ es sein und wälzte sich auf den Strohsack, um zu warten, zu lauschen, nur für Augenblicke in einen unruhigen Schlaf zu sinken, aus dem er immer wieder ängstlich hochschreckte: Slavica war nicht da!

Daran mußte er sich jedoch gewöhnen. Daß sie weg war, gegangen, wie sie gekommen war: leichthin, flüchtig wie alle, die ebenso lebten. Die Vermieterin hob am Morgen die Schultern; sie ohrfeigte die Kinder, die schon im Bett zu essen verlangten, und gab keine Erklärungen ab; sie ärgerte sich schon genug bei dem Gedanken, daß ihr von nun an die dringend benötigte Hilfe fehlen würde. Sie ist eben fort, drückte ihre Miene aus, und schon fuhr sie, nachdem sie die Kinder weggeprügelt hatte, ihren Mann an, der taumelnd sein Lager am Boden verließ; den ging das natürlich nichts an, er würde am Abend wieder betrunken und ohne eine Para in der Tasche heimkommen. Auf Dražetićs Drängen erwähnte sie widerwillig Slavicas frühere Wirtin Zorka und deren neue Untermieterin, die sich letzthin öfter hatte sehen lassen. Das genügte Dražetić, um dieser einzigen Spur zu folgen. Aber auch Zorka, eine magere, halbtaube Frau, wußte nicht mehr, als daß ihre beiden Schutzbefohlenen, die frühere und die jetzige, weggelaufen und je mehrere Hundert Dinar schuldig geblieben waren, und nur deshalb trauerte sie ihnen nach.

So traf Dražetić noch einmal auf die Gleichgültigkeit seiner Umgebung; nur während er früher auf dieser Gleichgültigkeit getrieben war wie eine Leiche im Wasser, zappelte er jetzt auf der vergeblichen Suche nach einem

Halt wie ein Schläfer im Alptraum. Die Suche mußte er an diesem Morgen aufgeben, weil ihn die Pflicht erwartete; nach einem Tag voller Nervosität auf der Baustelle, die ihn mit ihrer trägen Verlassenheit zu verhöhnen schien, erreichte er kurz vor Einbruch der Dunkelheit die Vorstadt und bekam Tante Zorka kaum wach – um nichts Neues von ihr zu erfahren. Trotzdem forschte er weiter, sprach in Häusern vor, die man ihm aufs Geratewohl genannt hatte, hielt Frauen und Männer an, weil sie Nachbarn waren oder ihm von früher bekannt, oder weil er sie aus irgendeinem Grund mit Slavica in Verbindung brachte. Niemand wußte etwas über sie; einige erinnerten sich gar nicht, und wenn er ihnen eine Beschreibung gab, hörten sie neugierig zu, verloren aber plötzlich jedes Interesse und schüttelten den Kopf.

Die Wahrheit kam plötzlich und von einer Seite ans Licht, aus der er nichts mehr erhofft hatte: von seiner Vermieterin. Hatte sie Mitleid mit ihm, hatte sie sich an ein früheres Wort erinnert oder von jemandem etwas erfahren? Sie saß auf dem Bett, die schmalen bloßen Füße am Boden, sah ihm zu, wie er seine Stiefel schnürte, und murmelte: »Du hast sie wohl nicht gefunden, was? Ist sie nicht in den Bunkern?« Dražetić sprang hoch, rief: »Wo? Welche Bunker? Woher weißt du das?« Aber sie stöhnte nur wie jeden Morgen nach ihren Hustenanfällen, und ihr Blick war fiebrig und böse. Ein paarmal wiederholte er vergeblich seine Fragen, dann verlor er die Geduld, packte sie an ihren kindlich schmalen Schultern und rüttelte sie. »Sag es schon, oder ich bring dich um!« Ihr Kopf fiel zurück wie bei einer Puppe, ihre Augen traten aus den Höhlen, so daß er schon glaubte, sie würde tot umsinken. Aber als er erschrocken von ihr abließ, richtete sie sich fluchend auf. Da es für ihn ohnehin Zeit war, zur Arbeit zu gehen, flüchtete er zurück und rannte los.

Aber schon beim ersten Passanten informierte er sich über die lokale Bedeutung des Wortes, das in seinem kriegerischen Gedächtnis so böse widerhallte, und eine halbe Stunde später befand er sich keuchend und schwitzend weit weg von der Baustelle am anderen Ende der Stadt, hinter dem Friedhof. Die Chaussee führte hier direkt in die grünenden Felder; rechts davon rauchten Fabrikschlote, links stank ein schilfbewachsenes Moor; er mußte stehenbleiben. Ein mit Ziegeln beladenes Fuhrwerk kam näher – und erinnerte ihn schmerzlich an die Baustelle –, und er rief seine Frage dem Kutscher zu. Ohne die Pferde anzuhalten, zeigte der Mann mit der Peitsche auf das Moor.

Erst jetzt bemerkte Dražetić den nach links abzweigenden Pfad, der sich im Gebüsch verlor. Er war ordentlich festgetrampelt, aber stellenweise so schmal, daß man Schilf und Dornengesträuch wegbiegen mußte, um voranzukommen. Niemand kam ihm entgegen, und der Pfad wand sich im Verfolg der Erhöhungen auf dem überschwemmten Boden so stark, daß er glaubte, im Kreis zu gehen. Doch ebenso schnell, wie er den Pfad gefunden hatte, gelangte er an sein Ende und betrat ein weites, scheinbar verlassenes Feld.

Der erste Eindruck täuschte: Auf dem Feld erhoben sich verstreut undefinierbare Hügel, und lebhafte Farbflecke wiesen auf die Anwesenheit von Menschen hin. Dražetić ging auf den nächstliegenden Hügel zu und umrundete ihn; dort führten schmale Betonstufen unter die Erde, und an ihrem Ende saß eine alte Zigeunerin mit einer großen Pfeife im Mund. Sie musterte Dražetić scharf aus dem Augenwinkel; da er jedoch nicht glauben mochte, daß sich Slavica an einem solchen Ort aufhielt, machte er kehrt, ohne sie angesprochen zu haben. Seine Augen hatten sich schon an die Szenerie gewöhnt, und ihm wurde klar, daß er sich in einem System – eigentlich über einem System – echter Militärbunker befand, die niedriger und flacher waren als diejenigen, die er aus Bosnien kannte; und hier lebten Zivilpersonen. An jedem Punkt des Feldes entdeckte er ihre Spuren: ein Hemd, das im Gras trocknete oder an einem Pfahl hing, Küchenabfälle hinter den Hügeln; aber das wahre Leben mußte sich unter der Erde abspielen, in diesen der Zerstörung durch die Natur ausgesetzten Festungen. Er ging sie nacheinander ab, blieb stehen, setzte seinen Weg fort. Mal traf er eine einzelne Frau an, mal eine Gruppe, die meisten waren alt und unbeschäftigt; hin und wieder sah er ein in Lumpen gehülltes spielendes Kind am Fuß einer Treppe; offenbar waren die jüngeren Leute der Arbeit wegen längst fortgezogen – nur so konnte man sich erklären, warum der Pfad durch das Moor so unbelebt war.

Es kam ihm immer unwahrscheinlicher vor, daß Slavica hier sein könnte; als er den Rand des Feldes erreichte, wo ein dichtes junges Wäldchen begann, kehrte er um, suchte einen Bunker nach dem anderen auf, um sich zu erkundigen. Die Antworten indes, die er erhielt, waren nicht nur gleichgültig, sondern verständnislos. Einige alte Frauen sahen ihn an, als wären sie taub; erst aus den Zwischenrufen der Kinder wurde ihm klar, daß sie eine andere Sprache sprachen, Ungarisch oder Türkisch? – er wußte es nicht. Selbst denjenigen, die ihn verstanden, sagte der Name nichts, den er hartnäckig wiederholte; sie lebten hier, jede in ihrer Höhle, der Welt entrückt wie hinter sieben Bergen. Dražetić mußte gehen mit der bitteren Erkenntnis, daß er umsonst gekommen war und sich zur Arbeit verspätet hatte.

Auch das stimmte: Der Einarmige erwartete ihn schon in weiter Entfernung von der Baustelle und wies seine Rechtfertigungen nervös zurück. Niemanden kümmerte sein Wunsch, Slavica auf die Spur zu kommen und sie zurückzuholen; jeder lebte verbissen für sich. Hin und wieder kamen Lastwagen vorbei, wirbelten weißen Staub auf, transportierten Material oder Menschen zu ähnlichen Baustellen, ohne daß jemand etwas von Dražetić wußte; weit weg im violetten Dunst lag die Stadt, und dort war jetzt auch Slavica unterwegs, so hastig und konfus, daß sie vielleicht gar nicht auf den Gedanken kam, er könne nach ihr suchen. Er jedoch sehnte sich nach dieser Beziehung, nach Slavicas Bewegungen, ihrem flüchtigen Lächeln, ihrem Körper und seinem Duft, nach dem Sinn, den nur sie seiner Arbeit und seiner Entspannung geben konnte.

Am Abend ging er wieder zu den Bunkern, obwohl seine ganze gesunde Natur gegen diesen unbegreiflichen Ort und seine unbegreiflichen Menschen rebellierte. Im Halbdunkel fand er kaum den gewundenen Pfad; er tastete sich voran, getäuscht von den verworrenen Schatten des Schilfs. Er hatte erneut das Gefühl, in die Irre zu gehen, und kam doch genauso schnell ins Freie. Und wieder zu spät, denn über das Feld hatte sich bereits die Dunkelheit gesenkt. Dennoch schritt er auf die vor dem schwarzen Wäldchen kaum erkennbaren Hügel zu; blieb stehen; tastete mit den Füßen nach den Stufen; lauschte. Er glaubte Atemzüge zu hören, doch das konnte eine Täuschung sein, denn die Nacht war windig, das Gras raschelte, und das Wäldchen rauschte. Über Steine stolpernd – am Morgen hatte er nicht bemerkt, daß es so viele gab –, erreichte er den Bunker, in dem er die alte Zigeunerin mit der Pfeife gesehen zu haben meinte, und beschloß, die Treppe hinabzugehen. Er dämpfte nicht den Schritt; im Gegenteil, er wollte mit lautem Trapsen betonen, daß er nicht in hinterhältiger Absicht kam, aber aus der schmalen und engen Öffnung war nichts zu hören. Dražetić duckte sich, formte die Hände zum Trichter und rief halblaut: »Hey! Slavica!« Niemand antwortete. Er bückte sich noch tiefer unter das

Bunkergewölbe und streckte vorsichtig einen Fuß aus. Sein Stiefel traf auf etwas Weiches; im selben Moment rief eine heisere Männerstimme von unten: »Wer ist da?« Dražetić zuckte zurück, wußte keine Antwort, sagte dann doch: »Ich«, und fuhr sinnlos fort, weil nur das seine Gedanken beherrschte: »Ist Slavica hier?«

Die heisere Stimme fluchte, man hörte auch das Rascheln von Stroh oder dürrem Laub; Dražetić glaubte schon, sein Gesprächspartner würde sich erheben und heraufkommen. Aber nichts dergleichen, es wurde wieder still. Nach kurzem Zögern sah er ein, daß diese planlose Suche nichts brachte, und zog sich zurück.

Die sanfte Abendfrische genügte, ihm, so übernächtig er war, einen Schauder über den Rücken zu jagen. Er suchte eine Zuflucht zwischen zwei jungen Pappeln am Rand des Wäldchens, von wo er das Feld im Blick behalten konnte, setzte sich auf den Boden, schlug den Kragen hoch, lehnte den Kopf an den dickeren Stamm, zog die Beine an und wachte. Der Wind heulte über seinem Kopf, fegte über das Feld, und obwohl er fröstelte, wünschte er sich, die Bö möge die Knochen der Schlafenden ordentlich durchrütteln. Wenn Slavica unter ihnen war... Mal erschien ihm das unmöglich: Was sollte sie an diesem schrecklichen Ort? Dann wieder glaubte er ihre Nähe zu spüren, ihren Körper, der sich dort unter der Erde neben einem anderen, jungen und straffen Körper wand, er meinte ihr Flüstern zu hören; er wäre fast aufgesprungen, um alle diese Löcher nach ihr abzusuchen, sie aus der warmen Umarmung zu reißen und wieder zu erobern.

Als es zu tagen begann, stand er auf und umkreiste vorsichtig das Feld, wie ein Bär nach dem Winterschlaf in einer verschneiten Höhle. Zwischen die Bunker mochte er sich nicht begeben, denn er fürchtete, Slavica könnte hinter seinem Rücken auftauchen und so seiner Aufmerksamkeit entgehen. Er behielt das ganze Gelände ständig im Blick und sah, wie aus einem Bunker nahe dem Sumpf ein Mann kam: hochgewachsen, mager, mit riesigem schwarzem Hut und einer brennenden Zigarette im Mund. Nun belebten sich auch die anderen Unterkünfte; wie Dachse krochen Männer, Frauen, auch ein paar Kinder aus dem Boden; plötzlich wimmelte das ganze Feld von den bunten Farben der Kleidungsstücke; an einigen Stellen gleichzeitig flammten Feuer auf, und Dražetić begriff, daß er mit seinen beiden nervösen Augen nicht die ganze Szene erfassen konnte. Er wußte aber auch, daß jetzt die günstigste Stunde war, sich nach Slavica zu erkundigen, und daß diese Stunde bald vorüber wäre, also eilte er zu den Bunkern, wobei er sich weiter umsah, um keinen Winkel des Geländes aus dem Blick zu verlieren.

Die ersten, auf die er zuging, bemerkten ihn, bevor er sie erreichte: Es waren zwei zerlumpte, bärtige junge Männer und eine zerzauste grauhaarige Frau in zu großem Männerjackett; sie schichtete Reisig zwischen vier Ziegelsteine, und die beiden erhoben sich aus der Hocke und wandten sich dem Fremden zu. Dražetić blieb stehen und grüßte; sie erwiderten nichts, und die alte Frau hob nicht einmal den Kopf. Es ärgerte ihn, daß er nicht mit ihr sprechen konnte, denn ihr hätte er seine Situation leichter erklären können als den beiden. So blieb ihm nur die knappe Frage: »Kennt ihr eine Slavica, die vor kurzem hierher gezogen ist?« Sie schüttelten sofort den Kopf, wobei sie ihn mißtrauisch beäugten, offenbar hatten sie gar nicht zugehört und dachten an etwas ganz anderes, an eine Gefahr, eine Schuld, oder? Die Frau wandte sich auch jetzt nicht um. Er nickte ihnen zu und ging weiter.

Die nächste Gruppe bildeten zwei von einem struppigen Hündchen umhüpfte Zigeunermädchen; Dražetić ging an ihnen vorbei zum benachbarten Bunker, vor dem eine krummbeinige kleine Frau mit dem Beil einen Pfahl in die Erde trieb. Wahrscheinlich hatte sie ihn bereits beobachtet, denn sie richtete sich auf, als er sich näherte, und sah ihn mit funkelndem Blick an. Dražetić brachte seine Frage vor, und obwohl auch sie den Kopf schüttelte, setzte er zu weiteren Erkundigungen an; dann aber entdeckten seine mißtrauischen Augen hinter der nächsten Bunkerreihe einen bekannten Fleck. Er fuhr zusammen, seine Muskeln spannten sich an: Es war Slavicas rotes Tuch, und darunter wiegte sich, ihm mit dem Rücken zugewandt, die vertraute schmale Gestalt im Rhythmus gleichmäßiger Bewegungen, deren Ziel ihm verborgen blieb. Die unsichtbare und lautlose Welle, die all diese Menschen vor dem Fremden auf die Beine gebracht hatte, erreichte in diesem Augenblick auch sie, die Gestalt wandte sich um, und Dražetić erkannte Slavica. Doch ehe er auf sie zugehen konnte, lief sie schon los, ihr Tuch leuchtete über dem Nachbarhügel auf, erschien kurz vor dem Hintergrund der niedrigen Sumpfpflanzen und verschwand im Dickicht.

Er lief ihr mechanisch nach, machte zwei, drei Sprünge und blieb stehen, weniger unter der Einsicht, daß er sie nicht mehr einholen konnte, als vor Entsetzen. Bis zu diesem Moment hatte er noch geglaubt, daß der Grund für Slavicas Verschwinden ein ihm unbegreifliches, unklares oder aber sehr einfaches Mißverständnis war: die schlechte Wohnung, die zu tauschen er sich in seiner Selbstzufriedenheit nicht bemüht hatte, oder seine aufgesetzte Knausrigkeit, jedenfalls etwas, was er aufklären würde, sobald er sie fand. Darum strebte er jetzt nur danach, sie zu finden, alles andere war eine Sache der Verhandlungen, der Versprechungen, die er sich für die Dauer der Suche zurechtgelegt und immer wieder aufgesagt hatte wie ein Junge auf dem Schulweg. Es war undenkbar, daß er Slavica finden und nicht mir ihr reden, nicht ihre Argumente hören und darauf antworten konnte; daß sie ihm entfliehen konnte, ohne ihm eine Gelegenheit zur Klärung zu geben. Aber sie war Hals über Kopf geflohen, kaum daß sie ihn erblickt hatte. Warum nur? Hatte er ihr jemals etwas angetan? Hatte sie je Angst vor ihm gehabt? Das stand in solchem Kontrast zu allen seinen Erwartungen, daß er die verzweifelte Hoffnung faßte, sie sei es nicht gewesen. Er wandte sich brüsk um: Die kleine Frau mit dem Beil stand noch immer da und sah ihn an; sie mußte die ganze Szene beobachtet haben. Er zeigte zum Sumpf. »Ist das Slavica?« Sie schüttelte sofort den Kopf, und er begriff, daß sie log. »Du kennst sie, nicht wahr?« rief er wütend. »Die mit dem roten Tuch, die eben zum Sumpf gerannt ist?«

Jetzt, da er schrie und die Arme schwenkte – ein Zeichen seiner Schwäche –, kamen die Menschen von selbst auf ihn zu. Während die Frau mit dem Beil hartnäckig den Kopf schüttelte, bildete sich hinter ihr ein kleiner Kreis Neugieriger. Dražetić blickte ihnen forschend in die Gesichter, erkannte die beiden Zigeunermädchen, die er vorhin nicht beachtet hatte, und trat zu ihnen. »Kennt *ihr* die Frau, die eben fortgelaufen ist?« Und da die größere ihr Gesicht hinter Lumpen verbarg und zu kichern begann, beugte er sich über sie und sagte beschwörend, verzweifelt: »Du kennst sie doch? Nicht wahr, du kennst sie?«

Die kleine Zigeunerin blickte voller schelmischer Verheißung zu ihm auf, und Dražetić verstand; er zog einen Hunderter aus der Tasche und hielt ihn ihr hin. Ihre Augen blitzten auf, sie wurde ernst, und ringsum erhob sich erstauntes Gemurmel. »Sie heißt Slavica, nicht wahr? Und sie ist vor zehn Tagen hergekommen. Mit noch einer Frau, nicht wahr?« Auf jede Frage antwortete die kleine Zigeunerin mit einem Nicken, wobei sie jedoch nicht ihn, sondern den Geldschein ansah, und Dražetić hoffte ein letztes Mal, daß auch sie log, aber anders als die übrigen, denn es ging um eine Belohnung. Er wollte sich vergewissern: »Weißt du, woher sie gekommen ist?«, erhielt aber eine zwar ängstliche, doch konkrete Antwort: »Vom Kanal.« Er rief: »Und mit wem ist sie hier? Mit noch einer Frau vom Kanal, nicht wahr?« wobei er nicht mehr sicher war, die ganze Wahrheit hören zu wollen. Das Kind log tatsächlich nicht. »Und mit ihrem Bruder«, sagte es und sah ihm zum ersten Mal direkt ins Gesicht. »Mit Šmuga.« Dann zupfte sie ihm schnell den Hunderter aus der Hand, duckte sich und entschlüpfte dem Halbkreis, zwischen den zwei Bärtigen, deren Hände ihre schmalen Schultern streiften. Auch sie war geflohen.

Aber ihr lief Dražetić nicht nach, er rührte sich nicht einmal, so daß seine Hand, die eben noch den Hunderter gehalten hatte, sinnlos in Bauchhöhe verharrte. Ein paar Sekunden blickte er dumpf in die boshaften Gesichter vor sich, dann drehte er sich langsam um und ging wortlos über das Feld zum Moor, in Richtung Stadt. Ruhe senkte sich auf ihn wie ein schwerer Mantel aus der Wahrheit, die er zeitweilig geahnt, sich aber nicht eingestanden hatte. Deshalb also war sie weggelaufen, als sie ihn erblickte. Sie hatte einen anderen Mann gefunden und wollte nichts mehr von ihm, Djuro Dražetić, wissen, als hätte sie nie mit ihm gelebt, mit ihm auf einem Strohsack geschlafen, für ihn gekocht und ihm vertraut. Sie hatte sich verführen und unterwerfen lassen. Vor Schmerz über diesen Gedanken beugte sich Dražetić über den Pfad, auf dem er unerwartet schnell vorankam, und geriet mit dem Gesicht in einen dornigen Strauch. Er blieb stehen, betastete sich, betrachtete seine Hände: Blut. Das war nicht mehr das Unbegreifliche, Überraschende von vorhin, sondern etwas, was ihr allzu ähnlich sah: diese Ausschließlichkeit des Angehörens. Jetzt herrschte ein anderer Mann über sie, so wie bis gestern Dražetić über sie geherrscht hatte. Jeder konnte sie also von heute auf morgen erobern, sogar in diese Löcher unter diesen Pöbel locken, und das nach ihm, der sie gehütet hatte wie sein eigenes Kind und ihr – das wußte er – ein feuriger Mann gewesen war. Sie folgte blindlings ihren Eroberern, war die Beute von jedermanns Lust. Das schmerzte und brannte wie diese Wunden im Gesicht, aber es vertrieb auch die dumpfe Ruhe – und erfüllte ihn mit entschlossenem Rachedurst. Jetzt wußte er, was er mit ihr, der Unzuverlässigen, Flatterhaften tun mußte. Sie dem anderen Mann wegnehmen, so wie dieser sie ihm, Dražetić, weggenommen hatte. Und das nicht mit Worten, Beweisen – denn welche Bedeutung hatten sie für sie, wenn sie sich hierher hatte bringen lassen –, sondern mit männlicher Willenskraft und Begehrlichkeit, der sie so leicht nachgab. Sie bestürmen, ihr Geld und Geschenke anbieten, sie bedrohen, nur verhindern, daß sie entwischte. Warum sollte sie nicht gehorchen, wenn er ihr etwas Besseres bot, Sicherheit und Ordnung und seine verjüngte Begierde, die sie schon erprobt hatte? Oh, sie würde gehorchen, wie sie schon einmal gehorcht hatte unter seinem heißen Atem dort in der Hütte am Herd, den sie so heuchlerisch langsam angeheizt hatte; so wie sie jetzt dem anderen gehorchte in Gott weiß welcher Bedrängnis vor seinem Begehren. Oder seiner Gewalt, ganz gleich. Er mußte nur einen passenden Ort finden – nicht dieses unbegreifliche Feld mit den unbegreiflichen Menschen, das zur Flucht geradezu verlockte –, einen Ort, der ihnen beiden vertraut war, wo sie jenen anderen vergessen und sich auf ein Gespräch einlassen konnte; dann würde sie ihm, so fühlte er, nicht widerstehen. Und während er weiterging, jetzt aufrecht, die Blicke über das Gebüsch erhoben, wußte er bereits den Ort und berechnete die Frist – vier Tage –, die ihn von diesem Wiedersehen trennte.

Der Ort war der Marktplatz, die Zeit der Sonntag –

Dražetić kannte Slavicas unauffällige und bescheidene, aber für ihn immer gegenwärtige Gewohnheiten und Neigungen. Jetzt brauchte er nicht mehr nach ihr zu suchen und zu fragen, und es tat ihm fast wohl, sich beim Warten zu entspannen. Er mußte die Zeit bis Sonntag nicht mit Vorbereitungen ausfüllen – da er wußte, daß ohnehin alles vom glücklichen Augenblick abhing – noch zu seinen alten Gewohnheiten zurückkehren, die ihn ohne Slavica abstießen. So ging er nicht mehr zum Schlafen in die Hütte, wo der Streit mit der Vermieterin alles schon völlig verdorben hatte, sondern verbrachte seine Freizeit auf Streifzügen durch die Stadt, meist an der Peripherie, bei den Bunkern, dem Friedhof, dem Kanal, nicht um Slavica aufzulauern, sondern um sich beim Warten Szenen zu vergegenwärtigen, die noch immer prallvoll von ihrer Anwesenheit schienen. Dennoch konnte er zweimal einem Besuch auf dem Feld nicht widerstehen; nach der Erinnerung fand er den Bunker, hinter dem er Slavica an jenem Morgen gesehen hatte, blieb an den hinabführenden Stufen stehen und wartete. Einmal kam ein Behinderter an Krücken nach oben, die Ledermütze bis auf die Augen gezogen, beim zweitenmal eine blatternarbige dicke Frau, und als Dražetić in ihren Gesichtern jenen böse verschlossenen Ausdruck aller Bunkerbewohner entdeckte, war er fast froh darüber, daß sie auf seine gewohnten Fragen nicht antworten wollten oder konnten. So hielt er sich für die Begegnung zur rechten Zeit und am rechten Ort bereit und ging schnell weg: beim ersten Mal zur Arbeit, beim zweiten Mal in irgendeinen Unterschlupf zum Übernachten.

Auf diese Weise wurde er an den vier Tagen zum Landstreicher, ohne sich dessen bewußt zu sein. Da ihn die Hütte abstieß, schlief er, wenn ihn die Müdigkeit übermannte, wo es sich gerade ergab: in einem Straßengraben oder auf einer verlassenen Baustelle. Lebensmittel konnte er nirgends aufbewahren, also kaufte er sie nicht mehr im voraus und planmäßig wie bisher; bekam er Hunger, ging er ins nächstgelegene Büfett und bediente sich aus dem Angebot auf dem Tresen – Fladen oder Sandwiches oder gekochte Eier –, stillte seinen Durst mit Sodawasser oder Bier und saß dann im feuchten Schatten des alkoholgeschwängerten Raums, bis es ihm zu viel wurde oder das Lokal schloß. Er kam in Kontakt mit einer Welt, die ganz anders war als die, an die er gewöhnt war, oder sich zumindest von einer ihm unbekannten Seite zeigte. In einem lautstarken, ständig alkoholisierten Chaos war er umgeben von Lastenträgern, Kutschern, Bettlern, Straßenmädchen, Tagedieben; auf die Schanktische flatterten leichtverdiente Geldscheine; und auch Dražetić, der nie verschwenderisch gewesen war, bemerkte bald, daß er mehr ausgab, als es seine Einkünfte erlaubten. Das machte ihm keine Sorgen, denn auf dem Spiel stand etwas viel Wichtigeres, aber es untergrub seine Sicherheit: Er befand sich in einer Umgebung, der er nicht gewachsen war.

Dennoch kam er allmählich zu der Einsicht, daß dies die einzige Welt war, zu der er noch Zutritt hatte. Sich wieder ein Heim zu schaffen wie in der Hütte, das erschien ihm jetzt als sehr mühsame und auch sinnlose Aufgabe. Geld hatte er nicht mehr; wie sollte er über den Monat kommen, wovon Miete und Lebensmittel bestreiten? Aber selbst wenn es ihm gelang, das Gleichgewicht zwischen Lohn und Bedürfnissen wiederherzustellen – wie trügerisch war ein solches Gleichgewicht! Hier tranken die Männer standhaft, hielten leichte Mädchen frei und gingen dann mit ihnen auf gemietete Zimmer – Dražetić hörte oft wider Willen Bruchstücke ihrer Gespräche –, sie tricksten und betrogen, um an Geld zu kommen, das sie dann bedenkenlos ausgaben. Und er bildete sich ein, er könne einer jungen Frau ein annehmbares Leben in einer Hütte oder etwa einem richtigen möblierten Zimmer bieten, mit vernünftigem Wocheneinkauf auf dem Markt, mit einem Hemd, das sie brav waschen und ihm auf Strohsack oder Bett legen würde – als gebe es nicht irgendwo fröhliches Stimmengewirr und Licht, Musik und Verschwendung.

Hier stellte er zum erstenmal mißtrauisch einen Zusammenhang zwischen Slavica und dieser neuen Seite des Lebens her. Im Grunde kannte er sie nicht richtig. Woher war sie gekommen, wohin war sie unterwegs? Sie war ihrem Mann weggelaufen, weil er sie schlug. Aber mit welchen Erwartungen hatte sie das getan? Er beobachtete zwei breithüftige Mädchen, die einen Mann aus der Lika in Eisenbahneruniform am Tresen betrunken machten – auch sie hatten ihre Männer oder Liebhaber um eines zügellosen Lebens willen verlassen. Gerade waren sie kichernd hinausgegangen, und der Eisenbahner sah sich erst träge im Lokal um, dann griff er in seine Brusttasche, zog ein rotes Notizbuch hervor, durchblätterte es und rief plötzlich fast weinend: »Mein Kreditscheck! Mein Kreditscheck! Wo sind die beiden? Sie haben mir den Scheck gestohlen!« Der Wirt versuchte ihn zu beruhigen, eine betrunkene Runde in der Ecke lachte dröhnend, zwei aufgeputzte junge Nichtstuer, die sich eben hinter dem Rücken des Eisenbahners mit den Mädchen verständigt hatten, warfen je einen gelben Fünfzig-Dinar-Schein auf den Tresen und verschwanden hinaus in die Dunkelheit. Das leichtverdiente Geld, die betrunkenen Mädchen, das vergebliche Jammergeschrei des harmlosen Verführers – ist das nicht jenes heiße Leben, nach dem wir alle insgeheim streben, auch Slavica in ihrer Leichtfertigkeit und Oberflächlichkeit, das Leben, das sie vielleicht schon bei diesem Šmuga gefunden hat, dessen Name nichts Gutes verheißt! Und Dražetić stand am Tresen, sah all das, begriff, wünschte sich sogar – ja, wünschte sich! –, teilzunehmen, aber ohne daß er das konnte mit seinem bißchen Kleingeld in der Tasche, ohne das Wissen, wie man leicht und schnell verdiente, ohne die Kraft, es auch nur zu versuchen, steif, alt, alt.

Er war schon weniger sicher, daß er Slavica zurückerobern könnte, wenn er sie denn träfe, obwohl es ihn zu dieser Begegnung zog wie einen ausgeschirrten Ochsen zur Tränke. Wonach sollte er auch streben, außer danach, sie zu sehen und zu erfahren, ob alles so war. Er würde sie nicht mehr weglaufen lassen – jetzt erst recht nicht, da er den Sinn ihrer hastigen, entschiedenen, unwiderruflichen Flucht ahnte. Sie war vor seiner Schwäche geflohen, vor seinem billigen Hemd, geflohen ins Getöse, in den Leichtsinn, ins Trinken, wohin er ihr nicht folgen konnte.

Der Djuro Dražetić, der am Sonntagmorgen zum Markt ging, war nicht mehr derjenige, der wiedererobern wollte. Seine Kleidung war zerknittert und schmutzig, seine weißen Bartstoppeln drei Tage alt, er war ausgehungert und unausgeschlafen nach der unter einem Marktstand verbrachten Nacht, er war unsicher, weil er die letzten Dinare für einen Morgenschnaps in dem Büfett ausgegeben hatte, das als erstes öffnete, er war bedrückt, weil bald seine Schicht auf der Baustelle begann und er sich wieder verspäten würde, und er fühlte, daß ihm das gleichgültig war.

Auch der Markt war anders als jener, den er als wählerischer Käufer kannte und den er sich als Ort seiner Begegnung mit Slavica vorgestellt hatte. Früher hatte er dort die Waren betrachtet, die ihm aus seiner Zeit als Landwirt vertraut waren und ihm ein Gefühl der Sicherheit und Überlegenheit verliehen – während er nur nebenbei und aus dem Augenwinkel den Menschenstrom wahrnahm, den Strom unwissender Stadtmenschen, der sich vorüberwälzte. Jetzt jedoch, da er nach Slavica suchte, betrachtete er die Menschen, und weil er schon seit Tagesanbruch auf dem unebenen staubigen Platz unterwegs war, dessen Mitte die Verkaufsstände einnahmen, sah er, wie die Menge aus allen umliegenden Straßen quoll, aus den Häusern, aus den Schenken, deren Innenleben er jetzt kannte, wie sie sich zwischen die Marktbuden drängte, sich mischte, in ständigem Wechsel kam und ging. Und um sie herum, um die Nahrungsgüter herum, die er früher einzig beachtet hatte, das Angebot attraktiven Nichtstuns: Verkäufer mit Taschen, Körben, hinter Tischen; Hunderte aufgerissener Münder, die schreiend Tücher, Glasperlen, Plastiktüten, Buntpapier, Kissen, Flöten, Süßigkeiten – ja, auch Süßigkeiten! – anpriesen, die Gesichter glänzend vor Schweiß, vor Gier, vor Wollust, vor dem Drang, zu verdienen, an sich zu nehmen und dann wegzuwerfen. Lauter Verlockungen für Slavica, zahllose Verlockungen, zu viele Verlockungen! all diese Menschen und Dinge, unter denen er, Dražetić, nur ein dürrer Strohhalm war. Sie ging verloren, verschwand, und weshalb sollte sie gerade ihm zufallen? Zwar war sie ihm einmal auf kurze zweieinhalb Monate wirklich zugefallen, weil er eben zur Hand war, aus seinem wahren Status in ein ebensolches Chaos geworfen; und jetzt kam die Menge, um sie zurückzuholen, dahin, wohin sie gehörte. Er konnte nichts tun, nichts bieten, um sie festzuhalten.

Und als er – schon trunken von der Sonne und der Müdigkeit in Kopf und Beinen, mit kribbelndem Magen, schwitzendem Hals und schwitzenden Händen – sie bemerkte, ganz plötzlich, wenn auch genau so, wie er es sich vorgestellt hatte: allein, über einen Stand gebeugt, wo knotige Kartoffeln, wahrscheinlich aus Slowenien, verkauft wurden – da griff er sofort in die Innentasche seines Sakkos, wo neben der Brieftasche das große schwere Rasiermesser steckte, mit dem er Speck und Zwiebeln und Brot geschnitten hatte, wenn er mit Slavica vor der Hütte zu Mittag oder zu Abend aß. Im nächsten Moment wurde sie von der vorüberziehenden Menge seinen Blicken halb verborgen, und das bestätigte sein Gefühl, daß Debatten und Erklärungen wirklich nicht am Platze waren, daß alles erstickt war im Menschengewühl mit seinen zügellosen Wünschen. Er rief »Slavica!« und umklammerte das Messer fester, als er sah, daß sie sich umdrehte, daß ihr schmales Gesicht blaß wurde, daß die dünnen rosigen Hände den Einkaufskorb ergriffen, daß sich ihre klaren blauen Augen ängstlich weiteten. »Wo ist dein Mann?« brüllte er, obwohl er sich seit Tagen ganz andere Worte zurechtgelegt hatte, obwohl er schon lange nicht mehr konkret an den Mann dachte, den sie nach ihm erwählt hatte, sondern an die Menge, die viel stärker war als beide und der er sie nicht entreißen konnte. Schon nahm die Menge sie in sich auf: Slavica drehte sich um, sprang über einen Kartoffelsack neben dem Stand und lief los. Er lief ihr nach und ließ das Messer in dem Augenblick aufschnappen, als er selbst den Kartoffelsack übersprang. Als er sie erreicht hatte, holte er aus, fühlte, wie sich ihr weicher Körper unter dem Hieb öffnete, und holte noch einmal aus. Sie stürzte; er kniete über ihr und riß die Hand hoch. Aber wie befürchtet, ließ die Menge sie nicht im Stich. Sie fielen ihm in den Arm, nicht einer, sondern drei, fünf, der ganze Markt – sie zerrten ihn weg, rissen ihn hoch, hielten ihn gepackt, und schon wurde auch sie weggetragen, schwach, aber am Leben: er sah, daß sie die Augen bewegte, sich die Lippen befeuchtete, sie schrien, pfiffen, triumphierten, weil sie ihnen gehörte. Dann verschwand sie schon, ihn schob man in entgegengesetzter Richtung, wohin er nicht wollte, wogegen er sich wehrte, doch er wurde stahlhart umklammert, das war ein sehniger, unverbrauchter, wütender Mann, der ihn wie einen Sack über das Pflaster schleifte und in ein Auto stieß, um das sich viele Neugierige gesammelt hatten, die ihm die Sicht versperrten. Aber er sah Slavicas lebendige, auf die Menge gerichtete Augen, die Zunge, die ihre Lippen befeuchtete, damit sie schön glänzten, und er brüllte: »Laßt mich, ich muß sie abschlachten!«

Der rundgesichtige und rotwangige junge Milizionär, der ihn im Auto festhielt und ihm die Arme an den mageren Körper preßte, hörte entsetzt diesen blutrünstigen Liebesschrei aus dem fast zahnlosen Mund eines grauhaarigen, zerlumpten Greises.

# Persönlichkeit

Nichts ist weniger natürlich als der Mord an einem schlafenden Menschen. So wird das Opfer einer elementaren menschlichen Fähigkeit beraubt: dem nahenden Tod entgegenzusehen – einer Fähigkeit, die die Spezies im Verlauf ihrer Evolution erworben hat, im Gegenzug für die dem Tier eigene selig vegetierende Beschränkung auf den Augenblick.

Freilich ist auch ein Mensch, der im Schlaf eines natürlichen Todes stirbt, dieser seherischen Fähigkeit beraubt. Aber nur im bewußten Teil seines Wesens. Es gilt als sicher, daß sein Organismus in jenen Augenblicken äußerster Bedrohung entsprechende Signale an das Hirn aussendet, das, wenn es sie auch nicht zu Wissen verarbeitet oder beantwortet – weil es schläft –, dennoch auf seine Weise, vielleicht durch die Inhalte von Träumen, die Veränderung registriert, so daß sie wenigstens dort menschlich verwirklicht wird. Doch welche Signale sendet ein Organismus aus, der gesund ist und über dem schon das Werkzeug schwebt, das ihm im nächsten Augenblick die Schläfe zerschmettern wird? Zweifellos einen bunten Widerschein der Erlebnisse, die er zuletzt im unbedrohten Wachzustand hatte.

Bei Radovan Predić, der an einem Neujahrsmittag so im Schlaf lag – über dem Kopf eine geschwungene Axt –, mußte dieser Widerschein warm gewesen sein von der Befriedigung des Gebieters. Die Urheberin, seine Frau, hielt die Axt erhoben, die im nächsten Augenblick niedersauste, und alles war vorbei.

Diese ungewöhnliche Tat beendete ein sieben Jahre währendes Mißverhältnis, das, äußerlich betrachtet, nicht besonders ungewöhnlich war in dieser Stadtrandsiedlung mit den geduckten, von Gärten umgebenen Häuschen. Predić, Arbeiter in der Schraubenfabrik und angesehener Bewohner dieses abgelegenen Quartiers, prügelte seine Frau Gina hin und wieder, betrog sie hin und wieder, beschimpfte sie, beschlief sie hin und wieder, so daß ihr Zusammenleben zäh und schmuddlig war wie ein im Staub der ungepflasterten Höfe gewälzter Klumpen Teer. Insgeheim bejammerte die Frau ihre Leiden als Strafe; sie erklärte auch, Radovan verlassen zu wollen, aber das war (abgesehen davon, daß sie ein Kind hatten) fast sinnlos in dieser Welt der ebenerdigen, mühsam ein Leben lang und für das ganze Leben gemauerten Häuser, wo Trennung nur bedeutete, sich zwischen denselben Straßen, denselben Menschen im Kreis zu bewegen, ständig im Angesicht dessen, den oder die man verlassen hat. Wie also und wohin? Als Radovan sie heiratete – es war für ihn das zweite Mal –, hatte er das Zimmer im Haus seiner Mutter aufgegeben und im gleichartigen Haus von Ginas Vater Stube und Küche bezogen; so wie die Schwägerin Stube und Küche im selben Haus bezogen hatte, als sie Ginas Bruder heiratete; so wie einst Ginas Vater nach seiner Heirat hier eingezogen war; so wie Radovans Mutter nach der Hochzeit in ihr Haus gezogen war; so wie übrigens Radovans erste Frau noch immer ein Zimmer im Haus ihrer ehemaligen Schwiegermutter bewohnte. Wie in einem Sumpf gab es kein Fortkommen: zog man einen Fuß heraus, sank man mit dem anderen ein.

Diese Stagnation – die Beschränkung auf denselben Kreis, denselben Schlamm – hatte vielleicht auch in Radovan jenen Groll hervorgerufen, der seine zweite Ehe mit Gina vergiftete. Wenn man einen Ort nicht verlassen kann, erscheint er um so düsterer, zumal für jemanden, der sich zum Aufbruch berufen fühlt. Im Gegensatz zu Gina fühlte sich Radovan dazu berufen. Er war kräftig, schön, gelernter Dreher, was in diesem halb ländlichen, bürgerlich ambitionierten Milieu der Gipfel männlicher Tugenden war. Predić nutzte das – man nannte ihn »Schauspieler«. Er ließ sich einen Schnurrbart stehen und kämmte das schwarze Haar aus der gewölbten Stirn zurück, kaufte ein Motorrad auf Kredit und behielt es, bis es entzweiging; auch als verheirateter Mann besuchte er Tanzvergnügen und schlief mit den Mädchen, die er von dort nach Hause begleitete – so hatte er seinerzeit auch Gina gewonnen.

Geheiratet hatte er sie erst nach der Scheidung von seiner ersten Frau und nach einem Zwischenfall, der seiner gewaltsamen Eroberernatur entsprach. Es war ein Sommer mit langen heiteren Tagen, und er verbrachte mit Gina, die ihn für unverheiratet hielt, mehr Zeit, als seine sonst nur in Worten strenge Frau hinnehmen konnte. Sie lauerte ihnen eines Abends vor dem Garten des Kinos »Adria« auf, böse, im Mantel und mit einem Regenschirm, und setzte diesen wohl vorsätzlich mitgenommenen Gegenstand (denn der Himmel war klar) gegen Ginas blondgelockten Kopf ein. Diese duckte sich nur halbwegs unter den Schlägen, und Predić mußte seine tobende Frau an den Armen packen und in eine Nebenstraße ziehen, wo er ihr alles ausredete und sie dann nach Hause schickte. Als er zum Kino zurückkam, war Gina fort.

Er rannte ihr nach (damals hatte er das Motorrad noch nicht) und holte sie ein auf dem Marktplatz zwischen den Ständen, die, in zwei parallelen Reihen, unter ihren spitzen Dächern wie eine Flotte Segelboote wirkten. Sie bewegte sich im Schatten dieser Stände, halb ohnmächtig vor Erniedrigung, so daß Predić sie nicht lange zum Stehenbleiben überreden mußte. Er lehnte sie an den nächsten Verkaufstisch und gestand ihr, was ohnehin offenbar war: daß er verheiratet war, sich aber so bald wie möglich scheiden lassen würde, weil er nur sie liebe und zur Frau nehmen wolle. Sie hörte zu, den Blick seitwärts auf eine zertretene Melonenschale am Boden gerichtet, die fauligen Geruch verbreitete. Er setzte Gina auf den Verkaufstisch und begattete sie hier inmitten der Abfälle vom Markttag, in unmittelbarer Nähe der Händlerinnen, die an ihren Ständen schliefen, in Sichtweite der Passanten, deren Schritte in der Straße am Rand des Marktes widerhallten. Den Arm um ihre Taille gelegt, begleitete er sie nach Hause und küßte sie (da sie viel kleiner war) auf den Scheitel, der so demütig die Schläge empfangen hatte.

Damals kam ihm dieses Abenteuer wahrscheinlich wie eine Flucht in reizvollere Liebesgefilde vor; aber als er es wie versprochen vollendet hatte, mußte er einsehen, daß es eine Falle war. Eine Falle viel mehr als die erste Ehe, die nie den Anschein einer Flucht hatte, weil er sie als freier junger Mann eingegangen war; über dieser jedoch schwebte jene schattige Sommernacht zwischen den Marktständen mit dem Geruch überreifer Früchte und den Schritten der letzten Passanten. Die Wirklichkeit war der Umzug aus einem ebenerdigen Haus mit Garten in ein anderes, aus einem Bett in ein anderes, von wo sich morgens, wenn er aufstehen und zur Arbeit gehen mußte, derselbe trostlose, vom Fenster gerahmte Blick auf das niedrige Dach des Hühnerstalls bot. Ginas Vater war ein kränklicher alter Nörgler, der den ganzen Tag am Zaun herumhämmerte, ihr Bruder ein halb schwachsinniger Trinker, die Schwägerin eine unsaubere neugierige Glucke. Er konnte alles machen wie bisher: mißlaunig von der Arbeit und aus der Schenke nach Hause kommen und am Abend, umgekleidet und rasiert, ein echter Schauspieler, zu Tanzvergnügen und belebten Ecken aufbrechen, um fremde Mädchen und Frauen zu verführen.

Der Schauspieler tat das auch, aber das genügte ihm jetzt nicht mehr, sicher weil schon Gina ein Abenteuer gewesen war und er größere Rauschzustände nicht erreichen konnte. Von *ihr* wollte er die Illusion männlicher Kraft und Freiheit auf Dauer erzwingen, die ihm jene Nacht zwischen den Marktständen vorgegaukelt hatte. Er wollte sie so demütig und ersehnt und neu, und da sie das selbst nicht mehr sein konnte, versuchte er sie mit Gewalt dazu zu machen, sie zu quälen, damit sie jene graue Nachtfarbe und den seitwärts gewandten Blick bekäme. Er versuchte ihr ihre Haltung auszutreiben und damit ihre anderen überflüssigen menschlichen Eigenschaften, die sie an Haus und Garten, an den Säufer-Bruder, den Nörgler-Vater banden, so daß nur die Frau, die nackte Frau übrigblieb.

»Du und deine Beine!« sagte er häufig, während seine schwarzen Augen wie die eines Stiers haßerfüllt auf den Boden blickten, über den sie schritt. Dabei waren die Beine das Schönste an Ginas Körper: Unter dem kleinen, vom feingewellten blonden Haar halbverdeckten Kopf, unter den unentwickelten Brüsten, der mädchenhaften Taille, den festen, muskulösen Hüften waren sie weiblich rund, füllig und beweglich. Es war unmöglich, sie nicht zu bemerken. Sie spannten den Rock, auch wenn er weit und in Falten gelegt war, und zwischen den Schenkeln zeigte sich eine tiefe Linie, ob sie nun ging oder stand oder saß. Nur die Füße waren klein und etwas nach außen gesetzt wie bei Menschen, die viel laufen. Darum vielleicht lockten ihn ihre Beine und stießen ihn zugleich ab: Er wollte, daß sie so waren, aber ohne jene kleine Gespreiztheit, die sie wegzutragen schien ins Sachlich-Sorgenvolle, ins Geizige, ins Triviale.

»Du und deine Beine!« sagte er, wenn er nach der Arbeit wütend und müde am Tisch saß, während sie eilten, ihm das Essen zu servieren. Mit Ginas Kochkünsten war er nicht zufrieden: ihre Gerichte seien zu fett; doch wenn sie etwas Leichtes zubereitete, beschwerte er sich, daß er nicht satt würde. Dann verlangte er Rechenschaft über die Ausgaben, und wenn sie vor Angst stolpernd (»Du und deine Beine!«) mit dem Heft kam, schrie er, sie bestehle ihn und richte den Haushalt zugrunde. Er ließ nicht zu, daß sie eine Arbeit aufnahm, obwohl sie nur allzugern ihr eigenes Geld verdient hätte. »Du willst dich doch bloß mit den Ladenschwengeln herumtreiben!« Er schielte nach ihren Beinen, nach jener Linie zwischen den Schenkeln, und wurde blaß. Er schalt sie eine Schlampe, ohne Strümpfe und im weiten Hauskleid, aber wenn sie einen Rock anzog, um wegzugehen, brüllte er: »Auf wen hast du es wieder abgesehen?« Und zog sich beleidigt ins Zimmer zurück, nicht ohne ihr zu befehlen, sie solle warmes Wasser und ein reines Hemd für ihn bereithalten; er gedachte also am Abend auszugehen. Manchmal verlangte er kurz vor dem Aufbruch, daß sie ihn begleitete, und dann suchte er den ganzen Abend, auf der Straße oder im Wirtshaus, Anlässe für bösartige Krittelei: eine widerspenstige Locke, ihr Lippenstift, ihr Rock, ihr Blick. Wenn sie mitgekommen war, trank er mehr, und er ohrfeigte sie, wenn er meinte, ein Mann sehe sie an. Oder er schickte sie knurrend zurück: aus dem Café oder schon von der Straße vor dem Café oder bereits vor der Haustür, und ging allein seinem Vergnügen nach, lachte sich Frauen an, bezauberte sie mit seiner schönen männlichen Kraft, begleitete sie in ihre Wohnungen und warf sie dort aufs Bett, oder er nahm sie gleich an einem Zaun. Romantisch, ohne Brutalität, die er hier nicht anzuwenden brauchte. Aber das waren nur Atempausen, nach denen die andere Seite seines Doppellebens verlangte und die nichts an der ersten änderten. Mit ihnen oder ohne sie, gereizt in seiner Eifersucht oder Gier, kam er nachts immer als Rächer nach Hause.

Dann tat er mit Gina jene verborgenen Dinge, die schließlich zu der Gewalttat führten. Hinter versperrten Türen und geschlossenen Fenstervorhängen nutzte er den kostbaren Schlaf des kleinen Jungen in der Küche als Drohung (»Pst, wir dürfen ihn nicht wecken!«) und knetete Ginas jetzt nackte Beine, denen er mit ermüdenden Übungen die nützliche Unbeholfenheit auszutreiben versuchte. Er, der Frauen stets mit gedankenloser Gier nahm, zwang sie, die nur zur passiven flüchtigen Hingabe geschaffen war, zu allen ihm geläufigen Formen ausschweifender Akrobatik. Er besorgte sich pornographische Fotos, breitete sie unter der Lampe auf dem Tisch aus wie eine Generalstabskarte, packte Gina im Nacken, beugte sie darüber und zeigte mit dem Finger ernst wie ein Richter oder Prophet: »So will ich's haben!« Je mehr sie ihn bat, abzulassen, desto unnachgiebiger wurde er. Weinend kniete sie, stand Kopf, verrenkte sich, dann erstarrte sie schweißüberströmt vor Ekel, hustete, spie – bis er endlich ermattete und sie wegstieß, zornig und enttäuscht, weil sie nicht das bewußtlose, gesichtlose Wesen sein konnte, das er in jener Nacht bei den Marktbuden gefunden zu haben glaubte.

Sie war es noch einmal, aber nur um einen Zweifel auszuräumen, ob seinen oder ihren eigenen, ist nicht gewiß. Ebenso ungewiß ist, wann sie sich dazu entschloß, in welchem Augenblick der langen Silvesternacht, die sich bis in den halben Neujahrstag hinzog, obwohl es vermutlich einer der *heiteren* Augenblicke war, wenn schon von einem Umbruch oder einer Wende die Rede ist. Für die dunklen Augenblicke war sie taub geworden und nahm sie auch in dieser Nacht ergeben hin. Anfangs hatte Radovan erklärt, sie würden Silvester in einem Lokal feiern, im »Partisan« oder im »Parkhotel«, aber sei es, daß er bei ihr einen Funken Interesse für diesen Plan entdeckte, sei es, daß er einfach seine Absicht änderte – jedenfalls knurrte er ein paar

Tage vor Silvester, sie würden nicht ausgehen. So legte Gina weder ihr Kleid bereit noch kam sie in Stimmung; sie hörte resigniert zu, wie die Nachbarinnen, auch Bruder und Schwägerin, über das Programm für den festlichen Abend berieten, und erklärte nur, es sei beschlossen, nicht wegzugehen, gerade so in unpersönlicher Form, unter der sie gewöhnlich ihre häuslichen Probleme verbarg.

Aber als Radovan am Silvestertag von der Arbeit gekommen war und seine üblichen Vorwürfe (darunter auch: »Du und deine Beine!«) geäußert hatte, ermahnte er Gina gereizt, sich schnell fertigzumachen, da die Jelesins sie um acht erwarteten. »Wieso die Jelesins«, wagte sie zu staunen, denn sie wußte, daß Radovans Freund und häufiger Begleiter bei den abendlichen Touren schon seit einem Jahr von seiner Frau getrennt lebte. »Na so!« fertigte er sie ohne Erklärung ab und ging türenschlagend hinüber ins Zimmer, um sich aufs Bett zu werfen. Ihr blieb nichts übrig, als in den paar restlichen dunklen Vorabendstunden in größter Eile die Vorbereitungen zu treffen, Hemd und Anzug für ihn herauszulegen, selbst Wäsche und Kleid zu wechseln, sich zu waschen und Wasser für ihn warm zu machen. Tatsächlich stand er um sechs auf und begann Toilette zu machen; da hörte man schon von draußen, aus dem Hof und von der Straße, Stimmen und Schritte, der Kleine kam vom Spielen und verlangte zu essen. »Was machen wir mit ihm?« fragte Gina besorgt, die sich schon in einer Pause, während das Bügeleisen heiß wurde, bei ihrem Bruder und zwei, drei Nachbarinnen erkundigt hatte, ob nicht jemand sein Programm umgestoßen hatte – ohne Erfolg. Aber: »Wir bringen ihn zu Mama«, antwortete Radovan achselzuckend und verriet damit wider Willen, daß er durchaus planmäßig gehandelt hatte.

So war es auch. Jelesin, Dreher in derselben Fabrik wie Radovan, hatte sich zwei Wochen zuvor mit seiner Frau versöhnt und ihr neben vielem anderem versprochen, daß er sich zu Silvester nicht wie sonst betrinken, sondern den Abend solide zu Hause verbringen werde. Um sich etwas schadlos zu halten, hatte er zum Abendessen Radovan eingeladen, für den er eine fast weibliche Schwäche hatte und dessen Gesellschaft er unablässig suchte. Weil er zu der Zeit noch beabsichtigte, in einem Lokal zu feiern, hatte Radovan lachend abgelehnt, aber als Jelesin am Silvestertag auf dem Heimweg von der Arbeit seine Einladung fast bettelnd wiederholte, war der ursprüngliche Plan bereits verworfen, und Radovan sagte zu. Schon als die Rede von einem Lokal gewesen war, hatte er seine Mutter darauf vorbereitet, den Enkel zu behüten, was ihr mehr als lieb war; jetzt mußte diese Vereinbarung nur in die Tat umgesetzt werden.

Gina wußte nichts von diesen Einzelheiten, aber das war in ihrer Ehe normal. Alle kleinen und alle entscheidenden Dinge blieben hinter Radovans gefurchter Stirn verborgen und gelangten ihr nur als donnernder Hohn zur Kenntnis, so gleichförmig, daß sie begriff: Nur die Lautstärke war wichtig. Also akzeptierte sie einfach den Beschluß, und da er ausnahmsweise nicht ungünstig war, ließ sie sich sogar von einer Welle hastiger Freude überfluten. Seit Jahren hatte sie keinen Abend in Gesellschaft verbracht; wann immer sie irgendwohin wollte, hatte Radovan das verhindert; diesmal glaubte sie, die Harmlosigkeit des Ziels würde ihr Schutz gewähren.

Sie nahm ihren Sohn bei der Hand und folgte mit ihm Radovan, der mit langen Schritten voranging durch die dörflich breiten, jedoch buckligen Straßen, die ihnen auch diesmal die Richtung ihres kurzen, aber in innerer Anspannung zurückgelegten Weges wiesen. Sie durchquerten ihre Straße, gelangten in die kurze Ćorović-Straße (hier waren alle Straßen nach Schriftstellern benannt), bogen an der zweiten Ecke rechts ein und erreichten ein Haus, das ihrem glich. Hier erwartete sie bereits Radovans Mutter mit ihrem üblichen mißtrauisch-ängstlichen Blick; aus dem Hofzimmer schaute Radovans zerzauste erste Frau; sie übergaben das Kind, das sich zufrieden und in Erwartung besonderer Leckerbissen an die Großmutter schmiegte. An die Ecke zurückgekehrt, gingen sie die Ćorović-Straße in entgegengesetzter Richtung immer geradeaus und erreichten mit Mühe – weil die Straßenlampen wenig Licht gaben und Radovan sich schlecht zurechtfand – das Haus, wo Jelesin wohnte.

Hier war schon eine gewisse feiertägliche Hast bemerkbar, oder der erneuerte Haushalt war vielleicht noch nicht im Gleis: In Zimmer und Küche brannten die Lampen, die Haustür hatte man sorglos offenstehen lassen; Jelesins kleine und früh verwelkte Frau rannte über den Hof, denn die Speisekammer befand sich hinter dem Holzschuppen; der sommersprossige Jelesin stand schwankend und schuldbewußt mitten in der Küche. Aber bald kam alles in die Reihe. Der Tisch im Zimmer war mit weißem Leinen und versilberten Tellern eingedeckt, Jelesins Frau trug eine Platte mit duftend dampfenden Würsten auf, ein Geschenk vom Schlachtfest bei ihrem Vater, während der Hausherr eine Ballonflasche voller Wein aus der Ecke herbeischleppte. Sie schalteten das neugekaufte Radio ein, das ein lautes Silvesterprogramm sendete – Scherze und Tanzmusik im Wechsel.

Vor so realen Verheißungen löste sich allmählich die Gezwungenheit der zusammengewürfelten Gesellschaft: zwischen Jelesins Frau und Gina, die sich erst jetzt kennengelernt hatten und gleichermaßen spät von der Einladung unterrichtet worden waren, und Jelesin und Radovan, die gewohnt waren, zusammenzusitzen, aber in ganz anderer Umgebung. Die Männer tranken hingegeben und wortkarg, und die Frauen tauschten vorsichtig und mit gespielter Leichtigkeit Klagen über sie aus, die wie gefährliche Verbrecher vor ihnen saßen. Im Verlauf des Abends neigte sich die Wertwaage immer mehr zugunsten der Predićs, und Gina fühlte das. Im Unterschied zu den Jelesins konnten sie als sichere Kasse einen gefestigten Haushalt und ein schon größeres Kind vorweisen, außerdem empfand sich Gina als schöner und wichtiger als ihre neue Bekannte, und es war nicht zu übersehen, wie Jelesin vor Radovan katzbuckelte. Die Rede kam auf die Entlohnung: Radovan als Bestarbeiter bekam etwa fünftausend Dinar mehr als Jelesin. Berauscht von Wein und Stimmengewirr, erinnerte sich Gina, daß sie inmitten der Ängste und Widerwärtigkeiten ihres Ehelebens nie an diesen echten Vorzug ihres Mannes gedacht hatte, und sie sah ihn jetzt wie mit neuen Augen. Er war schwarzhaarig, kräftig; sein dunkler Teint vom Trinken gerötet – er war schön, fröhlich, und es gelang ihr sogar, ihre Vorstellung von ihm als blindwütigem Rächer und Quälgeist ihrer Tage und Nächte zu unterdrücken.

Auch Radovan spürte den Unterschied; mehr noch, er spürte Ginas neue Erkenntnis, was für ihn sehr wichtig war: Hatte nicht eigentlich er ihr diese Erkenntnis eingepflanzt, wenn er verlangte, daß sie seinen ungezügelten Wünschen gehorchte? Vielleicht hätte er auf diese Forderungen auch verzichtet, hätte Gina nur Beweise geliefert, daß sie sich ihnen unterwarf. Sein Überlegenheitsgefühl machte ihn glauben, daß es so war, und als sie schon beim Singen waren und Jelesin seine Frau packte, um sie zur Musik um den Tisch zu schwenken, erhob auch er sich und forderte Gina etwas spöttisch zum Tanz auf. Und als das Radio Mitternacht verkündete und der betrunkene Jelesin auf vorschriftsmäßige Glückwünsche drängte, tätschelte Radovan Gina die Schulter, zwar ohne Fortsetzung in einem Kuß, dafür mit kumpelhaftem Zwinkern in den glänzenden schwarzen Augen.

Das jedoch wurde für ihn schon belastend: Er fing Ginas Blick auf, der nicht ausdruckslos war, wie er gewollt hätte, sondern, wie ihm schien, rebellisch selbstbewußt. Er stand auf, um zu gehen, unter dem Vorwand, man habe genug gesessen, und hörte nicht auf die Versuche der Gastgeber, ihn zum Bleiben zu überreden, welche Versuche übrigens nicht ganz einmütig waren, denn was Jelesin betraf, so erblickte er in Radovans Anwandlung eine Chance, aus dem Haus zu verschwinden. Seiner Frau, die vor den fremden Menschen keinen Streit anfangen mochte, erklärte er, die Gäste nur hinausbegleiten zu wollen; er griff nach seinem Mantel, setzte die Mütze auf und folgte Radovan fast im Laufschritt.

Dieser sah sich durch die unerwartete Begleitung daran gehindert, gleich auf der Straße mit Gina abzurechnen und ihren Widerstand zu brechen; er schlug vor, im nahe gelegenen »Partisan« weiterzufeiern; die anderen beiden folgten ihm ohne Einwand.

Jetzt durchquerten sie wieder das flache Bett der Straßen mit den ebenerdigen Häusern, wobei es sich irgendwie von selbst ergab, daß Gina neben Jelesin und hinter Predić herging, der eilig ausschritt. Sie unterhielten sich nicht, machten einander nur auf Gruppen fröhlicher Menschen aufmerksam, die auf dem Weg nach Hause waren oder, wie sie, zu einem anderen Ort des Vergnügens strebten. Je näher das Zentrum, desto größer wurde diese scheinbar ziellose Menge, und vor der Grenze des peripheren Viertels nahe der Eisenbahnstrecke, wo auch die erste Busstation war, kamen die Menschen irgendwie zum Stillstand: Die Gruppen sammelten sich am Weichenstellerhaus in Schlamm und zertrampeltem Schnee, disputierten und riefen, verabschiedeten sich und wechselten Glückwünsche, und nur die eine oder andere kleine Schar bewegte sich träge zur Busstation oder dahin zurück, woher die drei kamen. An der Ecke vor der geöffneten Schranke brannten zwei Glühlampen unter emaillierten Blechschirmen an der gewölbten Fassade des Sportlerheims.

Hier war der Festtrubel noch voll im Gange. Die Tür zur Turnhalle stand weit offen, dennoch schlug den neuen Gästen heiße und dicke Luft entgegen. Während sich Gina und Jelesin noch benommen umsahen, hatte sich Predić schon zu der aus einem Reck und einer Sprossenwand improvisierten Garderobe durchgearbeitet, zog den Mantel aus und winkte ihnen, dasselbe zu tun. Dann bahnte er vor ihnen einen Weg in den Saal, wo zwischen bunten Papiergirlanden grelles Licht brannte, wo die Tische mit den Getränkelachen unter dem Gewicht der Ellenbogen stöhnten und die Menge der Paare vor dem Podium wie ein Wespennest summte. Da schmetterte auch schon die Musik los, man hörte den Ruf »Radovan!«, und irgendwelche Hände zogen die drei zu einem Tisch in der Mitte. Gerötete Gesichter überschrien das Orchester, kichernde Frauen schlugen mit den Händen auf den Tisch, von irgendwo wurden Stühle und leere Gläser herbeigeschafft, und alle stießen auf das Neue Jahr an.

Gina kannte auch diese Menschen nicht, sie glaubte nur einige in ihrer Gegend gesehen zu haben, aber ganz anders gekleidet und in anderer Stimmung, was sie groteskerweise noch fremder erscheinen ließ; dennoch fügte sie sich neben Radovan, dem alle schulterklopfend zuprosteten, ohne Hemmung in ihren Kreis. Sie lachte über Rufe, die sie nicht verstand, erklärte einer ihr gegenübersitzenden nüchternen Frau, wo sie den ersten Teil des Abends verbracht hatten, und als die Kapelle einen Walzer intonierte und ihr gedrungener, rotwangiger, fast glatzköpfiger Tischnachbar, den sie bislang kaum bemerkt hatte, eine komisch galante Verbeugung andeutete, stand sie auf, nachdem sie sich durch Radovans gleichmütigem Blick überzeugt hatte, daß er nichts dagegen hatte. Sie mischten sich unter die Menge, der Mann umfaßte ihre Taille und begann sie so flink, wie man es bei seiner untersetzten Figur nicht erwartet hätte, im Kreis zu drehen. Sie fühlte, daß sie sich hinreißen ließ, sie fühlte, daß sie das störte und ihr zugleich wohltat, und diese Empfindung weckte in ihr zum erstenmal an diesem Abend eine Art Reue, ein süßes und schreckliches Bangen beim Gedanken daran, wie auch diese Neujahrsnacht voraussichtlich zu Hause enden würde. Ihr Blick suchte nach Radovan, doch sie waren durch den beweglichen Vorhang der Tänzer getrennt, und dann wogte dieser Vorhang noch dichter unter dem Andrang neuer Köpfe und Schultern und Arme, einer ganzen neuen Gesellschaft mit Papiermützen über lachenden, schwitzenden Gesichtern. Die Tänzer bewegten sich langsam, und Gina stellte ungläubig fest, daß sie einen, eine, noch einen – viele Bekannte aus ihrer fernen Mädchenzeit erblickte, die sie seitdem selten gesehen und als verheiratete Frau, noch dazu Frau eines eifersüchtigen und gewalttätigen Mannes, nur zurückhaltend gegrüßt hatte, die sie aber jetzt mit ihren vom raschen Pulsschlag erfrischten Gesichtern über den siebenjährigen Abgrund hinweg in die alte Vertrautheit zurückholen wollten. Sie selbst mußte zu ihrer einstigen Gestalt zurückgekehrt sein, denn plötzlich war sie von vielen umringt, die sie mit Glückwünschen überschütteten. Sie wurde von weichen, festen oder stachligen Mündern geküßt, von dichtem, fettigem oder seidigem Haar gekitzelt, von harten, feuchten, muskulösen Händen angefaßt, vom Schreien gerötete Hälse beugten sich über sie. Jetzt spürte sie die Gefahr noch intensiver, sie spürte, daß sie für diesen Genuß bestraft werden, daß etwas Schreckliches geschehen mußte als Gegengewicht zu diesem Moment des Glücks, der ihre Lippen zum Lächeln verzog; sie versuchte sich in panischer Angst loszumachen.

Doch es war bereits zu spät. Vor ihr stand Radovan, bleich, die schwarzen Brauen zu einem wütenden Pfeil zusammengezogen, die Lippen grün und zitternd vor Zorn. »Du Nutte!« zischte er in die Stille, die sein Einbruch bei den Tänzern hervorgerufen hatte. »Du dreckige kleine Nutte!« Seine Faust traf ihr Gesicht und ihren Hals wie ein Holzhammer. Etwas zog sie dann hoch, das waren seine Hände, und schob sie durch die Menge. »Marsch nach Hause!« Sie verstand nicht ganz und blieb, die Hand an der linken Wange, inmitten des Kreises stehen, der sich um sie gebildet hatte. Radovan war mit einem Schritt bei ihr und stieß sie weg wie einen Ball, »Maaarsch!«, so daß sie aus dem Saal stolperte.

Die Tänzer erhoben ein entsetztes Gemurmel, aber nur für einen Moment; gleich darauf setzte die Musik mit betäubender Lautstärke ein, und die Paare, die den tobenden Predić anblickten, fanden sich ängstlich wieder zum Tanz. Er kehrte mit geballten Fäusten an seinen Tisch zurück. Dort rief ihn niemand zur Verantwortung, nicht einmal der glatzköpfige Mitschuldige, der ihn aus vorsichtiger Distanz beobachtete – es war schließlich seine Privatangelegenheit –, und einige wollten ihn sogar trösten. Radovan wischte das mit einer scharfen Handbewegung weg, leerte sein Glas und goß es gleich wieder voll. Er wollte sich betrinken.

Doch er konnte sich nicht beruhigen. Ständig hatte er Ginas lachendes Gesicht beim Tanzen vor Augen, ihr Strahlen inmitten der Küsse, den dreisten Aufruhr ihres weiblichen Selbstbewußtseins, und er bereute, daß er nur einmal zugeschlagen, sie leichtfertig fortgejagt, sie nicht zerquetscht und zertreten hatte. Er fand nicht mehr in das Gespräch am Tisch, er überhörte die Fragen, sah in die Gesichter, als erkenne er sie nicht; gegen halb drei stand er plötzlich auf und ging, fast ohne Abschiedsgruß, entschlossen, die Strafe zu vollenden, die ihm auf den Händen brannte.

Er eilte heimwärts durch die monotonen Straßen, ohne jemanden zu sehen; schloß das Haustor auf und machte sich erst jetzt, schweißüberströmt, bewußt, daß Gina keinen Schlüssel hatte. Den halbtauben Vater hatte sie kaum wecken können, und aus der Wohnung des Schwagers drang kein Licht. Dennoch sperrte er die Wohnungstür auf, trat ein – alles war gespenstisch still und leer. Da dachte er, daß Gina, da sie nicht hinein konnte, jetzt irgendwo allein umherirrte mit ihrem strahlenden Gesicht, mit ihren hübschen Beinen, frei, unbesiegt, vielleicht auch bereit zu einer launischen Rache in dieser planlosen Nacht. Aber er kannte sie zu gut, um dieses letztere zu vermuten; wenn ihre Angst besänftigt war, würde sie nach ihm suchen, das wußte er.

Also zurück zum »Partisan«. Bloß hatte er nicht die Geduld, wieder durch dieselben Straßen zu marschieren, also griff er nach dem Fahrrad unter dem Vordach (das Motorrad hatte er inzwischen verkauft), schwang sich in den Sattel und fuhr hinein in den breiigen Schnee. Vor dem »Partisan« verlangsamte er und betrachtete aufmerksam die Gestalten im Dunkel – junge Paare, die sich noch nicht trennen wollten –, Gina jedoch sah er nicht. Er ging hinein, zog den Mantel aus; blickte suchend durch den Saal, der sich etwas geleert hatte, und sah als einzigen Bekannten nur Jelesin, der betrunken, ein Glas in der Hand, unschlüssig zwischen den Tischen stand. Er zog ihn beiseite, doch Jelesin wußte nichts über Ginas Verbleib.

Die beiden setzten sich an einen leeren und bekleckerten Tisch, um weiterzutrinken. Ausgiebig, aber schweigend. Jelesin hatte nicht die Gewohnheit, ein Gespräch mit Radovan zu beginnen; ihm genügte es, in seiner Nähe zu sein. Radovan seinerseits hatte jetzt nichts mit dem seligen

Trunkenbold zu reden, der, seiner Frau einmal weggelaufen, schon längst vergessen hatte, daß es sie gab. Radovan konnte die seinige nicht vergessen: ständig sah er ihr erhitztes Gesicht vor sich und die Beuge der straffen, etwas gespreizten vollen Beine unter dem zum Kuß vorgeneigten Rumpf. Wie konnte sie es wagen, nicht zur Fortsetzung der Strafe anzutreten? Wie konnte sie es wagen, sich ohne ihn, ohne ihr Kind, zu entfernen? ... Da erst fiel ihm ein, wo ihr Kind war und daß Gina bei ihm sein mußte. Er atmete auf. Er erhob sich vom Tisch, fühlte erleichtert sein Blut pulsieren und stieg aufs Fahrrad.

Gina war wirklich bei ihrem Sohn; Predić begriff es schon aus der mürrisch-besorgten Miene seiner Mutter, die er mit einem Klopfen ans Fenster – seinem alten Zeichen – weckte. Als sie die Tür öffnete, legte sie bittend den Finger an die Lippen: Mach sie nicht wach. Aber dieser Beweis, daß sie seine Natur kannte, brachte ihn nur in Rage. Er stieß die Mutter beiseite, trat mitten in die Küche und schrie: »Wo ist die Hure? Her mit ihr, damit ich's ihr zeige.« Und da er als Antwort nur das Rascheln des Strohsacks hörte und ein Flüstern, woraus er schloß, daß Gina das Kind beruhigte, daß sie jetzt an das Kind dachte und nicht an ihn, öffnete er die Zimmertür und drohte heiser: »Du kommst jetzt her, verstanden?« Denn er fühlte undeutlich, daß sie neben dem Kind geschützt war.

Und sie kam heraus, schon weinend, im Unterrock, der ihren Körper bis zur Taille lose umspielte und um Hüften und Schenkel gespannt war, mit zarten schmalen bloßen Füßen, die, etwas nach außen gedreht, angstvoll trippelten. Kaum hatte sie die Schwelle überschritten, traf er sie mit der Faust, daß sie fast zu Boden stürzte, aber als sie versuchte, zur Tür zu kriechen, war er schon über ihr. Er griff in ihr dichtes Haar und riß so heftig daran, daß sie sich jammernd aufrichtete. Die Haare gepackt, führte er Gina wie am Zügel um den Tisch herum, und dabei versetzte er ihr Faustschläge gegen Kopf, Hals, Schultern, Brust, als stäche er mit einem Messer zu. »Da! Und da!« rief er dabei und hörte mit den Schlägen nicht auf, bis sie bewußtlos zusammenbrach. Da war schon das Gesicht seiner Mutter zwischen ihnen, und aus dem Zimmer hörte er das Wimmern des Kindes: »Mama! Mama!« Er fühlte, daß sie nicht täuschte, daß das Gewicht in seinen Händen tot war, und er trat nur noch einmal zu, falls sie einen Jammerlaut ausstieße, dann ließ er sie mit dem Gesicht voran zu Boden fallen. Er ließ ruhig zu, daß ihn seine Mutter wegschob und Ginas leblosen Körper wie einen Sack durch die geöffnete Tür ins Zimmer schleppte.

Er setzte sich im Mantel auf einen Stuhl an der Wand und zündete sich eine Zigarette an. Geduckt, mit plötzlich vernebelter Aufmerksamkeit, lauschte er lange auf das Gemurmel und Jammern im Zimmer; er sah seine Mutter eilig mit Lappen und Wasser zwischen den Räumen hin und her hasten, wobei sie ihm verstohlen ängstliche Blicke zuwarf. Aber er hatte keine Lust mehr, zu schlagen. Je länger er sich ausruhte, desto klarer sah er, was sich eben abgespielt, wo welcher Schlag getroffen hatte, und er glaubte, in einem Moment, als er Ginas Kopf am Haar zur Seite riß, einen Ausdruck seltsamer Folgsamkeit an ihr gesehen zu haben. Hatte er sich getäuscht? War das, was er gesehen hatte, das erste Zeichen körperlicher Ohnmacht, oder hatte er sie diesmal wirklich zum erstenmal gebrochen? Der Gedanke erregte ihn. Immer intensiver rief er sich in Erinnerung, wie ihr Körper plötzlich erschlafft war, wie sich die Lippen leicht öffneten, wie sie die Augen verdrehte, bis das Weiße zu sehen war. Nein, er hatte sich vielleicht nicht getäuscht. Er atmete schwer, sein Herz schlug so stark, daß er es mit dem Rücken an der Stuhllehne spürte. Seine Mutter kam gerade aus dem Zimmer;

diesmal trug sie nichts und schien einigermaßen ruhig. Wußte sie etwas? Ein sinnloser Gedanke durchfuhr ihn. Er konnte nicht mehr warten, um sich zu vergewissern. Schon rauchte er die dritte Zigarette und warf sie in den Eimer, wo sie zischend verlosch. Draußen wurde es langsam Tag. Er stand auf und näherte sich der Tür. »Wir gehen nach Hause, Gina!« sagte er heiser, fast bittend.

Er wartete, bis sie sich angezogen hatte; als sie auftauchte, sah er sie nicht an aus Angst, ihr jetziges, wirkliches Aussehen könne ihn enttäuschen. Er ging hinaus, ohne sich von der Mutter zu verabschieden, und schob das Fahrrad auf die Straße. Er hielt es am Sattel fest, und Gina begriff: Nach kaum merklichem Zögern setzte sie sich auf die Stange. Er schwang sich in den Sattel und fuhr los.

Jetzt hatte er sie vor sich und unter sich, umfangen von Armen, Beinen und Atem wie manches Mal früher, aber nie in so ruhiger Vertrautheit. Er fuhr vorsichtig; die Straße war schon halb hell, so daß er den Pfützen ausweichen konnte, damit sie nicht naßgespritzt wurden. In den Häusern begann der Tag: Man hörte Rufe, Fenster wurden geöffnet, aus den dunklen Zimmern erschienen Tücher in den Händen von Hausfrauen wie Fahnen zur Begrüßung. Unabhängig von all diesen harmlos Tätigen, die ihn wie im Spalier umgaben, trieb Radovan jedoch seine Beute in die Höhle, die er ständig vor Augen hatte – ihr Zimmer.

Das Haustor war aufgeschlossen, die Tür beim Schwager weit offen; aber er erlaubte weder seinem Blick noch ihr, die er vorangehen ließ, abzuirren. Er lehnte das Rad an die Mauer, schloß die Wohnung auf und blieb an der Tür stehen, um Gina den Weg freizugeben. Dann trat er selbst ein, versperrte die Tür von innen, schob zusätzlich den Riegel vor und schloß den Fenstervorhang. Er wandte sich um. Drinnen war es dämmrig wie am Abend, die Zimmertür stand offen, so daß man das Bett im Hintergrund sehen konnte. Die Luft war kühl, und das tat ihm wohl: Es gaukelte ihm eine gewisse tote Unveränderlichkeit vor, welche die Zeit aufzuhalten schien, die Zeit, von der er sich wünschte, daß sie stehenbliebe.

Gina war mitten in der Küche, den Blick wie fragend zur Seite gerichtet, die Lippen schlaff verzogen. Ja, sie war so, wie er sie seit jeher gewollt hatte, es war keine Täuschung. Er trat zu ihr, zog ihr den Mantel aus, mit der nächsten Bewegung riß er ihr Kleid, Unterrock, Wäsche vom Leib, packte sie am Nacken und stieß sie voran, während er mit der anderen Hand die eigenen Knöpfe öffnete. Mantel, Anzug, Schuhe fielen auf die Schwelle. Sie waren jetzt beide nackt, und er warf sie aufs Bett.

Er war gierig, unglückselig gierig nach dieser Umarmung, die er so lange herbeigesehnt hatte, und seine körperliche Kraft, aufgeputscht vom Alkohol, der jede Zelle durchsetzte, gab dem Begehren Ausdauer. Er bog und quetschte sie, drehte, kniff und biß sie, stieß die Tunnel seines langen Leidens in sie, brauchte keine Anregung durch aufreizende Fotos, seine Phantasie gehorchte dem eigenen Verlangen. Eigentlich waren jetzt Varianten unnötig, da er schon am Anfang sein Ziel erreicht hatte: Er mußte sich nur immer wieder vergewissern, daß die Erfüllung vollkommen war. Er betrachtete Ginas Gesicht, die Augen, die Lippen, die zuckend gerunzelte Stirn. Das Gesicht veränderte sich, aber nicht mehr wesentlich. Aus ihrem Mund kamen Klagelaute, aus den Augen liefen Tränen, aber nicht mehr Tränen der Ablehnung, des Ekels, des Aufruhrs, sondern einfach des Schmerzes: nicht mehr aus seelischer Verletztheit, sondern aus gesichtsloser körperlicher Verletztheit, die er verursacht hatte und steigerte. Das konnte ihn nicht ermüden. Kaum war er mit einer Kontrolle fertig, und sie sank auf den Rücken mit verdrehten Augen, formlosen Lippen, Beinen, die jede Kontur und Besonderheit verloren hatten, Beinen, die so schön waren in ihrer ursprünglichen willenlosen Gestalt, so schöpfte er aus dem Anblick neue Frische, einen neuen Grund für eine neue Kontrolle, riß sie hoch und prüfte sie weiter. Erst als ihr Gesicht aschfarben und starr wurde, der Körper kalt und trocken, stieß er sie kurzerhand und gleichmütig zu Boden, wo sie auf Knien und Ellenbogen und Bauch neben dem Bett liegenblieb. Er stand auf, ging bis zur Schwelle, nahm Zigaretten und Streichhölzer aus seiner Sakkotasche. Er kehrte zum Bett zurück, machte einen langen Schritt, um nicht auf sie zu treten, streckte sich aus und zündete sich eine Zigarette an. Alles war verwirklicht, er hatte nichts mehr zu tun.

Ähnlich verhielt es sich auch mit Gina: als hätten sie sich auf eine gesichtslose, einträchtige Verrichtung verständigt. Die Impulse waren erloschen; jetzt hing es von dem Tempo ab, in dem sie ihre Kräfte sammelte, wann sie was tun würde. Zuerst beugte sie mühsam und jammernd das eine, dann das andere Bein, kniete, erhob sich auf die Hände, blieb lange so, wie ein kranker Vierbeiner; stützte sich auf ein Knie, stand zitternd auf und ging breitbeinig wie ein Matrose hinüber in die Küche. Dort sammelte sie langsam ihre Kleidung auf, zog sich an, nahm den Mantel um. Sie schob den Riegel zurück, drehte den Schlüssel um, trat in den Hof.

Es war schon fast Mittag; die scharfe Wintersonne blendete ihre Augen. Gegenüber auf der Schwelle ihrer offenen Tür stand die Schwägerin mit einem Kochlöffel in der Hand; sobald sie Gina erblickte, rief sie neugierig: »Na, wie war's?« Gina winkte ab und ging weiter über den Hof zum Klosett. Von dort kehrte sie direkt in ihre Wohnung, in die Küche zurück, setzte sich auf einen Schemel neben dem kalten Herd. Ohne den Kopf zu wenden, konnte sie sehen, was Radovan machte: Er drückte die Zigarette auf der Streichholzschachtel aus, reckte sich und warf den Kopf auf dem Kissen zurück zum Zeichen, daß er zu schlafen gedachte.

Ihr fehlte die Ruhe, hier zu warten, bis seine Atemzüge geräuschvoll gleichmäßig wurden; sie trat wieder in den Hof. Sofort erschien die Schwägerin in ihrer Tür und lud sie zu sich ein; hinter ihr zeigte sich der Bruder in Pullover und Pantoffeln. Als sie in deren Küche kam, brannte Feuer im Herd. Sie boten ihr Wein an. Sie trank, die beiden erkundigten sich nach dem Silvesterabend, sie sagte, daß es lustig gewesen sei. Aber hier unterbrach sie ungeduldig das Gespräch und kehrte in ihr Haus zurück.

Wie erwartet war Radovan inzwischen eingeschlafen; um sich davon zu überzeugen, brauchte sie nur einen Blick ins Zimmer zu werfen und im Halbdunkel seinen blassen Kopf mit dem über das Kissen ausgebreiteten schwarzen Haar zu sehen. Sie kehrte zum Herd zurück, bückte sich und zog unter der Backröhre die kleine Axt hervor; sie richtete sich auf und ging, die Waffe gesenkt, ins Zimmer bis zum Bett. Ja, er schlief, sein Gesicht war ganz entspannt, die Lider tief in die schattigen Höhlen gesunken. Aber die Axt, deren Gewicht sie durch leichtes Schwenken prüfte, schien ihr zu klein, sie legte sie an ihren Platz zurück.

Wieder im Hof, begab sie sich selbst zu Bruder und Schwägerin, blieb an der Tür stehen, unterhielt sich mit ihnen, bis sie ihr etwas zu trinken anboten. Sie brauchte eine Stärkung wie ein Holzfäller. Sie leerte ein Glas Wein, verabschiedete sich, ging in den Schuppen, um die große Axt ihres Vaters zu holen. Damit zurück in die Wohnung, ins Zimmer, ans Bett. Sie schwenkte die Axt, sie war schwer. Sie hob sie, drehte sie in der Luft, wie sie es oft getan hatte, wenn sie einen Klotz spalten wollte, in dem die Schneide steckengeblieben war; die stumpfe Seite traf genau Radovans Schläfe. Gina sah sein leichtes Zucken, als suche der Körper nur eine bequemere Lage; aber da holte sie schon erneut aus. Das war überflüssig, sie sah es, während die Axt niedersauste: Die Wunde klaffte tief, die Axt glitt ohne Widerstand hinein wie ein benutztes Werkzeug in sein Lager.

Sie ließ sie dort auf der Leiche liegen; betrachtete ihre Hände und stellte fest, daß sie nicht beschmutzt waren.

Sie wandte sich um, las Radovans Kleidung auf und legte sie auf einem Stuhl zusammen. In der Küche zog sie Schuhe und Mantel an, band sich das Tuch um, blickte noch einmal ins Zimmer, ob alle Unordnung beseitigt war, und ging, nachdem sie die Tür abgeschlossen hatte. Die Schwägerin fragte, wohin sie wolle; sie winkte ohne Antwort ab. Bis die Ermittler kamen, wußte niemand im Haus, daß Radovan tot im Zimmer lag. Alles war unbemerkt verlaufen, äußerlich wie in seinem Kopf, in dem sich wahrscheinlich in der letzten Hundertstelsekunde vor dem Tod ein Traum abgespielt hatte, gesättigt von der Erkenntnis, daß er Gina besiegt hatte, indem er sie zur bloßen Frau machte. Das war objektiv ganz unrichtig, konnte aber ganz richtig sein, aus Ginas persönlichem Standpunkt, der sie veranlaßt hatte, Radovan gerade an diesem Tag zu töten, nachdem sie sich willig seiner qualvollen Gier überlassen hatte.

# Die Uhr

Dieser schmutzige alte Schuhflicker versetzte mich geradezu in Erstaunen. Sie brachten ihn nach mir ins Leichenschauhaus, und ich konnte beobachten, wie er zu der Toten auf der Bahre schlich, wie seine wäßrigen Augen, nachdem sie sich bei allen Agenten der Reihe nach eingeschmeichelt hatten, *gierig* auf die nackten Beine blickten, auf den schwammigen Bauch und die noch immer festen, von den Schlägen blaugeschwollenen Brüste. Ja, voller Gier – ich sah es deutlich. In diesen Froschaugen war keine Abwehr, sie glitten über die Rundungen ohne Rücksicht auf Hämatome und Wunden, hungrig und berechnend wie Ratten, schätzten den Verlust ein. Er hatte sechseinhalb Jahre mit ihr zusammengelebt, das hatte er den Agenten selbst gesagt. Aber auch das nur, um seinen Schaden aufzurechnen: Sie habe ihn ausgenutzt, jammerte er, sei nur zum Essen und Schlafen nach Hause gekommen, wenn sie gerade keinen anderen hatte, sie sei in seiner Abwesenheit eingebrochen und habe alles mitgenommen, was sie tragen konnte, um es zu verkaufen und den Erlös im nächsten Büfett zu vertrinken! Der Schuft sagte jedoch nicht, weshalb er sie trotzdem bei sich behalten hatte: nämlich um an ihr, wenn sie betrunken war, seine greisenhafte Lust zu befriedigen. Das sah man seinen Glotzaugen an, den rissigen Händen mit den vortretenden Adern, die sich, während er jammerte, unbewußt nach ihrer Nacktheit ausstreckten. Was für Nächte! Was für erstickende Stunden! Er mußte widerlich gewesen sein, wenn er zu ihr kroch, mit diesen zittrigen Händen, jämmerlich, verbraucht, sabbernd. Trotzdem hatte sie sechseinhalb Jahre sein Bett geteilt, wegen der Wärme, die sie dort neben dem Zugriff des Alten bekam, und hätte ich sie nicht am Abend zuvor umgebracht, wäre sie zweifellos auch diese Nacht in seinem Bett gelandet.

Darum tut es mir leid, daß ich sie getötet habe – wegen dieses Sturzes, dieses Abgrunds, in dem sie gelebt hat, wie ich jetzt sehe. Hätte ich es gewußt, wäre ich vielleicht nicht zum Mörder geworden: Ich hätte begriffen, wie vergeblich das war. Ich habe sie getötet, um sie für ihre Verstocktheit zu bestrafen, um sie zu demütigen. Aber jetzt sehe ich, daß sie in Wirklichkeit ganz demütig war in ihrem Zusammenleben mit diesem ekelhaften Alten, mit ihrer extremen Hingabe an das Laster. Als sie mir die Uhr aus der Tasche stahl, ging sie demütig diesem Laster nach, ich aber faßte es als Verstocktheit auf und – brachte sie um.

Aber es mußte so sein, weil unser beider Laster im Widerspruch lagen. Vielleicht habe ich niemals wie gestern abend von einer Frau verlangt, fast erfleht, daß sie sich widerstandslos hingeben solle, daß sie als selbständiges Wesen verschwinde. Ich wollte Leere vor mir, nur Fleisch, nur ein Stück Fleisch, alles andere hätte mich gestört. Noch hallte in meinem Kopf der Schrei des Mädchens vor ihr wider, jenes Mädchens in Hosen, und Martas stures: »Ich will nicht!« und all der Lärm des gestrigen Tages. Ich wollte es einfach, ruhig, und diese dumme Gans kam auf die Idee, mir die Uhr aus der Tasche zu ziehen!

Trotzdem ist Simke in Wahrheit der Schuldige: Er hat mit dem Irrsinn des gestrigen Tages angefangen. Schon um halb acht rüttelte er mich wach, grinsend, rot, schuldbewußt, aber idiotisch hartnäckig. »Zehn Stück! Zehn Stück!« Na und. Ich verdiene auch gern, aber vorher möchte ich ausschlafen wie ein Mensch. Er aber ist eine richtige Laus, er will binnen zwei Jahren ein Haus bauen und heiraten, und darum klammert er sich an jeden Dinar.

Solche kommen auch zu einem Gewerbeschein, und nur darum mußte ich als Kompagnon mit ihm arbeiten.

Ich stand also wütend auf, wußte jedoch, daß ich ohnehin nicht mehr einschlafen könnte; wir griffen nach dem Werkzeug und den Linoleumrollen und brachen auf zur Bushaltestelle. Es regnete, und ich kann den Morgen schon nicht leiden, wenn schönes Wetter ist. Ich bin schläfrig, die Füße sind kalt, der Kopf dröhnt, die Lokale sind dunkel und leer, alle hasten durch die Straßen, das Leben widert mich an. Und jetzt war noch Simke da, zog mich, schob mich, mit seinen Rollen, seinen Ellenbogen, dem breiten Hinterteil, er schwenkt die Arme, schwätzt, sprüht mir seinen Speichel ins Gesicht, bespritzt mir die Beine durch seinen Elefantenschritt. Die ganze Zeit dachte ich daran, ihm mit der Rolle eins überzuziehen und umzukehren. Hätte ich es nur getan! Aber der Tag hatte schon falsch angefangen, ich hätte nicht gewußt, wohin, und bei diesem Gedanken blieb ich willenlos. Ich folgte Simke, sprach keine zwei Worte, knurrte in mich hinein.

Bei solchem Regenwetter ist auch an den Busstationen Gedränge. Alle schieben, wischen dir mit nassem Ärmel über die Nase. Diesmal zeigte sich auch ein Schaffner vom Dorf, ein Eber mit Gendarmenschnurrbart, und beugte sich aus der Tür: »Mit dem Gepäck geht's nicht, Genossen, wir haben keinen Platz!« Am liebsten hätte ich gebrüllt, aber ich schwieg trotzig und versteckte mich hinter Simke. Der versprühte natürlich Speichel, warf, um zu beweisen, wie leicht die Rollen waren, seine in die Luft und fing sie wieder auf wie im Zirkus und rief mir zu: »Zeig du's ihm auch!« Natürlich rührte ich mich nicht, und zu meiner Genugtuung ließ der Schnurrbart alle anderen Fahrgäste einsteigen und knallte uns glatt die Tür vor der Nase zu.

Jetzt standen wir wie die Affen im Regen und sahen dem Bus über die Brücke hinweg nach. »Wir warten auf den nächsten«, sagte Simke, und mehr brauchte ich nicht. »Nein, wir gehen zu Fuß.« Er sah mich verblüfft an, aber als ich losmarschierte, verstummte er und folgte mir eilig.

Ich wollte ihn bestrafen, aber eigentlich bestrafte ich mich selbst, während ich nur an den Regen denken konnte und daran, daß ich bald auch unter dem Anorak naß sein würde. Wir stiegen auf die Brücke, der Wind riß uns fast die Rollen aus den Händen, peitschte von der Seite unsere Hälse und durch die Strümpfe hindurch die Fußknöchel. Auf der Chaussee wiederum bespritzten uns die Autos, und wenn wir beiseite sprangen, tropfte uns von den Bäumen das Wasser in den Kragen. Simke blieb ab und zu stehen und hob verzweifelt den Daumen, aber begreiflicherweise hielt niemand an, wenn er uns so durchnäßt sah, mit diesen Riesenrollen, wie Räuber auf der Flucht. Ich ging zügig voran und genoß es, wenn ein Lastwagen vorüberzischte und danach Simkes eilige Schritte hinter mir her schlappten; sein Atem ging schon schwer, und er sagte nichts mehr.

Aber die Strafe war, wie sich zeigte, mehr als naiv; als wir uns endlich zum Meierhof geschleppt hatten – dreieinhalb Kilometer im Regen! – und bei Jurišić eintraten, gab es etwas zu sehen: Das Zimmer mit der Zwischenwand gähnte ohne Fußboden! Wir standen wie zwei Mulis vor einem Hindernis; aber ich sagte absichtlich nichts, warf nur die Rollen und meinen Beutel auf den Stapel Dielenbretter hinter der Schwelle. Simke tobte großzügig für mich mit. Beladen und naß – die Regentropfen tanzten Ringelreihen um seine Hutkrempe – rannte er auf den Hof, und bald konnte man ihn lauthals mit Jurišić streiten hören. Sie kamen herein, Jurišić in Kulakenpelzmütze und Filzjoppe, wie zu einem Lokaltermin. Jurišić schwor, der Parkettleger aus Novi Sad habe ihm fest versprochen, den Fußboden bis vorgestern zu installieren; Simke hielt ihm vor Augen, daß wir vergebens im Regen hergekommen waren, sie fielen einander ins Wort und wiederholten sich bis zur Erschöpfung. Schließlich gab Simke nach, er bückte sich, betastete die Bretter und fragte nach ihrem Preis. Worauf der Hausherr, der einen seinesgleichen erkannt hatte, sehr liebenswürdig wurde: Er entschuldigte sich, was er bisher versäumt hatte, und rief seiner Frau zu, uns Schnaps zu bringen. Bald standen wir vor dem Regenvorhang auf der Schwelle wie fröhliche Zechbrüder und prosteten uns zu.

Was hatte ich mit ihnen zu tun? Ein Haus wie Simke werde ich niemals bauen, aber hier stand ich, naß und gereizt, gerade wegen ihrer Häuser, Jurišićs jetzigem und Simkes künftigem. Ich schlürfte den Schnaps und fühlte, wie sich meine schlechte Laune zu Erbitterung auf das Leben steigerte, das mir den Rücken kehrte, meinen Willen verhöhnte, mich in den Schimmel seines toten Bodens hüllte. Wann immer ich dieses Gefühl habe, muß ich sofort den Ort und die Gesellschaft wechseln, um mich irgendwie zu entlasten. Früher war ich bei solchen Gelegenheiten weggelaufen, sechsmal aus dem Heim, später einmal über die Grenze, aber jedesmal wurde ich eingefangen und darüber belehrt, daß eine wirkliche Flucht nicht möglich war. Ich sah mich um und überlegte, ob es in der Nähe ein Lokal gab, aber das erinnerte mich gleich daran, daß ich kaum zwei-, dreihundert Dinar in der Tasche hatte. Jetzt schenkte ich dem Gespräch meiner Brotherren etwas mehr Aufmerksamkeit: Sie verhandelten gerade darüber, wie Simke erfahren könnte, wann der Fußboden gelegt wäre. Ich mischte mich ein: »Das kann sich hinziehen. Wir haben den ganzen Tag verloren. Wer ersetzt uns das?«

Sie verstummten; Simke, der etwas ahnte, bekam feuchte

Augen. Jurišić versuchte sich herauszuwinden: »Wir haben eine Pauschale vereinbart. Zehntausend«, aber ich hatte eine Antwort parat: »Verabredet war, daß wir die Arbeit an dem Tag machen, den Sie festlegen. Und das war heute.«

Sie wechselten Blicke; ich sah, daß Simke zwischen Raffgier und Zweifel schwankte, und fuhr schnell fort: »Wir hätten das Linoleum in einem Tag gelegt, und wären wir nicht zu Ihnen gekommen, hätten wir im Haus des Handwerks unseren Tagelohn verdienen können. So müssen wir dort einen neuen Termin ausmachen, aber bis dahin müssen wir von irgendwas leben.« Jurišić: »Ihr habt einen Vorschuß bekommen.« Ich: »Der ist für das Material draufgegangen, und das bleibt hier als Garantie. Aber wir haben keine Garantie, wann Sie uns beschäftigen werden. Entweder zahlen Sie uns die halbe Pauschale und die andere Hälfte, wenn wir die Arbeit geleistet haben, oder Sie bezahlen uns zwei Tagessätze zu zweieinhalbtausend Dinar und beauftragen jemand anders.«

Bei solchen Gelegenheiten kann ich gut reden, nicht nur fließend, sondern auch überzeugend, denn aus mir spricht die Entschlossenheit, notfalls mit allem Schluß zu machen. Jurišić schien unsicher, Simke kam ihm ängstlich zu Hilfe: »Es ist noch nicht zehn. Wir schaffen es heute noch ins Haus des Handwerks.« Aber ich schüttelte den Kopf: »Ohne mich. Wenn du warten willst, zahl mir meinen Anteil aus, und dann auf Nimmerwiedersehen.«

Das half. Das hilft immer, denn er ist so raffgierig, daß er sich keinen regulären Mitarbeiter nimmt, für den er Steuern und Sozialversicherung entrichten müßte, dabei arbeitet keiner so schnell wie ich. Er machte eine hilflose Handbewegung zu Jurišić hin: »Wenn mein Partner meint ...« Der Hausherr blies die Backen auf und sammelte unsere Gläser ein. Wir waren wieder allein, Simke tänzelte um mich herum, öffnete den Mund wie ein Fisch, und ich wußte, was er mir sagen wollte, aber ich wandte mich absichtlich nach draußen zum Regen um. Als Jurišić auftauchte, nicht mehr liebenswürdig und gesprächig, aber mit fünf Tausendern unter dem Jackensaum, damit sie nicht naß wurden, streckte ich die Hand weit aus. Simke blies mir erregt seinen Atem in den Nacken; ich wußte, daß er den Geldscheinen entgegenblinzelte, vielleicht auch Jurišić Zeichen gab, sie nicht mir auszuhändigen, aber es war zu spät. Ich stopfte sie ungezählt in die Tasche, wandte mich wortlos ab und ging hinaus in den Regen.

Eine Weile marschierte ich allein, denn Simke blieb zurück, vielleicht um zu jammern, vielleicht um einen neuen Termin für uns zu vereinbaren; aber fünfzig Meter weiter hörte ich schon seinen schlappenden Gang. Er ging nicht neben, sondern hinter mir, um mir in den Nacken zu blasen, tat, als flüchte er vor dem Regen unter die Vordächer, in Wirklichkeit aber aus Angst, weil das Geld jetzt bei mir war. An einer Ecke sah ich ein Wirtshaus und trat ein, und er folgte mir; als ich mich hinsetzte, schlich er herbei und ließ sich neben mir nieder. Das Lokal war völlig leer. Aus dem dunklen Hintergrund des Saals tauchte ein gar nicht neugieriges Onkelchen auf. »Einen Klaren!« bestellte ich, ohne Simke anzusehen, und das tat auch der Kellner nicht, sondern verzog sich mürrisch.

Jetzt saß mein Kompagnon auf Kohlen: Die einseitige Bestellung weckte Hoffnung in ihm, aber auch ein böses Vorgefühl. Er sah mich forschend von der Seite an, doch ich gab ihm durch kein Muskelzucken einen Vorwand zur Versöhnung. Als der Kellner schließlich den Schnaps brachte und ich ihn an die Lippen hob, hielt er es nicht mehr aus. »Du trinkst allein?« Ich ließ mir den letzten Tropfen durch die Kehle rinnen. »Ja.« »Also willst du meine Gesellschaft nicht?« »Nein.« »Dann gib mir meine

Hälfte vom Geld.« Jetzt war der Augenblick, ihn zu vernichten. »Deine Hälfte ist bei Jurišić.« Er piepste wie ein Küken: »Aber du hast die Hälfte der ganzen Pauschale genommen!« »Nur meine Hälfte, denn du warst gegen Vorauszahlung.«

Er wurde fast ohnmächtig, ich sah, wie er im Stuhl zusammensackte und wie seine Hände kraftlos über die Lehne fielen. Er wußte: Nachdem ich meinen ganzen Anteil vereinnahmt hatte, würde ich die Arbeit nicht mehr anrühren, weil ich umsonst nichts tat. Er muß mich in dem Augenblick schrecklich gehaßt haben, und wäre er nicht so ein Feigling gewesen, hätte er mich sicher geschlagen. Doch er wußte, wie stark ich in meinem Zorn bin, und rührte sich nicht. Er atmete nur schnell und erregt, denn er dachte wahrscheinlich daran, daß er jetzt das Linoleum für bloß fünftausend Dinar verlegen mußte, und zwar allein, was ihn drei, vier Tage kosten und ihn vielleicht um eine gute Arbeit bringen würde. Und das wäre ihm wohl nicht so schwergefallen, hätte er nicht mich vor sich gehabt, mit den fünf umsonst verdienten Tausendern, bequem zurückgelehnt mit dem leeren Glas zwischen den trägen Fingern. Er ruckte auf dem Stuhl herum; ich fühlte, daß sein Hirn fieberhaft arbeitete, daß er einen verzweifelten Versuch unternahm. »Na gut«, hauchte er fast stöhnend. »Nimm das Geld. Aber du wirst nicht zulassen, daß ich dir hungrig und durstig beim Genießen zusehe.«

Ich zuckte überrascht zusammen, denn Simke vermeidet es, im Kaffeehaus zu essen und zu trinken; am Feierabend redet er sich darauf heraus, daß ihn seine Mama mit dem Abend- oder Mittagessen erwartet. Aber ich durchschaute ihn sofort mit einem Blick auf seinen listigen Gesichtsausdruck und mußte laut lachen. Er wollte seinen Teil an dem ausgezahlten Geld, und sei es in Form von Speisen und Getränken, die er nicht mochte, gegen die sich sein kleiner geiziger Magen sträubte, weil sie teuer waren! Ich zögerte kurz, ob ich ihn glatt abweisen oder ihn weiter quälen sollte, und ich entschloß mich. Ich rief: »Kellner!«, und als das Onkelchen murrend aus seinem Versteck kam, orderte ich, noch immer lachend: »Speisen und Getränke, alles, was Sie haben! Aber nur das Beste, der Preis spielt keine Rolle!«

So begann unser Gelage in diesem leeren Dorfwirtshaus an einem wackligen ungedeckten Tisch mit einem mißtrauischen alten Bauern als Bedienung. Er konnte nur Rührei anbieten, aber wir bestellten eine ganze Schüssel, so daß ihn diese Verschwendung veranlaßte, aus der Speisekammer eingelegte Paprikaschoten zu holen, die so scharf waren, daß wir den gepanschten sauren Wein in uns hineinschütteten, als löschten wir einen Brand und nicht unseren Durst. Übrigens hatte ich wirklich Hunger, und Simke, der sicher Mamas Brotsuppe oder Maisbrei gefrühstückt hatte, gab sich Mühe, keinen geschenkten Bissen abzulehnen. Als wir ohne viele Worte fertig waren, sahen wir uns keuchend an wie Ringer nach einem Kampf.

Jetzt war der Augenblick da, wo der Spaß aufhörte; aber Simke rechnete zu offensichtlich damit, als daß er mich nicht zu weiteren Verrücktheiten herausgefordert hätte. Niedertracht weckt in mir außer Mißmut auch das Bedürfnis, diese Niedertracht an die äußerste Grenze zu treiben, damit sie grotesk, lächerlich, also erträglich wird. Wir saßen allein in diesem finsteren Loch, angefüllt mit schlechten Speisen und Getränken, und sahen einander über den fettigen Resten voller Haß an: Es galt, diesen ätzenden Stillstand zu erhalten und auf einen Höhepunkt zu bringen. Ich sah mich ohne rechte Hoffnung im Saal um – als plötzlich die Rettung hereinspazierte.

Diese Rettung in Gestalt eines neuen Gastes sah genau so aus wie ihr Zweck, lächerlich und kläglich, aber sie verfügte über das notwendige technische Instrumentarium. Das begriffen wir bereits in dem Augenblick, als der neue Gast eintrat, an einem gewaltigen Knall, der ihn veranlaßte, erschrocken zusammenzufahren und wieder zur Tür zu rennen. Ich beugte mich zur Seite und beobachtete durch das Fenster, daß seine besorgte Aufmerksamkeit einem Museumsstück von Automobil galt, das draußen im Regen unter dem Geknatter des noch laufenden Motors sklerotisch zitterte. Wir lauschten, aber das waren die letzten Zuckungen des Ungetüms, so daß sein Fahrer, der wohl zum selben Schluß gekommen war, in den Saal zurückkehren konnte, wo er sich triumphierend umsah.

Er war lang, fadendünn, grünschnäblig und so außer sich von seiner Rolle als unerschrockener Fahrer – symbolisiert in einem runden, bis auf die Nase gezogenen Lederhelm –, daß er sofort dankbar bereit war, an unserem Tisch Platz zu nehmen. Ich bestellte einen neuen Liter Wein, und bald widerhallten die Teller und Tassen auf unserem Tisch und die ganze verräucherte Kaschemme von klangvollen Automarken, Motorteilen, Zahlen zurückgelegter Kilometer, vermischt mit vielen Flüchen, die die Prahlerei des Dünnen glaubhafter machen sollten.

Simke beteiligte sich an diesem Spiel zu dritt natürlich mit stirnrunzelndem Mißtrauen, denn er hatte in seinem Jammer keine Lust, einem Prahlhans zuzuhören, und mußte auch daran denken, daß die von dem Vorschuß gekauften Güter noch weiter aufgeteilt wurden. Aber der Vorschuß steckte in meiner Tasche, nicht in seiner, und ihm blieb nur übrig, sich seinen Teil zu sichern, indem er ihn eifrig durch die Kehle jagte. Das hatte zur Folge, daß bald die dritte Literflasche auf dem überladenen Tisch erschien und unser neuer Partner, der nicht die goldgelbe Grundlage aus Rührei im Magen hatte, mit unsicherer Zunge zu reden und wild mit den dürren Armen zu gestikulieren begann. Dagegen hatte Simke nichts – sicher wartete er ungeduldig auf den Moment, wo wir ihn unter den Tisch getrunken hätten –, aber er war entsetzt, als ich kurz vor der Katastrophe die Rechnung verlangte und eine Fahrt mit dem so hochgelobten Vehikel vorschlug, das uns vom Schicksal vor die Füße gesandt worden war.

Grund zur Besorgnis gab es wahrhaftig, denn als wir aufstanden, warf Ljubiša – so hieß der Knabe – fast seinen Stuhl um, den er dann dümmlich lachend und umständlich wieder auf seine Beine stellte. Aber nach dem ersten verausgabten und dem zweiten angefangenen Tausender waren drei ganze übrig, und ich wedelte so lange mit ihnen über dem Tisch, bis Simkes Augen träumerisch aufglänzten. Er ging nach uns hinaus in den Regen, stieg als erster ins Auto, drückte sich auf dem Rücksitz in die Ecke, und sein Gesicht, das ich hin und wieder im Spiegel betrachtete, verriet selbstmörderische Entschlossenheit. Ljubiša hingegen war heiter und sorglos wie ich; nachdem er den Motor mit der Kurbel überraschend schnell in Gang gesetzt hatte, warf er sich hinters Lenkrad, so daß die Federn unter ihm ächzten, rief: »Vorwärts, Jungs!« und gab Vollgas.

Die Geschwindigkeit war zum Glück nicht hoch, denn der betagte Ford, den Ljubiša eine Woche zuvor mit Hilfe einer unerwarteten Erbschaft einem Vorkriegs-Taxifahrer abgekauft hatte, erreichte offenbar nur die Hälfte dessen, was der achtfach unterteilte Tachometer verhieß. Aber vierzig Stundenkilometer genügen für einen tödlichen Zusammenstoß mit einem Mast oder Brückengeländer, und wir kamen des öfteren in gefährliche Nähe solcher Hindernisse. Wenn Ljubiša uns dennoch rettete, indem er jedesmal in der letzten Sekunde das Lenkrad nach links oder rechts herumriß, dann geschah das, glaube ich, weil ich ihm nicht erlaubte, zu lange ohne Unterbrechung zu sitzen und seiner Fahrleidenschaft zu frönen. Ich befahl ihm, vor jedem Lokal zu halten, zuerst an der Chaussee und dann in der Stadt, wo es Gott sei Dank alle fünfzig Schritt eins gibt.

Damit wollte ich Simke nervös machen, der Lokale nicht mag, ihnen in seiner Wanderarbeiterseele mißtraut, schon auf der Schwelle zusammenzuckt, als sollte er jenseits einen Stockhieb auf den Kopf bekommen. Möglichst viele Zuckungen – das war mein Ziel. Und möglichst viele Rechnungen, für nichts hinausgeworfene Summen mit reichlich Trinkgeld nach ein paar Gläsern Fusel. Und ich wollte auch Ljubiša verärgern, der geradezu dahinschmolz, wenn er das Lenkrad ergriff, genüßlich auf den defekten Federn hüpfte und in einem fort schrie: »Vorwärts, Jungs!« Ich hatte sie beide satt bis zum Hals. Irgendwann – ich glaube, schon im ersten leeren, stinkenden Büfett jenseits der Brücke – kam mir zum Bewußtsein, daß nicht ich sie hinterging, Simke, indem ich den Vorschuß verschleuderte, Ljubiša, indem ich seine Verrücktheit mit Alkohol und Schmeicheleien anstachelte, sondern daß sie mich hintergingen. Simke schluckt unnachgiebig den Gegenwert der Hunderter, und während sein Magen gegen die schlechten Liköre und Weinbrände rebelliert, weiß er den Gewinn einzustreichen; der närrische Ljubiša paradiert mit seiner Ruine in den lauten, vieläugigen Stadtstraßen, durch die er ohne uns nur ängstlich schleichen würde. Und ich? Ich durchschaute und verabscheute sie. Dennoch vertat ich mit ihnen meine Zeit, mein Geld, nur um mich zu amüsieren; obwohl ich wußte, daß dieses Vergnügen nur ein Ersatz war für das, was mir verwehrt war: die Flucht. Auch die Lokale waren nur ein Ersatz: überall diese Getränke, Birnengeist, Weinbrand, Rakija, Wermut, überall diese Gesichter von Trunkenbolden oder verirrten

Gerechten wie Simke oder entfesselten Anfängern wie Ljubiša; überall diese Lieder aus dem Radio oder aus der Jukebox; überall diese Kellner, mürrisch, bis man ihnen die Tausender zeigt, und dann berechnend freundlich. Eine ärmliche, platte Verlockung, künstlicher Elan, bis man auf den Boden des Fuselglases blickt wie auf den Boden eines schmutzigen alten Aquariums.

Das einzige, was in den Lokalen nicht eintönig ist, sind natürlich die Frauen.

Natürlich läuft auch bei ihnen am Ende alles auf eins hinaus, aber die Methoden, dahin zu gelangen, unterscheiden sich. Die eine ist dünn und gerissen, die andere fleischig und sentimental, die dritte hart und scharf. Die eine folgt dir, sobald du sie aufforderst, die zweite verlangt das Geld im voraus, die dritte ziert sich und nimmt dich für die ganze Nacht mit nach Hause. Die eine schämt sich, wenn du sie ausziehst, die andere zittert sofort vor Begierde, die dritte wird mit einem geübten Griff deinem Wunsch willfahren. Der einen bricht der Blick, bei der anderen wird er dunkel, die dritte schließt die Augen wie eine Tote. Arme heben sich, flattern wie Fahnen, Hüften wiegen sich; durch einen wie Brotteig aufgegangenen Bauch läuft bleiernes Zittern. Dann wird alles still. Für einen Augenblick wandelt sich all ihre Besonderheit in eine stumme, unpersönliche Unterlage der Ekstase, und in diese Ekstase taucht all deine Kraft, dein Unglück, dein Aufruhr, dein Gedanke – du wirst zu einem bloßen Körper, der nirgends und überallhin gehört, du verlierst, beruhigst dich. Mehr brauchst du nicht, nur Ruhe, Ruhe, und die hast du, weil du befriedigt bist.

Das ist der Grund, warum ich nach der Frau suche, fast besessen nach ihr suche, wann immer ich in einen unnatürlichen Zustand gerate, egal ob Freude oder Unzufriedenheit. Mich stört beides gleichermaßen, es bringt mich aus dem Gleichgewicht, verstimmt mich, erfüllt mich mit hundert Wünschen auf einmal, und ich schwirre wie ein Nachtfalter ums Licht. Ich mag nicht wie ein Falter herumschwirren, das ermüdet mich. Ich möchte Ruhe und Frieden und einen klaren Kopf haben. Darum ist die Frau mehr als eine Befriedigung für mich: Sie ist ein Heilmittel, und wenn ich das brauche, suche ich diejenigen, die mir am leichtesten zugänglich sind.

In den Lokalen gibt es solche Frauen, aber erst abends, und wahrscheinlich deshalb liebe ich den Tag nicht, lebe und atme erst am Abend auf. Jetzt aber war erst Nachmittag, und ich sah mich angewidert in den Büfetts und Schenken um, wo es von kantigen Männergestalten wimmelte, die mich ebenso interessierten wie meine zwei Begleiter: ein Grund mehr für mich, ungeduldig die Lokale zu wechseln. Aber nach halb fünf, als in den Gaststätten langsam die Lichter angingen – noch nicht, um den Abend anzukündigen, sondern nur, um ihm zuvorzukommen –, brach draußen, wo der Regen aufgehört hatte, allmählich die Dunkelheit herein, und unser Ford kroch mit eingeschalteten Scheinwerfern durch die Straßen und spürte im immer dichteren Grau undeutliche Konturen, Schatten, Bewegungen auf, die in die noch tiefere Verborgenheit der Haustore, Passagen, Parks flohen. Bei diesem Anblick des Dunkelwerdens erwachte in mir die Sehnsucht nach jenen heimlichen Gebärden, mit denen wir in die Wärme gegenseitiger Berührungen schleichen und in der schwärzesten Finsternis der Ruhe versinken. Ohne mich weiter um Simke und Ljubiša zu kümmern, schaute ich suchend aus dem Autofenster, ließ die erleuchteten Fenster der Lokale vorübergleiten und fühlte, daß ich immer mehr isoliert war in dem vertrauten Vibrieren der Wünsche.

In so einem Moment erblickte ich Marta unter den wenigen Passanten auf einem Gehweg und rief Ljubiša zu:

»Halt an!« Das war ein Fehler, denn Marta war in männlicher Begleitung, und ich kannte sie nicht gut genug, um sicher zu sein, daß ich sie auf meine Seite ziehen konnte. Aber der Alkohol tat seine Wirkung, und von Marta bewahrte ich seit einem lange zurückliegenden Tanzvergnügen einen verlockenden Eindruck: wie sie das Haar zurückwarf, von einem Fuß auf den anderen trat und sich nachlässig in den Hüften wiegte. Schon als die Reifen unter Ljubišas energischem Tritt aufs Bremspedal kreischten wie eine geprügelte Katze, sprang ich heraus und war mit drei Schritten bei Marta und ihrem Begleiter. Das war ein dürrer junger Mann mit hängenden Schultern, der sich in seiner Überraschung wohl mit einer Entführung abgefunden hätte; aber Marta weigerte sich, ihn stehenzulassen und mit mir zu gehen. Ich versprach ihr eine Stadtrundfahrt, einen Ausflug zum Venac, ein Abendessen, aber sie schüttelte nur ihren großen runden Kopf mit der langen Mähne und wiederholte: »Nein!« Am Ende kam sie mir komisch vor, linkisch in ihrem eselhaft sturen Widerstand neben dem Jüngling, der sich ängstlich an eine Hausmauer drückte, so daß ich auflachte, mich umdrehte und wieder ins Auto stieg.

Aber die Weigerung brannte mich; wie unter einem heißen Kissen belebte und verdichtete sie die Erinnerung an jene Hüftbewegungen. Ich mußte um jeden Preis eine Frau finden, die diese Bewegungen unter meinen Händen wiederholte, denn auch meine Hände brannten und schwitzten schon, während sie unbeschäftigt, beleidigend unbeschäftigt, in meinem Schoß lagen. Ich sah auf die Uhr, es war zwanzig vor sechs, die Straßen waren belebt von Menschen, die das Ende des Regens abgewartet und eben ihre Häuser verlassen hatten, um ihrem Vergnügen nachzugehen; ich aber strebte schon nach seiner Vollendung. Jedoch wo? Einen Wegweiser fand ich in jener angenehmen Erinnerung, also dirigierte ich Ljubiša zum »Partisan«, dann zur Fabrik »Fortschritt«, dann zur Gewerbeschule.

Das sind Einrichtungen, wo zwei-, dreimal wöchentlich Tanzveranstaltungen in der Kantine oder im Gymnastiksaal stattfinden, zu welchem Anlaß das Inventar an die Wände gerückt wird, damit die Paare Platz zum Austoben haben. Ich mag diese Orte nicht, obwohl oder weil ich sie als junger Mann vor fünf, sechs oder mehr Jahren häufig besucht habe; denn es waren die einzigen, wo damals meine heimlichen Ahnungen Ermutigung fanden. Verschämte Berührungen feuchter Hände, abgewandte Blicke, während sich die Körper in heimlicher Gier wiegten, ungeschickte Worte, mit denen man sich eher vom Ziel entfernte, als ihm näher zu kommen. Ich mied sie, sobald ich von weniger offensichtlichen, aber direkteren Kontaktmöglichkeiten in den Cafés und Büfetts erfuhr, und kehrte zu diesen alten Bekanntschaften nur selten zurück, wenn mich eine stupide Gesellschaft oder blinde Ungeduld dazu verführte, was jetzt beides der Fall war.

Mit nicht weniger Enttäuschung als sonst. Außer dem »Fortschritt«, dessen dunkle Fenster keine Gastlichkeit verhießen, fanden wir an unseren neuen Haltepunkten die ganze lächerliche Hast von Anfängerfesten, mit Paaren, die unentschlossen die Tür umlagern, hinter welcher die Eintrittskarte unwiderruflich verpflichtet (obwohl es anderswo vielleicht »schöner« ist), mit Rufen, verstohlenen Blicken, Gelächter, und dann in den Sälen mit jenen träumerisch wiegenden Schritten oder akrobatischen Übungen in einer Menge, die von Rhythmus, Schule, Mode zusammengeschweißt wird. Es ist fast unmöglich, sich durch dieses System ausgeklügelter Regeln zu arbeiten, oder es erfordert unendlich viel Schmeichelei, Anpassung, Überredungskunst – eine Mühe, die dem einfachen, kurzen, beruhigenden Ergebnis ganz unangemessen ist. Wir saßen also hier und da an Tischen, bestellten Getränke wie in einer Gaststätte und konsumierten sie ebenso, nur daß es jetzt in wenigen Metern Entfernung von aufgeputzten, heißen Mädchenkörpern wimmelte, von denen man nicht den Blick wenden konnte. An den Nebentischen standen die von ihren Partnern aufgeforderten Tänzerinnen auf, es zeigte sich, daß jede in ihrer Gestalt, ihren Bewegungen etwas Unerwartetes hatte, eine Linie, eine Vibration, die jenes Geheimnisvolle andeutete, wonach sie strebte, und ich umklammerte den Tischrand, um nicht aufzuspringen und die eine oder andere ihrem Begleiter zu entreißen. Aber ich wußte, was folgen würde – Ziererei oder Auseinandersetzungen –, und so schüttete ich wütend den dünnen Weißwein in mich hinein, den einzigen Alkohol, der in diesen Einrichtungen zu haben war. Simke tat dasselbe, nur gründlich, konzentriert, wobei er weder nach links noch rechts blickte, sondern nach innen, auf seine Berechnungen; während Ljubiša hüpfte wie auf einem Seil, sich verneigte, ständig andere Mädchen aufforderte, ganz außer sich durch all die für ihn neue Schönheit. Er brachte uns zur Ernüchterung, als er in der Gewerbeschule einer dicken Schneiderin auf den Fuß trat und sich auf einen Streit mit ihr und ihrem ebenso dicken ordinären Bruder einließ, der plötzlich neben ihr auftauchte. Ich verprügelte den Dicken voller Lust, aber es wäre lächerlich gewesen, am Ort des leichten und arroganten Sieges zu bleiben; außerdem war es schon acht Uhr, der Abend nahte.

Endlich war sie da: meine geliebte Stunde. Dann beende ich gewöhnlich meine Arbeit, stecke den Tagesverdienst ein und gehe aufs Geratewohl durch die Straßen. Sie liegen vor mir wie unerforschte Fundstätten vor einem Goldgräber im Wilden Westen. Überall ist Gold – man muß nur entscheiden, wo man sein Zelt aufschlägt und mit der aufregenden Suche beginnt. An einer Stelle gibt es nur Staub im wasserumspülten Sieb, an einer anderen purzeln die Nuggets. Aber das ist das Schöne an dieser Beschäftigung: die Unterschiede und ihre Entdeckung. Es konnte geschehen, daß ich nach langer Suche auf eine alte Straßenhure traf, aber es konnte auch geschehen, daß mir sofort und unerwartet etwas Frisches begegnete, eben vom Dorf eingetroffen und mittellos, darauf angewiesen, sich jemandem für eine Handvoll Geld oder ein Abendessen hinzugeben. Manchmal zeigte sich, daß die erste mehr wert war als die andere, aber egal: Großartig war die Möglichkeit, der einen und der anderen, der einen oder der anderen zu begegnen, die Möglichkeit der Erwartung und Entscheidung. Das Großartige war, daß ich nicht wußte, was ich treffen würde, wohl aber wußte, daß ich etwas treffen würde, denn das Leben, der Abend mit seinem beleuchteten Dunkel versammelt an bestimmten, mir bekannten Orten diese Pilgerinnen der Wollust ebenso gewiß und unausweichlich, wie er mich an seinem unsichtbaren Seil führte. Darum ging ich in den Abend wie in einen Festtag: sicher und dennoch neugierig, aufgeregt und feierlich, sehnsüchtig und ruhig in der Erwartung, daß die Sehnsucht erfüllt würde.

Gestern nacht war es natürlich nicht so. Der Abend kam zu schwerfällig, zu zerrissen, mit zu vielen Hindernissen; nicht als Geschenk, sondern als atemloser Ausweg. Ich wünschte ihn mir seit dem Morgen und tat den ganzen Tag alles, um die Unruhe zu verschlimmern. In mir bohrte der Haß, ich hatte Simke und Ljubiša am Hals, und mein einfacher Wunsch, zu fliehen, wurde allmählich zum Krampf, der jetzt nur noch durch einen Gewaltakt gelöst werden konnte. Ich ging in den Abend wie in eine Schlägerei.

Die Straßen waren schon leer und die Lokale voll; der Gang nach Hause und die parallel verlaufenden Zusammenkünfte in der Wärme und Helligkeit freiwilligen Wachens waren abgeschlossen; wo wir auch hineinschauten, wehten lange Haare, griffen weiche Hände nach Gläsern, lagen Brüste auf Tischkanten, und darunter spreizten und schlossen sich stämmige Beine. Hätte ich irgendwo im Hinterhalt gelauert, wäre mir schon etwas Passendes über den Weg gelaufen. Aber ich hatte nicht die Geduld zu warten, bis sich eine blasse Schwarzhaarige von dem Kutscher befreite, der ihr, betrunken über sie gebeugt, ausführlich etwas erklärte und dem sie eifrig nickend zuhörte, oder bis die Große Ruža, meine alte Bekannte, bezecht genug war, um zur Tat zu schreiten. Wieder jagte ich Ljubiša hinters Lenkrad und trieb Simke zur Verzweiflung ob neuer Veränderungen und zu hoher Trinkgelder; nicht nur aus Haß, sondern weil ich ihnen mein Bedürfnis nicht in seiner ganzen Einfachheit offenbaren konnte. Wie hätte ich ihnen auch sagen können, was mich erstickte, außer daß ich sie sofort wegschickte? Aber bei meinem schrägen Wunsch hielt mich auch das, was seine Schrägheit hervorgerufen hatte: das Bedürfnis, das schmutzig Begonnene zu Ende zu führen – es war eine Frage des Stolzes, ebenso wie der Wunsch selbst.

Schließlich trafen wir auf das Mädchen in Hosen. Es war im »Pflüger«, jener Schenke am Ende der Straße nach Temerin, in deren Hof noch die Mauern der Ställe stehen, wo die Bauern früher, wenn sie zum Markt kamen, ihre ausgeschirrten Pferde unterbrachten. In dem langen niedrigen Weinkeller waren auch gestern nacht viele Bauern: Heutzutage haben sie zwar keine Pferde, sie sind wegen der Aufkäufe und Steuern vom Dorf geflohen und arbeiten in Betrieben als Pförtner und Kuriere, aber sie verraten sich durch ihre flachen Hüte, ihre Joppen und ihre gedehnte Sprechweise. Man saß in großen Gruppen, lärmte und trank; das Mädchen jedoch war allein an einem Tisch vor der Küchentür, mit einem Glas schaumlosen Biers vor sich.

Ich wußte sofort, daß sie mein Fall war. Sie war blond, mager, knochig, mit großen roten Händen, deren Gelenke aus den Ärmeln eines weiten grünen Pullovers ragten; mit diesen verarbeiteten, vom Wetter gegerbten Händen strich sie Zündholz um Zündholz an, um die zerquetschte Zigarette anzustecken, und verzog dabei wegen des Rauchs das Gesicht wie eine Filmdiva. Sie trug Hosen – ich blickte unter den Tisch! – und flache Sommerschuhe, und die Zigaretten grub sie aus einer hohen alten Basttasche, die aufrecht neben dem vergessenen Bier stand. Was für eine Maskerade! Dennoch war es rührend, ihr hölzernes Gebaren zu beobachten und sich vorzustellen, wie sie, wenn mit dem ersten zupackenden Griff die Scheu der Tagelöhnerin gebrochen wäre, dahinschmelzen würde, sie, die nur an grobe, gewaltsame Berührungen gewöhnt und nur allzu bereit ist, sich zu fügen.

Die Bauern beachteten sie nicht oder hatten damit aufgehört; auf dem Weg zum Klosett rief ihr der eine oder andere etwas zu, aber sie drehte den Kopf weg und hob die Brauen mit einem Ausdruck verächtlicher Mißbilligung. Natürlich war sie nicht vom Dorf gekommen, um zu wiederholen, was sie satt hatte; aber die Tatsache, daß sie in diesem Lokal am Stadtrand gelandet und noch nicht in die Nähe der Neonlichter und Kinos gelangt war (oder es nicht gewagt hatte), zeugte von ihrer wirklichen Unerfahrenheit. Man mußte ihr eine Szene aus ihrer Phantasie vorspielen und sie dann unterwerfen.

Wir hatten bei der Eingangstür Platz gefunden, also in einiger Entfernung von der Küche, weil die anderen Tische besetzt waren, aber ich hatte dafür gesorgt, daß ich dem

Mädchen gegenüber saß und sie scharf fixieren konnte. Sie wandte erst den Kopf und hob die Brauen, aber in einem Moment konnte ich ihren Blick erhaschen und zugleich mein Glas an die Lippen heben. Das muß ihr gefallen haben – es wirkte wohl vornehm –, denn sie schenkte mir Aufmerksamkeit, nicht mit Blicken, weil sie die Technik scheinbaren Wegsehens offenbar noch nicht beherrschte, sondern mit verändertem Verhalten: Sie richtete sich auf, zog den unter den Pullover gerutschten Blusenkragen nach oben, trank einen Schluck Bier aus dem vergessenen Glas und zündete an der heruntergebrannten Zigarette eine neue an wie ein unersättlich leidenschaftlicher Raucher...

Wir waren inzwischen zu einer Flasche Wermut übergegangen – wie immer nach dem Tanzen –, und das schwere Mischgetränk hatte uns wieder berauscht. Natürlich jeden auf andere Art. Simke, der Maulesel, war schweigsam, ganz in sich gesunken, in Hals, Brust, Bauch; seine Augen tränten, während Ljubiša hüpfte wie ein Kreisel, die Arme schwenkte, Gläser umstieß, einem Abwesenden drohte, es ihm zu zeigen, und unter die Drohungen Schimpfworte und technische Begriffe mischte. Ich sah das Mädchen an und zog sie in Gedanken aus: Wie mochten ihre Brüste unter dem grobgestrickten Pullover sein, spitz oder flach, und wie mochten ihre Beine sein, wenn man ihnen die Hosen abstreifte? Ich ahnte, daß die Grenze zwischen Möglichem und Unmöglichem bei ihr sehr fließend war, daß sie zwischen ihrer Affektiertheit und ihrer Unerfahrenheit verlief, zwischen den arrogant gehobenen Brauen und der Gier, mit der sie rauchte. Hinzugehen und ihr Feuer zu geben, während sie vergeblich ihre Zündhölzer anstrich, hätte wahrscheinlich bedeutet, sie in der Rolle zu bestärken, die sie vor sich selbst spielte, und als »aufdringlicher Typ« dazustehen; während eine plötzliche Attacke sie in die Knie gezwungen hätte. Mein Hirn arbeitete jetzt schnell und sehr genau; ich haßte dieses Mädchen immer intensiver; während ich Gläser leerte und auf Ljubišas Geschwätz antwortete, berechnete ich bei mir jeden Schritt, den ich tun mußte. Wann und mit wem? Über wen? Schließlich rief ich den Kellner, Onkel Arsa, der mich gut kennt, bezahlte ihm zwei Flaschen Wermut, bat ihn, die zweite Flasche entkorkt zu bringen, und als er dem entsprochen hatte, schwenkte ich den letzten noch ungewechselten Tausender. »Das ist für Sie, wenn Sie sich nicht umdrehen. Schicken Sie mir das blonde Vögelchen an der Küchentür hinaus ins Auto. Wie, überlasse ich Ihnen. Sagen Sie, daß wir Filmregisseure sind. Oder vom Geheimdienst. Sagen Sie, was Sie wollen. Aber wenn sie nicht binnen zwei Minuten da ist, hole ich mir den Tausender zurück.«

Ich drückte ihm den Schein in die Hand, und er verbeugte sich tief; die Kleine mußte das natürlich ebenso bemerken wie die Demonstration mit dem Geldschein. Sie jedoch sah ich nicht mehr an, ich wagte es nicht, fürchtete, meine Augen könnten den Haß verraten, die Falle, und sie erschrecken. Ich hieß Simke und Ljubiša aufstehen, griff nach der vollen Flasche und spazierte mit meinem Gefolge hinaus, als interessiere mich hier nichts mehr.

Ich weiß nicht, wie Onkel Arsa die Sache bewerkstelligt hat; ich habe nicht mehr mit ihm gesprochen. Aber ich war irgendwie sicher, daß es ihm gelingen würde, vielleicht weil der Einsatz zu hoch war, als daß er ihn hätte verlieren wollen. Draußen befahl ich Ljubiša: »Wirf den Motor an!« und zog Simke, der sich kaum auf den Beinen halten konnte (er hatte erbarmungslos den teuren Wermut geschluckt), zum Auto. »Bleib hier stehen und schubs das Mädel rein, wenn ich rufe!« Dann stieg ich auf den Rücksitz und stieß weit die Tür auf, die Simke nicht ganz zufällig am Bauch traf.

Gleich darauf öffnete sich die Tür vom »Pflüger«, und in ihrem hellen Viereck erschien die magere, über mein Erwarten hochgewachsene Gestalt in Hosen; über ihrer Schulter beschrieb Onkel Arsas runder Glatzkopf eifrig Achterlinien. Ein paar Augenblicke blieb das Bild unverändert: Vor dem gelben Hintergrund der steife Stengel in Hosen und die runde unruhige Biene, die ihm nichts tun konnte. Aber dann senkte sich das Ganze um eine Stufe, um noch eine wie in einen Fluß, und dieser Fluß war mein Blut, mein Speichel, mein Saft, die die dunkle Straße hinabströmten. Sie war schon bis zur Gürtellinie darin, ich sah, wie sie die Hand hob und auf sich zeigte. Da hörte ich zum erstenmal ihre Stimme: »Mich?« »Ja, Sie«, sagte ich, und sie kam näher mit kurzen, unsicheren Schritten wie auf unebenem Gelände. Onkel Arsa stieß sie aufgeregt in den Rücken, mal links, mal rechts von ihr, und maß den Abstand zum Auto, nach dessen Überwindung der Tausender in seiner Tasche sicher wäre. »Wir brauchen eine Auskunft«, fuhr ich fort, nachdem Ljubiša sich geräuschvoll hinters Lenkrad geworfen und die Kurbel weggelegt hatte. »Hier ist eine Karte; hier, neben mir.« Sie beugte sich vor, streckte die Hand aus, und im selben Augenblick packte ich ihr starres, knochiges Gelenk so heftig, daß sie aufschrie. Ich zog sie weiter zu mir und sah, wie Onkel Arsa armeschwenkend zurückwich. Da hatte ich sie, so fest und dünn, schon auf mir; ich umfaßte sie mit dem anderen Arm und rief Simke zu: »Schieb!« Ich rang mit ihr, sie strebte beharrlich nach draußen, und die offene Autotür gähnte boshaft wie ein großer zahnloser Mund. »Schieb, schieb!« rief ich, zog ihren Kopf an meine Schulter, denn sie schrie wie eine Katze, und wandte mein Gesicht Simke zu, der reglos, schlaff, mit unsichtbaren Augen wie tot auf dem Gehweg stand. »Schieb schon, du Idiot!« rief ich noch einmal, begriff aber endlich, daß er nicht nur betrunken, sondern auch ein Verräter war. Ich ließ das Mädchen plötzlich über den Sitz fallen, ließ sie mich auf sich ziehen und streckte die Hand aus, um die Tür zu schließen. Ich weiß nicht, wie ich darauf kam, lachend Ljubišas »Vorwärts, Jungs!« zu rufen. Es war wie der zügellose Einbruch in einen fremden Willen: Das Auto ruckte und fuhr an.

Die Kleine schrie, aber jetzt war ich auf ihr und konnte ihr den Mund zuhalten. Die andere Hand schob ich unter ihren Pullover, kam aber nicht weiter, meine Finger verfingen sich in dem losen Gestrick, also begann ich, es einfach nach oben zu rollen. Da fühlte ich einen scharfen Schmerz, die Schlange hatte mich in den Finger gebissen; als ich mich heftig losriß, stieß ich mit dem Handrücken gegen den eisernen Rahmen des Vordersitzes; etwas knackte: meine Uhr! Unwillkürlich befreite ich meine rechte Hand und betastete mit einem Finger das Relief des nackten Zifferblatts. Ich wurde wütend und warf mich nach vorn, aber das Mädchen nutzte die Atempause; sie hatte sich aufgesetzt und jammerte aus vollem Hals. Ich versetzte ihr eine Ohrfeige und zog sie an den Hüften über den Sitz, legte mich wieder über sie und tastete nach ihrem Mund, aber so, daß meine Hand gewölbt blieb. All das ging blindlings und mit vielen Fehlgriffen, weil das Auto wie verrückt hüpfte: Ljubiša ließ sich von seiner Fahrleidenschaft hinreißen, jetzt, wo er keinen Befehlshaber neben sich hatte, sondern als einzige Begleitung den Wirrwarr und das Getöse unseres ungleichen Kampfes, den zu verfolgen und anzustacheln er nicht versäumte. Er wandte sich um, warf den Kopf auf dem langen Hals fast über die Lehne, rief »Drauf!« und »Schlag zu!« wie bei einem Box-Match, und so ähnlich war es auch: ein Schwanken nach hier und da, so daß uns die wenigen Lichter mal links, mal rechts trafen, mal eine Hand, mal ein Stück Gesicht, mal ein Stück Sitz sichtbar machten, wie wenn ein Zug im Gebirge von Tunnel zu Tunnel fährt. Ich mühte mich noch immer um den Pullover; endlich fand ich darunter den festen Hosenbund und suchte nach den Knöpfen. Aber als ich sie gefunden hatte, ganz seitlich auf der knochigen Hüfte, schien ein Stromstoß durch die Kleine zu gehen: Sie zappelte, drehte sich zur Seite und klemmte meine starren Finger unter sich fest. Darauf gab ich ihren Mund frei und versetzte ihr einen Hieb von unten ins Gesicht, so daß sie keinen Ton von sich geben konnte, sie fuhr zusammen, lehnte sich schlaff zurück und lockerte den Druck auf meine eingezwängte Hand. Da hätte ich sie wohl überwältigt; meine Finger nestelten wieder fieberhaft an den Knöpfen; schon zog ich die Hose herunter, sah ein Stück des weißen Bauchs, des seidigen Unterhemds, ertastete mit den Fingern schon die Senke unter dem Rand des Hemds, als alles erbebte, kreiselte und mein Kopf an das Wagendach stieß. Ein paar Sekunden erstarrte ich, ohne etwas zu begreifen, dann fühlte ich, daß wir auf der Stelle standen in der ungewöhnlichen Stille ohne Motorgeräusch und daß die Schwerkraft mich kopfüber den schrägen Sitz entlangzog, auf dem das zappelte, was ich eben noch unter mir gehabt hatte und an dessen warme, glatte Berührung mich meine Hände noch erinnerten.

Wir waren in einen Straßengraben gestürzt.

Als hätten wir das alle im selben Moment begriffen und uns ohne einen Wink darüber verständigt, daß das Gewesene nicht wichtig war. Von Ljubišas Seite hörte man ein dünnes, leises Kinderwimmern, etwas wie: »Was hab ich bloß getan!« – voller Bedauern; auf dieser Seite der Lehne halfen das Mädchen und ich einander stumm, unsere Beine zu entflechten. Mir schien sogar, daß sie mir, als ich bei einem vergeblichen Anlauf versuchte mich aufzurichten, die Hand reichte, um mich festzuhalten. Das war fast schön, der Ruck hatte mich fast beruhigt; ich hatte das Gefühl, ich könnte es lange so aushalten inmitten der Stille, die nur von Ljubišas Wimmern unterbrochen wurde, müde, unendlich müde in diesem Blechkäfig, der uns jenseits der Schenken, jenseits der Lichter, jenseits des Lärms, jenseits der Welt gefangenhielt.

Doch diese Isolation dauerte nur einen Moment. Die Menschen sind gierig nach einem Anblick, den sie Unglück nennen, sie riechen das im Schlaf. Obwohl wir uns in der kalten Märznacht weit an der Peripherie befanden, konnten wir noch nicht einmal herauskriechen, als sich von beiden Seiten der Straße schnelle Schritte, Stimmen näherten; um die Fenster züngelten Schatten wie Flammen, und an die Scheiben drängten sich vom Entsetzen der Neugier entstellte Gesichter. Das genügte, um unsere Ruhe, unseren Waffenstillstand zu zerstören; das Mädchen erinnerte sich wohl seiner bedrohten Ehre, beugte sich zur Tür und schrie: »Hilfe!«, und ich zuckte auf dem Sitz hoch, um sie zum Schweigen zu bringen. Aber das war jetzt natürlich ein hoffnungsloser Versuch: Mein Gewicht zog mich zurück, und die Leute draußen machten die Tür auf, mindestens ein Dutzend gieriger Hände streckte sich aus, um die Bedrohte zu packen, schon im nächsten Moment flog sie hoch und dann mit dem Gesäß nach vorn zwischen ihre Retter. Offenbar konnten sie sie nicht festhalten, denn ich vernahm ein Geräusch, wie wenn eine Hand auf einen Tisch schlägt, und sie hörte sofort auf zu schreien. Ich begriff blitzschnell, daß mir das Glück im Unglück unerwartet die Hand reichte. Ich stieß mich ab, hockte mich auf die Schwelle des Autos, sprang auf die nasse geschotterte Fahrbahn und rannte vorbei an den Samaritern, die mit ihrer verletzten Trophäe beschäftigt waren, auf die andere Straßenseite. Im Sprung sah ich mich um: Sie standen geduckt im Kreis wie ein kleiner Trauerzug um einen unsichtbaren

Sarg neben einem Grabhügel, der in diesem Fall riesig war und die Konturen eines schief stehenden alten Autos hatte.

Ich ging aufs Geratewohl durch eine unbekannte Straße, die mit ihren wenigen Lichtern den Eindruck einer Einöde machte. Aber der Geruch des Unglücks schien sich zu verbreiten: Man hörte Türen schlagen, hinter den Zäunen blitzten Taschenlampen auf, es wurde geflüstert: »Wo? Wer?«, und ein alter Mann fragte mich von seiner Hausschwelle: »Was ist geschehen?« »Ein großes, großes Unglück«, sagte ich ironisch und stellte mir vor, mit welch banger Unruhe er auf weitere Auskünfte von seinen flinkeren Nachbarn warten würde.

Ich war nun außer Gefahr und verlangsamte den Schritt, weil ich sehr müde war. Mein ganzer Körper schmerzte, und wenn ich die Hand meinem Kopf nur näherte, mußte ich einen Schmerzensschrei unterdrücken. Ich hatte also Grund genug, endlich nach Hause und ins Bett zu gehen, und vielleicht hätte ich das auch getan, wäre nicht die verdammte Uhr gewesen. Als ich meine Arme untersuchte, trafen meine Finger auf das nackte Zifferblatt am linken Handgelenk, und unter der nächsten Laterne streifte ich den Ärmel hoch. Am Zifferblatt war wirklich keine Spur von Glas, außerdem war der große Zeiger halb abgebrochen. Ich hob den Arm ans Ohr und stellte fest, daß die Uhr unleugbar schwieg. Ich nahm sie ab und schob sie in die Anoraktasche.

Der Schaden machte mich jetzt im nachhinein wütend. Nicht weil er so schwer oder für mich bedeutend war, sondern weil ich im Gegenzug nichts bekommen würde. Ich hatte diese Katze in Hosen noch nicht einmal ordentlich befingert, und schon hatte sie eine Möglichkeit gefunden, sich zu rächen. Sie hatte mich lächerlich gemacht mit dieser kaputten Uhr in der Jackentasche, sie hatte sie mir zurückgelassen, um mich zu mahnen und zu verspotten – das einzige Ergebnis meines klugen Entführungsplans. Ich fühlte die Uhr durch den Anorak, und das schmerzte mich mehr als jeder blaue Fleck; ihr schien die Erniedrigung und Sinnlosigkeit des ganzen vertanen Tages anzuhaften, mein vergebliches Bemühen wie das Schwirren eines Falters ums Licht, das ich so haßte. Ich umklammerte die Uhr in der Jackentasche, und bei dem Schmerz von diesem festen Griff glaubte ich auch das Kratzen des grünen Pullovers zu spüren und jene erahnte Glattheit darunter, deren ich mich nicht hatte bemächtigen können. In meiner Kränkung, meinem Schmerz empfand ich das Recht, mir diese Glattheit zu erzwingen, mit ihr die Erniedrigung auszugleichen, bevor ich mich hinlegte und bis in einen nächsten Tag hinein schlief.

Als ich an die Ecke kam, sah ich, daß ich mich wieder auf der Straße nach Temerin befand, nur näher zum Zentrum. Ich konnte also der ländlichen Gegend den Rücken kehren und hätte es schon deshalb tun müssen, um Unannehmlichkeiten auszuweichen, falls mich das Mädchen in Hosen bereits angezeigt hatte. Außerdem empfand ich Widerwillen, Übelkeit, als ich die Straße hinabblickte, die in dumpfer, toter Dunkelheit endete. Aber je mehr mich der Ort meiner Niederlage abstieß, desto stärker wurde mein Bedürfnis, mir gerade dort die verlorene Ruhe wiederzuholen. Mir schien: Wenn ich mich dem Zentrum, dem Licht zuwandte, hätte das den Rückzug bedeutet, und ich hätte danach ständig an das Mädchen in Hosen, an Simke, an Ljubiša gedacht, und das hätte mir allen Spaß verdorben. Was geschehen war, mußte ausgelöscht werden, und zwar an der Stelle, wo der Fleck war.

Ich wandte mich also zwischen den niedrigen schlafenden Häusern dem Fleck, der Dunkelheit zu, und ich eilte aus Angst, mich zu verspäten, die Tür vom »Pflüger« verschlossen zu finden. Dem war nicht so; wahrscheinlich hatte nur ich, ohne Uhr, die Dauer unseres mißlungenen Abenteuers überschätzt. Dennoch hatte sich in der einen oder der Dreiviertelstunde im »Pflüger« etwas verändert: Ich geriet wieder in eine Grenzsituation des Abends, da das Vergnügen aufhört und die Erschlaffung einsetzt. In dem niedrigen, verräucherten Weinkeller waren die meisten Tische unbesetzt, die bäuerlichen Frühaufsteher waren nach Hause gegangen; zurückgeblieben waren nur Ausschuß und Trunkenbolde, die in den Ecken dösten oder schwankend vor dem Tresen standen.

Es war keine einzige Frau da – das sah ich sofort –, trotzdem durchquerte ich den Saal und setzte mich vor der Küchentür auf eben den Stuhl, wo das Mädchen in den Hosen so unnahbar verführerisch gewesen war. Onkel Arsa kam gesenkten Blickes herbei, er fürchtete wohl, daß ich den Tausender holen wollte, oder hatte noch Angst wegen seiner Teilnahme an der Entführung – jedenfalls tat er, als sähe er mich zum erstenmal an diesem Abend. Ich ging mit einem weiteren Stachel des Hasses im Herzen auf das Spiel ein und packte überheblich all mein Kleingeld aus. »Für diese Summe Wermut!« Auf dem Tisch lag ein zerknüllter Fünfhunderter wie eine zerfetzte Fahne auf dem Müll des Kleingelds.

Onkel Arsa bediente mich schnell, brachte aber nur ein Glas, das ich sofort austrank, damit auf den Tisch klopfte und orderte: »Noch einen.« Es machte mir Spaß, ihn rennen zu sehen, und nun bestellte ich Glas um Glas, ließ ihn weggehen, aber nicht weit genug, um mich überhören zu können. Ein Stoß auf den Tisch. »Noch einen!« So wiederholte sich das, und er rannte plattfüßig und schwitzend hin und her, murmelte vor sich hin und zuckte mit den Armen, wenn er sich umdrehte, kam jedoch immer schweigend und gehorsam und mit einem Glas zu mir, weil er schon verstanden hatte, daß ich es so wollte.

Ich leerte das sechste oder siebente Glas, als die Frau eintrat, die ich später töten sollte. Da ahnte ich das noch nicht, obwohl mich bei ihrem Anblick die Wut packte. Wütend war ich, weil ich wußte, daß sie diejenige war, die mir an diesem Abend Ruhe bringen würde, und dennoch sah, daß sie zur letzten Sorte der Nachtschwalben gehörte. Ich sah es an ihrem zerdrückten Chintzkleid – Chintz im März! –, das halb von einem kurzen Herrenjackett verdeckt wurde, an ihren schmutzigen flachen Schuhen, die an diesem Abend schon viele Pflaster getreten haben mußten, an den zerzausten Haaren, an dem gedunsenen kupferdunklen Gesicht, an den kleinen, starren, entzündeten Augen. So weit war es also mit mir gekommen.

Aber sie hatte den Körper einer Frau, üppig, etwas zerflossen, aber nicht alt, und ich wandte diesem Körper meine Aufmerksamkeit zu. Anfangs nur aus der Entfernung, denn sie ging direkt zum Tresen, wo sie mit ermunterndem Gemurmel von zwei betrunkenen Gästen empfangen wurde – einer in Pelzmütze, der andere mit einem grünen Hut –, die sie offenbar gut kannten. Ich hatte es nicht eilig, jetzt, da ich wußte, daß ich jemanden haben würde: Ich beobachtete sie, ohne Aufmerksamkeit auf mich zu lenken.

Mit rauher, tiefer Stimme bestellte sie einen Schnaps und trank sofort, langsam, schlürfend und kauend wie alle echten Säufer. Um ihre Nachbarn scherte sie sich nicht, sie scherte sich um niemanden und nichts, stand nur da und trank, mit leicht gegrätschten Beinen wie ein in die Arbeit vertiefter Sämann oder Schnitter.

Als das Glas leer war, lebte sie etwas auf, tapste und ließ sich auf ein Gespräch mit den Gästen am Tresen ein. Sie stießen und betasteten sie, und ich sah den Sinn dieser Annäherung, als sie sich zu dem mit der Pelzmütze beugte.

Er bestellte ihr ein neues Getränk. Darauf verstummte sie wieder. Sie befriedigte ihr Bedürfnis ebenso konzentriert wie zuvor. Auch die Gäste tranken. Als die Gläser leer waren und sie sich wieder einschmeichelte, jetzt bei dem mit Hut, schien beiden die Lust auf sie vergangen zu sein. Sie schwiegen, die Frau redete, sie zuckten mit den Schultern. Endlich erklang ihre tiefe Stimme: »Verdammt noch mal!« Sie grub in den Jackentaschen, holte ein paar Münzen hervor, hob sie an die Augen, als wäre sie kurzsichtig, zählte lange und bestellte dann ziemlich unsicher bei Onkel Arsa noch ein Glas.

Da stand ich auf, ging an den Tresen und drängte mich zwischen sie und den Mann mit der Pelzmütze. »Das bezahle ich«, sagte ich zu Onkel Arsa, als er ihr den Schnaps hinstellte. Sie drehte sich zu mir um, ihre Augen verengten sich, es mußte sie Mühe kosten, mich zu betrachten; dann hob sie ihre rauhen und geschwollenen Lippen von den kleinen kurzen Zähnen. »Hast du eine Zigarette?« Das war ihre Unterschrift unter unserem Vertrag.

Ich bot ihr eine Zigarette an und gab ihr Feuer; aber ich wollte nicht neben ihr hocken, bis sie total betrunken wäre und vielleicht nicht mehr gehen könnte. Ich wartete, bis sie ausgetrunken hatte, und als sie sich zu mir umwandte auf der Suche nach demjenigen, der ihr einen Schnaps ausgegeben hatte und von dem sie den nächsten erwarten konnte, sagte ich: »Später kannst du weitertrinken; ich gebe dir Geld dafür. Aber jetzt gehst du mit mir weg.« Ihre Augen verengten sich wieder, sie schätzte mich ab, überlegte vielleicht, ob sie mir nachgeben sollte – mein Gesicht war wohl beredt genug. Sie seufzte tief und wandte sich wortlos, etwas unbeholfen, mit kleinen unsicheren Bewegungen vom Tresen ab.

Ich zwinkerte Onkel Arsa zu, der nur darauf wartete, mich loszuwerden, und fragte: »Wieviel?« Er hatte die

Rechnung im Kopf, die mich fast den ganzen Fünfhunderter kostete. Trinkgeld gab ich ihm nicht, und dieser Rest, zusammen mit dem Kleingeld, mochte für die Frau genug sein. Ich faßte sie unter den Arm und führte sie zum Ausgang.

Draußen war beißend kalte feuchte Luft, und die Frau verhielt kurz den Schritt, aber ich griff fester um ihren breiten Oberarm und führte sie weiter die Straße hinab. Ich fühlte die Wärme dieses Oberarms, und das brachte mich durcheinander. Diese Wärme war bereit, sich mir zu geben, sich in mich zu ergießen und mit meiner Wärme zu mischen; konnte man von irgendwem mehr bekommen? Ich schmiegte mich an sie, umfaßte die Schulter, auf der das Polster vom Regen hart geworden war; ich näherte mein Gesicht dem ihren, das, wenn auch grob, die Glätte eines Frauengesichts hatte, und ich führte sie so an mich gedrückt, spürte mit dem ganzen Körper ihren Schritt, ihre Bewegung, ihren Willen, der sich meinem unterordnete.

Wir gingen schweigend durch die leere Straße; keiner von uns fragte, wohin; es verstand sich, daß unser Zusammensein keine besondere Verabredung, Bequemlichkeit, Abgeschiedenheit erforderte oder verdiente, daß es einfach ungestört verlaufen sollte. Störend waren die Menschen; noch immer gab es solche, die wach und ruhelos waren; weit hinter uns hörten wir ihre Schritte, Rufe, Flüche. Aber wir verließen sie, denn wir verließen die Häuser, die sie an sich banden; wir gelangten ans Ende der Straße und stiegen auf eine steile Betonbrücke, die sich über das stille Wasser des Kanals wölbte. Hier peitschte uns der scharfe Wind von den Feldern, und wir blieben zitternd stehen wie auf einem Höhepunkt, der noch nicht das Ziel war, aber eine Grenze vor der Weiterreise darstellte. Es hatte keinen Sinn, über die Brücke auf die nassen Felder mit den verstreuten Häusern und kleinen Siedlungen zu gehen, zu den Drahtzäunen und Wachhunden und ihren Herren; einen Platz für uns mußte ich hier suchen, auf dem schmalen Uferstreifen am Wasser, das mit seiner geizigen Imitation von Natur zwei Welten voneinander trennte.

Ohne die Frau loszulassen, beugte ich mich über das Brückengeländer und erblickte im schwankenden Licht einer Lampe an eisernem Mast einen gewundenen Pfad, der sich steil zum Uferdamm hinabsenkte. Ich führte sie diesen Pfad entlang.

Es ging etwas schwer, weil die Frau träge war, eigentlich sich des Zwecks ihrer Mühe nicht ganz bewußt; sie glitt den aufgeweichten Pfad ohne Widerstand hinab, ohne Angst und spitze Schreie, versuchte aber auch nicht, stehenzubleiben und sich festzuhalten; ich mußte statt ihrer die Fersen in den Schlamm stemmen und sie mal loslassen, mal auffangen wie ein Bergführer eine verzärtelte Ausflüglerin, nur daß ich hier die Belohnung immer in Reichweite hatte – ihren schweren, üppigen Körper, der sich ohne Scham der Umarmung überließ. So gelangten wir zum ebenen Fuß des Damms und entfernten uns weiter vom Licht. Es verblaßte allmählich, und nur noch der hinter Wolken verborgene Mond beleuchtete matt das Bett des Kanals und den unebenen Ufersaum, über den wir umarmt taumelten, in schütterem zähem Gebüsch hängenblieben und durch ausgewaschene Löcher glitten. Es war ein ungastliches Terrain, und für einen Moment zweifelte ich, ob ich hier überhaupt so viel Vergessen finden konnte, um mich an der Frau zu befriedigen. Ich sah sie an: Sie stand reglos neben mir, wie an eine Stütze gelehnt, atmete geräuschvoll von der Anstrengung, aber ihr Gesicht war ruhig. Ich zog sie ganz zu mir, drehte ihr den Kopf herum und legte meinen Mund auf ihren. Er öffnete sich sofort, feucht, warm, gesättigt vom Geschmack nach Tabak und saurem Getränk, und verharrte unter meinem, obwohl sie jetzt noch geräuschvoller und mühsamer durch die Nase atmete. Diese stille Opferwilligkeit der Frau ermutigte mich wieder: Sie war also zu allem bereit, wartete nur auf meinen Wink, um sich irgendwo hinzulegen, sich zu öffnen und mich mit Wärme zu umfangen.

Bald fand ich eine Vertiefung am Ufer, die mir geeignet erschien: begrast und schräg genug, um das Regenwasser abfließen zu lassen, aber nicht so schräg, daß wir uns dort nicht hätten halten können. Als ich die Frau losließ, begriff sie sofort und wollte sich hinlegen; ich hielt sie jedoch zurück, zog ihr schweigend das Jackett aus und schlüpfte aus meinem Anorak. Beides breitete ich über das Gras und erlaubte ihr erst dann, ihren Körper auf dem Trockenen auszustrecken, und nun legte ich mich auf sie.

Es war natürlich eine kümmerliche Umarmung in diesem Loch, unter dem kalten Himmel, im frisch riechenden Schlamm, und mit ihr, die meine Liebkosungen widerwillig empfing, mit kleinen unbewußten Grimassen, die ich aus unmittelbarer Nähe auf ihrem Gesicht erkannte oder vielleicht nur erahnte, mit ihrem schweren Atem, mit den Gedanken, die wahrscheinlich bei dem Schnaps waren, den ich ihr versprochen hatte. Aber das war genau das, was ich suchte; jedenfalls bemühte ich mich, daran zu glauben. Wie jeder Liebhaber das Schöne an der Frau betont, die er umarmt, betonte ich für mich ihre Passivität, ihre wortlose Ergebenheit, um so über die Attraktivität ihres Körpers und diese Gedanken zum Gefühl völliger Verschmelzung zu kommen. Sie hatte schöne Brüste, an denen ich mich festklammerte wie ein flennendes Kind an seinem Spielzeug; als wir zur Ruhe gekommen waren, hatte ich diese Brüste noch immer unter meinen Händen, fest, warm, und sie trugen mich glückhaft in die Augenblicke der Ermüdung.

Ich spürte wieder ihren erstickenden Alkoholatem, die Kälte der Luft und die Feuchtigkeit des Bodens; aber all das war wirklich, es lockte mich nicht, und es stieß mich nicht ab, es war einfach so, und ich konnte unabhängig und gelassen urteilen. Ich war ruhig, kaltblütig, schaute schon zur Brücke und kalkulierte den Abstand zur ersten Bushaltestelle.

Als ich sie aus der Umarmung befreit hatte, stand sie auf und nahm ihr Jackett, und ich griff nach meinem Anorak und suchte nach Zigaretten. Ich fand sie nicht: Die Taschen waren leer. Das erinnerte mich an die Uhr, und obwohl ich Zigaretten und Streichhölzer in der Hosentasche entdeckte, vergaß ich nicht das unangenehme Gefühl der vergeblichen Suche. Ich bot der Frau eine Zigarette an, nahm selbst eine, gab uns beiden Feuer, und dann tastete ich weiter nach der Uhr. Sie war weder in den Anorak- noch in den Hosentaschen. War sie herausgefallen? Ich zündete ein Streichholz an und sah auf dem Boden nach, noch einmal und noch einmal – nirgends eine Spur von der Uhr. War sie zum Ufer hinuntergerollt? Aber die sanfte Schräge der Stelle hätte das nicht zugelassen. Da kam mir unweigerlich der Verdacht, daß die Frau sie gestohlen hatte. Die Wut der vergeblichen Suche hatte mich schon ziemlich vergiftet; aber das war nichts im Vergleich zu dem bohrenden Verdacht. Auf einmal war meine Ruhe dahin und ich auf den Knien – tatsächlich kniete ich beim Suchen –, zerrissen, erregt. Ich sah die Frau an: Sie stand über mir, breit, klobig, und obwohl ich ihr Gesicht nicht sah, war ich überzeugt, daß es die Verschlagenheit von Taschendieben ausdrückte. Sie mußte die Schärfe meiner Kopfbewegung gespürt haben, denn sie trat auf der Stelle, schwer und unbeholfen wie vor dem Tresen im Café mit den betrunkenen Gästen, jetzt dem Damm zugewandt, sichtlich mit der Absicht, sich davonzumachen.

Ich packte sie an den Waden und riß sie herunter auf Knie und Hände, und jetzt sahen wir einander an wie zwei Hunde. »Wo ist meine Uhr?« schrie ich. »Welche Uhr?« fragte sie keuchend, und diese Gewandtheit, die so ganz anders war als ihre bisherige Apathie, verstärkte meinen Verdacht. »Gib mir die Uhr zurück, oder ich bring dich um.« »Ich habe keine Uhr«, sagte sie und versuchte aufzustehen. Ich warf mich angewidert auf sie wie auf einen verbeulten alten Koffer, den man durchsuchen muß, nicht um etwas darin zu finden, sondern um festzustellen, daß er das Gesuchte nicht enthält.

Ich drehte die Taschen ihres Jacketts nach außen und brachte ein paar feuchte Lappen, einen Schlüssel und fünf, sechs staubige Dinarmünzen zutage. Ich fuhr ihr in den Ausschnitt über die festen Brüste bis zur Taille, dann drehte ich sie auf den Bauch und tat dasselbe von hinten. Ich hob ihr Kleid, zog ihr das Höschen vom Hintern, betastete angeekelt alle Nähte und Falten und ließ es auf ihren schlaffen Schenkeln hängen. Ich ging zu ihren Beinen über, riß ihr die Schuhe ab, schüttete sie aus, glitt wieder mit den Händen nach oben – da ertastete ich über dem rechten Fußknöchel einen harten Gegenstand. Ich riß ihr mit einem Ruck den Strumpf herunter, so daß der Gummirand platzte, grub den Gegenstand hervor und hob ihn an die Augen.

Es war meine Uhr am zerdrückten Riemen, mit nacktem Zifferblatt, zerbrochenem großem Zeiger, stumm. Sie wollte sie stehlen, nachdem die andere sie bereits kaputtgemacht hatte, in ihrer egoistischen Verlogenheit, bereit, die Diva zu spielen, aber nicht, sich zu geben, Ruhe zu bringen. Keine wollte sie bringen; jede hatte, während ich nach Ruhe lechzte, ihr heimtückisches Ziel; jede sann darauf, mich zu schädigen, nicht, mich zu befriedigen.

Die Frau lag ausgestreckt vor mir, wohl so erschrocken

oder wieder im Rausch versunken, daß sie vergaß, ihre Kleidung in Ordnung zu bringen. Sie lag da wie ein schlaffer Sack, mit dem zerknüllten Jackett unter Schultern und Hals, das Kleid bis über den Bauch gestreift, die Wäsche zerrissen, die Strümpfe an den gespreizten Beinen herabgerutscht. Sie war häßlich, formlos, gedunsen – und ich hatte sie eben noch umarmt, mit den Lippen liebkost, mit dem Atem aufgesogen, nur um das Gefühl zu haben, daß sie mich wollte und sich mir schenkte. Aber in diesen Augenblicken hatte sie trotz der Vernebelung ihres dummen Hirns bewußt die Uhr aus meinem Anorak gezogen, den ich ihr hingebreitet hatte, damit sie auf dem Trockenen lag; sie hatte mich bestohlen, mein einziges gutes Gefühl bestohlen, meine Ruhe, die jetzt neben ihr lag, zerrissen und beschmutzt. Ich stand auf und ging mit den Füßen auf sie los, auf die zerschlagene Ruhe und auf sie, auf ihr Gesicht, ihre Brüste, ihren Bauch. Sie stemmte sich dagegen, hob die Arme vors Gesicht und versuchte sich umzudrehen, aber ich ließ es nicht zu; ich trat und trat und trat, bis ich so müde war, daß ich neben ihr zu Boden fiel.

Ich wußte nicht, daß ich sie getötet hatte, obwohl mir klar war, daß sie nach all den Tritten verletzt und entstellt sein mußte. Aber sie tat mir nicht leid. Ich selbst tat mir leid, weil ich hier im Schlamm so vorgehen mußte, so zappeln mußte, um zur Ruhe zu kommen, die es nicht gab, alle wollten etwas anderes, alle verlangten nach dem Ihrigen, egoistisch, rücksichtslos, und es bleibt nur übrig, sie zu schlagen und ständig geschlagen zu werden. Ein Wille paßt nicht zum anderen, da ist etwas nicht in Ordnung, und während du dir vorstellst, mit einer Frau zur Harmonie zu gelangen, zappelst du inmitten von Dissonanzen und Mißverständnissen, die du erst später erkennst, so wie ich jetzt. Ihr Wille, ihr Laster, mein Wille, mein Laster im Konflikt. Aber da läßt sich nichts reparieren, weder nachträglich noch rechtzeitig, weil wir alle unseren Lastern blind nachlaufen, weil sie unser ganzes Leben sind und wir willens, sie um jeden Preis zu erzwingen, auch um den Preis des Lebens, des eigenen oder eines fremden.

# Unwetter

## 1

Bevor ich krank wurde, habe ich fünfzehn Jahre lang als Akkordeonspieler in Cafés gearbeitet, also weiß ich in der Welt der Musikanten genau Bescheid. Echte Musiker und Sängerinnen erkenne ich noch heute auf hundert Schritt an der Art, wie sie gehen, wie sie reden und um sich blicken. Wenn sie manchmal auch abgerissen sind, benehmen sie sich sicher, jedoch nicht dreist, denn sie können in Ruhe den Augenblick erwarten, da sie zu spielen oder zu singen beginnen, und dann werden sie jedermanns Zweifel zerstreuen. Ebenso bin ich imstande, falsche Musiker schon am Auftreten zu erkennen, selbst wenn sie noch so gut ausgestattet und gekleidet sind. Sie glauben nicht wirklich an sich, weil nichts sie trägt, weil sie die Musik nicht in sich tragen, sondern von ihr nur erwarten, daß sie sie von anderer Arbeit befreit.

Nicht echt waren auch die drei, die am Morgen jenes 16. November im »Zadrugar« auftauchten, während ich noch das Lokal ausfegte. Von der Frau allerdings glaubte ich das nicht, und ich sollte recht behalten. Aber darüber später.

Sie traten aus dem Morgendunkel der verlassenen Dorfstraße in den Schein der elektrischen Beleuchtung, die ich eingeschaltet hatte: voran die beiden Männer und hinter ihnen die Frau, verfroren und geduckt, und sie gingen gleich zum Kanonenofen, der eben erst angeheizt war. Kalt waren nicht nur ihre Hände, die sie rieben und an das warme Blech hielten, sondern auch ihre Lippen, so daß sie abgehackt und undeutlich redeten. Schließlich entnahm ich ihrem kläglichen Gestammel, daß sie in Baranovac bei einem Kirchenfest gespielt hatten und, ohne geschlafen zu haben, über die Berge hierher marschiert waren, um nicht den Markttag in unserem Dorf zu versäumen. Auch daran, daß sie nicht ein paar Tage in Baranovac geblieben waren – daß niemand sie dazu aufgefordert hatte –, erkannte ich, daß es schlechte Wandermusikanten sein mußten.

Übrigens taten sie gar nicht so, als wären sie etwas Besseres (was manche gern tun). Die Männer – der eine hager und mit schuppigem Gesicht, der andere kleiner, untersetzt und schieläugig – legten ihre Tamburicas ohne Futteral (also auf dem ganzen Weg Wind und Tau ausgesetzt) auf den nächsten Tisch, die Frau bat zähneklappernd um die Erlaubnis, einen Stuhl an den Ofen zu rücken, und setzte sich, ohne den Mantel auszuziehen. Sie hatten sich noch nicht aufgewärmt, als sie schon gierig fragten, ob wir an diesem Tag viele Gäste erwarteten, während es sie überhaupt nicht interessierte, welche Lieder im Dorf besonders beliebt waren. Mich hielten sie für den Geschäftsführer, obwohl sie den Besen in meiner Hand sahen, und kamen nicht auf die Idee, eine Genehmigung zur Arbeit bei uns einzuholen. Sie erkundigten sich nach »einem gewissen Vita«, bei dem sie, wie sie sagten, umsonst absteigen könnten, und als sie erfuhren, daß ich das persönlich war, schämten sie sich weder ihrer Selbstgewißheit noch entschuldigten sie sich. Ihnen genügte offenbar das Wissen, daß im Dorf »ein gewisser Vita« lebte, der Musikern gefällig war, und statt sich zu fragen, warum und bis zu welcher Grenze er das tat, waren sie entschlossen, ihn möglichst weitgehend auszunutzen.

Ich ging jedoch über das alles hinweg, denn ich war längst daran gewöhnt, daß sich mein Name in der neuen Musikergeneration nicht wegen meiner einstigen Bedeutung für das Fach, sondern wegen meiner Hilfsbereitschaft herumsprach – und die ist mein Prinzip und meine letzte Verbindung mit der Musik. Ich bestätigte also, daß sie bei mir absteigen konnten, nur räumte ich der Frau den Vorrang ein; erstens, weil sie eine Frau war, und zweitens, weil sie mir wegen ihrer Bescheidenheit aufgefallen war. Aber ihre Begleiter begriffen nicht einmal das. Als ich die Frau aufforderte, mit mir ins Zimmer zu gehen, wo sie sich frischmachen könnte, packten die beiden ihre Instrumente und rannten uns über den dunklen Hof bis zum Hintergebäude nach. Als ich im Zimmer Licht gemacht und ihr warmes Wasser eingegossen hatte, drängten sie sich neidisch um den Topf, als wollte ich ihr heimlich einen Dukaten zustecken; als ich ihr Milch und Brot anbot, verlangten sie dasselbe für sich, als wäre ich nicht selbst darauf gekommen, daß auch sie Hunger hatten. Ich zuckte die Schultern, ließ sie am Tisch sitzen und kehrte ins Lokal zurück.

Hier traf ich den wie jeden Morgen verkaterten Krušić an, der sich den ersten Schnaps einschenkte; ich unterrichtete ihn von der Ankunft der Musikanten, und er erlaubte mir gleichmütig, sie später in den Saal einzulassen. Ich löschte das Licht, weil es draußen Tag wurde, und im selben Moment, wie ich mich erinnere, muhte in der Ferne schon die erste Kuh – die Bauern trieben ihr Vieh zum Markt oberhalb der Schule. Ich beeilte mich mit dem Aufräumen, denn ich wußte, daß, sobald die Rinder auf dem Feld untergebracht waren, der eine oder andere Hausherr den Strick seiner Frau oder seinem Knecht überlassen würde, um ins Wirtshaus herunterzukommen und mit dem üblichen Marktbesäufnis zu beginnen. Gott sei Dank habe ich damit nichts zu tun, dachte ich; ich legte Holz im Ofen nach, und da gerade der Kellner Marko eintraf, nahm ich Besen, Schaufel und Wischlappen und verabschiedete mich für diesen Morgen vom Lokal.

Ich mußte noch den Hof und das Klosett säubern und dann im Schuppen die Flaschen zurechtstellen, denn am morgigen Montag sollte der Lieferwagen mit Bier und Limonade kommen. Aber ich konnte nicht in Ruhe arbeiten: Ständig blickte ich zu meinem Zimmer hinüber, wo hinter den Vorhängen an Tür und Fenster Licht brannte, obwohl es schon Tag war. Warum machen die das Licht nicht aus! fragte ich mich – nicht wegen des Stromverbrauchs, den nicht ich bezahlte, sondern das Lokal, aber wegen ihrer Rücksichtslosigkeit gegenüber der müden Frau. Was bedeutet sie ihnen? Das beunruhigte mich. Und wie ist sie an die beiden geraten, so bescheiden und still und von ihnen so vernachlässigt? Am Ende hielt ich es nicht aus: Ich schlich zur Tür, und da ich wußte, daß sie mich nicht sehen konnten, näherte ich mein Gesicht der Glasscheibe über dem Vorhang.

Wie vermutet, brannte das Licht wegen der beiden Männer; sie saßen unter der Lampe am Tisch, von dem das Geschirr abgeräumt war, und reichten einander lebhaft etwas zu. Erst dachte ich, sie spielten Karten, so sehr glichen ihre routinierten Bewegungen denen von leidenschaftlichen Kartenspielern, aber als ich den Kopf drehte und den Blick senkte, erkannte ich unter ihren dunklen Händen glänzende Häufchen aus Hartgeld. Gerade nahm der kleinere Musiker eine Münze vom Haufen und näherte sie von der Seite, von der Schläfe her, seinem Schielauge, worauf der andere mit dem schuppigen Gesicht blitzschnell über den Tisch griff, die Münze packte und an ihren Platz legte; die Gesichter dicht voreinander, redeten sie schnell; ihre Finger verschränkten sich über dem Tisch, bis sie auf den Haufen sanken und sich zögernd zurückzogen.

Was sie sagten, verstand ich nicht, aber an ihren zornigen Mienen, den geschwollenen Halsadern war nicht schwer zu erkennen, daß sie stritten; ich konnte mir vorstellen, wie ihre Schimpfworte das winzige Zimmer erfüllten. Die Frau jedoch hörte regungslos zu, vielleicht vor Müdigkeit. Sie saß etwas entfernt am Bettrand, mit geschlossenen Augen, aber aufrecht; sie hielt die Schöße ihres blauen Mantels zusammen, obwohl ihr dort, gegenüber dem Herd, nicht kalt sein konnte. Das Licht fiel auch auf sie, aber da sie zur Seite gewandt saß, sah ich nur ihr Profil. Sie war mager, fast flach, mit schwarzem Haar und schwarzen Brauen und blasser weißer Haut, die sich über dem eingefallenen Gesicht spannte, zart bis zu dem vollen, etwas schlaffen Mund, den hohen Wangenknochen und dem runden Kinn. Figur und Haltung waren irgendwie zart und glatt; sie hatte nichts von der Üppigkeit anderer Kaffeehaussängerinnen, und das erklärte einigermaßen den Eindruck, den sie bei mir hinterlassen hatte. Ich fragte mich, ob sie vielleicht doch schlief; aber das war inmitten des Lärms kaum vorstellbar, sie zeigte nicht die Entspannung des Schlafs; dennoch glaubte ich, daß sie nicht ganz wach war, so abwesend wirkte sie mit ihrem eingefallenen weißen Gesicht. Je länger ich es in der Enge meines kleinen Zimmers betrachtete, vor dem Hintergrund jener heftigen zornigen Gesten und der klobigen alten Möbel, desto mehr schien es sich zu entfernen, schwebend und rein wie ein Bild an der Wand.

Jetzt mußten die Musiker mit dem Teilen fertig sein; der Untersetzte stand auf und reckte sich, und ich zog mich von der Tür zurück. Ich fegte weiter den Hof und fragte mich dabei, ob sie der Frau etwas von dem wahrscheinlich gemeinsam in Baranovac verdienten Geld abgegeben hatten. Aber ich erinnerte mich nicht, ein drittes Häufchen Münzen auf dem Tisch erblickt zu haben; noch immer glaubte ich, ihre dunklen Hände zu sehen, die sich nur in zwei Richtungen bewegten. Was sollte das beweisen? Daß sie zu einem von ihnen gehörte und ihr Anteil schon ins Familienbudget eingerechnet war. Aber zu welchem? Ich stellte mir mal den Untersetzten, mal den Schuppigen vor, wie er nach ihr griff, doch ich konnte mich nicht auf einen festlegen; sobald ich mir einen vor Augen führte, war auch der andere da und verschmolz mit ihm. Das heißt, es verschmolzen ihre dunklen Hände, die an derselben Beute zerrten. Dann also beide? Aber das erschien mir zu häßlich, ihrer unwürdig; sie war viel jünger als die beiden mit ihrer Raffgier – hielt sie sie nicht von unsittlichen Impulsen fern?

So rätselte ich, bis sich die Tür meines Zimmers öffnete und der Schuppige herauskam. Also gehörte sie zu dem anderen? Ich wußte, wie unzuverlässig eine solche Schlußfolgerung war, trotzdem fühlte ich eine gewisse Nähe, ja Mitleid: Dieser hier war überflüssig geworden, zusammen mit mir. Jetzt, bei Tageslicht, sah ich, daß er noch älter, verbrauchter, kläglicher wirkte, als es mir in der Frühe bei seiner verfrorenen Ankunft und eben noch bei dem lebhaften Streit vorgekommen war. Seine Haltung war gebückt, sein Gesicht zeigte unter den Schuppen kleine runde Flechten, und die gelblichen Augen verkrochen sich müde in die tiefen und wie Räderspeichen sternförmig verlaufenden Runzeln. Er schüttelte sich ein paarmal, dann erkannte er mich und murmelte wie zur Entschuldigung, daß der Morgen kühl sei oder etwas Ähnliches.

Ich trat langsam zu ihm, worauf er sofort fragte, ob ich eine Zigarette habe. Aber da ich nicht rauche, mußte er sich damit begnügen, neben mir zu stehen und sein Bedürfnis zu unterdrücken; dabei blinzelte er unschlüssig zum Lokal hinüber. Waren schon Gäste da? wollte er wissen und kniff gierig ein Auge zu; doch hatte er es nicht eilig, selbst hinzugehen und sich zu vergewissern. Er zuckte nur nervös und verzog das Gesicht: Ich sah, daß er jetzt, wo er auftreten sollte, Angst vor dem Lokal hatte, weil er sich seines Könnens nicht sicher war. »Sie sind keine Berufsmusiker?« fragte ich mit einem Wink zum Zimmer, um zu zeigen, daß ich auch die beiden anderen meinte. Er sah mich mißtrauisch an und antwortete nicht gleich; aber dann sagte er sich wohl, daß mein Urteil unwichtig war. Er warf die dicken Lippen auf: »Eigentlich nicht. Wir machen das in der Saison. Den Sommer über kaufen wir Federn für ein Unternehmen auf.« Ich zeigte wieder zum Zimmer: »Und die Frau?« »Ach, die!« Es fiel ihm sichtlich leichter, über jemand anders zu reden. Er schnalzte überlegen. »Sie noch weniger.« Er wurde gesprächig. »Wir haben bloß keine andere gefunden, und ihre Schwester hat uns überredet, sie zu nehmen. Sie sagte: ›Sie hat ihren Mann verloren. Soll sie doch versuchen, vom Singen zu leben.‹« Mein Herz klopfte schneller. »Und wo hat sie singen gelernt?« Der Lange sah mich erstaunt an. »Gelernt? Wo denn schon! Das ist so eine Musikantenfamilie. Der Vater war Instrumentalist, die Schwester Sängerin. Also was soll sie sonst machen.« Er hob die Schultern. »Sie kommt uns zustatten, bis sich für uns was Besseres findet.«

Er dachte wohl, daß er zuviel gesagt hatte, denn er verstummte, schob die Hände in die Taschen, sah mich unruhig an. Aber jetzt war ich an der Reihe, seinen Zweifel durch Geschwätz zu zerstreuen. Ich erklärte, der Zeitpunkt für ihre Tournee sei sehr günstig gewählt, weil jetzt jedes zweite Dorf in der Umgebung feiere und Markttag abhalte. Außerdem seien die Feldarbeiten abgeschlossen, und die Menschen suchten nach Unterhaltung. Schließlich, daß ich in ihrem Namen mit dem Geschäftsführer gesprochen habe und er ihrem heutigen Auftritt im »Zadrugar« zugestimmt habe. Gäste seien bestimmt schon da, denn der Markt habe begonnen und damit die Nachfrage nach Musik und Vergnügen. »Hören Sie?« sagte ich und wies über die Dächer hinweg zum Hügel, wo das Muhen lauter geworden war. »Die Kühe geben auch euch Musikern ein Zeichen, nicht nur ihren Herren.«

Ihm gefiel dieser Scherz; ihm gefiel, daß ich ihn trotz allem, was ich erfahren hatte, einen Musiker nannte, daß ich an seine Rolle glaubte. Er machte einen Schritt auf das Lokal zu, blieb dann stehen und fragte, ob es dort Zigaretten gebe, was ich bestätigte. Er nahm die Hände aus den Taschen, ließ die Arme hängen (sie waren lang wie die eines Affen), richtete sich auf und marschierte ins Vorderhaus.

## 2

Jetzt konnte ich weiter arbeiten. Noch immer nicht ruhig, denn mein größter Argwohn war zwar zerstreut, doch zugleich war ich tiefer in die Sache hineingeraten. Ich wußte nun, daß keinen der Musiker etwas Persönliches mit der Sängerin verband – was mir recht war –, aber ich wußte auch, wie unsolide und fraglich ihre Beziehungen bei der Arbeit waren, wie groß die Möglichkeiten für den Mißerfolg der Frau. Ich fegte den Hof mit übertriebenem Eifer, schwang den Besen, als wollte ich mit dem Staub auch alles Böse aus ihrer Nähe vertreiben. Ich fühlte eine unangenehme Anspannung: Hier entwickelte sich etwas, was mich sehr interessierte, und dieses Gefühls hatte ich mich in meiner Einsamkeit schon entwöhnt. Ich blickte zum Saal: Würden die beiden anderen ruhig auf ihn warten oder sich auf etwas einlassen, was nicht in Ordnung war? Dabei wußte ich, daß hier nichts in Ordnung sein konnte, und das war für mich deprimierend.

Schließlich tauchte der Lange auf. Er war lebhaft – er rauchte und hatte wohl auch am Tresen Schnaps und Wein getrunken –, zwinkerte mir nur zu und betrat das Zimmer. Ich zog mich ans Ende des Hofes zurück, um nicht zu stören und um die Sängerin besser zu sehen. Sie kamen bald heraus: die Frau im Mantel wieder als letzte, die Musikanten in voller Ausrüstung und mit den Instrumenten unter dem Arm. Der Hochgewachsene teilte dem Kleinen etwas mit, wohl seinen Eindruck von der Situation im Lokal, und dieser hörte aufmerksam und mit gesenktem Blick zu, so daß sie mich nicht beachteten. Die Frau hingegen drehte sich ein wenig um, blieb für einen Moment stehen und sah mich mit ihren ernsten dunklen Augen an. Wahrscheinlich wollte sie sich bei mir bedanken oder mich darauf aufmerksam machen, daß das Zimmer nicht abgeschlossen war. Aber da ich tat, als wäre ich in die Arbeit vertieft, und die beiden Männer im Vorderhaus verschwunden waren, deutete sie nur eine Verneigung an und eilte ihnen nach.

Jetzt bereute ich, daß ich so weit entfernt stand und es ihr damit unmöglich gemacht hatte, mich anzusprechen. Vielleicht hatte sie mich etwas fragen wollen, und ich hätte ihr antworten, sie beraten, vor Unannehmlichkeiten warnen können. Ich wußte, daß das ein unbegründeter Gedanke war – sie wollte ja singen und ging jetzt hin, um zu singen, nichts hätte sie daran hindern können –, trotzdem stellte ich beunruhigt den Besen weg und trat in mein Zimmer. Es war ziemlich verräuchert, aber das war der einzige Hinweis darauf, daß jemand hiergewesen war. Die Milchtassen standen – von ihrer Hand? – gespült auf der Kredenz, das Bettzeug war glattgestrichen, nirgends ein fremder Gegenstand zu entdecken. Sie hatten nichts bei sich als den Wunsch, Geld zu verdienen. Ich öffnete das Fenster zum Lüften, legte Kohlen im Herd nach und kehrte auf den Hof zurück. Jetzt war ich weniger beunruhigt als bedrückt, wie nach langem Warten, wenn man das Erwartete versäumt. Sie war meinen Blicken entschwunden, ohne eine Spur zu hinterlassen, also konnte ich nur noch von ferne beobachten, was weiter mit ihr geschah.

Ich hatte keine Lust mehr, den Hof zu fegen – als wäre

das wirklich nur ein Vorwand gewesen –, räumte den Besen in den Schuppen und begann die Flaschen in den Kästen zu ordnen. Die Tür ließ ich jedoch weit offen, um zu hören, wann sie mit dem Musizieren begannen. Ich stellte mir vor, wie sie sich dort drinnen vorbereiteten – mir waren diese Anfänge vertraut, in der noch sauberen Luft des Cafés, da auch der vergossene Wein frisch riecht und man das Knistern des Ofens hört –, wie sie durch den Saal mit dem Podium gingen, am Tresen stehenblieben, auf die Zurufe des Kellners und der Gäste reagierten, sich umsahen, auf den Augenblick lauerten, der ein Lied möglich und zugleich erwünscht machte. Und was tat die Sängerin? Jetzt, wo ich sie nicht vor Augen hatte, erschien sie mir wieder so wie in meinem Zimmer: ihr eingefallenes und klares, irgendwie schmerzlich zwischen Wangenknochen und Kinn angespanntes Gesicht. Wird sie sich zurechtfinden? bangte ich; wird sie das rechte Maß zwischen Lockerheit und Zurückhaltung treffen? Wird sie den Abstand zu den zwinkernden Bauern wahren und ihnen dennoch so gut gefallen, daß sie freigebig werden? Wie wird sie singen? Ja, das ängstigte mich am meisten: Wie wird sie singen?

Dann erfuhr ich auch das. Ich stand mitten im Schuppen und wollte eine Kiste mit Bierflaschen auf zwei andere stapeln, als die Tamburicas eine Melodie anstimmten. Ich setzte meine Last am Boden ab, lief zur Tür und erkannte das Lied mit meinem geübten Gehör. Ich blieb stehen und lauschte. Die Instrumente wiederholten ziemlich unharmonisch die Einleitung, darauf brach sich erst leise und dann immer freier die Stimme der Sängerin Bahn:

Weißt du noch, Liebster,
den Pflaumenhain,
wo wir einst waren

beim Stelldichein?
Wo wir einst waren
beim Stelldichein?

Ich muß gleich sagen, daß ich irgendwie gerührt war, weil sie mit diesem Lied begann, obwohl ich genau wußte, daß das nicht ihre Wahl sein mußte, sondern eher etwas hastig oder zufällig Verabredetes. Und dennoch, dennoch ... In diesem Kaffeehausliedchen ist, so abgenutzt seine Wiederholungen sind, etwas Reines: in der Gemessenheit des Rhythmus, der die Gefühligkeit der Worte zu verdecken und ihnen einen tieferen Sinn zu geben scheint. Da ist nichts besonders fröhlich oder traurig. Jemand fragt jemanden, ob er sich an etwas erinnere, und bekommt eine bejahende Antwort, die sich zum Gedenken rundet:

Wie sollte ich das
nicht mehr wissen?
Damals, Liebste,
durfte ich dich küssen.

Und nichts weiter. Keine Fortsetzung, keine Schlußfolgerung. Eine Liebe, die glücklich war? Oder unglücklich? Die sich erfüllt hat oder nicht? Man weiß es nicht. Es ist vorbei, es ist schön und ruhig. Rührend für mich war, daß das Lied eben die Frau sang, die ich vor kurzem genauso ruhig gesehen hatte, daß auch sie nichts zu erwarten schien, sondern nur gewisse, allein ihr restlos verständliche Dinge wußte. Sie hatte nichts zu tun mit den verstimmten Begleitinstrumenten, die im Hintergrund billige Sentimentalität vorführten: Sie sang das Lied so unabhängig, als existierten sie gar nicht, sie sang das, was ihr das Lied sagte, und nicht das, was ihr aufgedrängt werden sollte. Dabei sang sie ungeübt, auch das spürte ich. Sie ließ zu, daß sich ihre Stimme zum *forte* steigerte, um dann abzufallen und ihre Durchsetzungskraft zu verlieren, was einer guten Kaffeehaussängerin nie passiert. Aber sie sang auch nicht wie eine Kaffeehaussängerin, die ihre Stimme dem Umkreis anpaßt – den Zuhörern –, um ihn zu füllen, die Leute festzuhalten und zu entrücken, sondern sie sang, das war am besten so zu erkennen, wenn man sie nicht sah, für irgendwen oder einfach für sich, wie ein Mensch in der Einsamkeit, eine Hirtin in den Bergen, nicht im Bestreben, zu gefallen, sondern um mit dem Lied ein vertrautes Gefühl in sich zu erwecken. Ihr ungeschultes Organ – es lag zwischen Alt und Sopran – versagte manchmal auf der Suche nach der erforderlichen Höhe oder der vollen Tiefe. Aber diese Stimme war rein wie ein poliertes Glas, so daß ihr weder die kleinen Ungeschicklichkeiten noch die schlechte Begleitung etwas anhaben konnten; es war eine unabhängige menschliche Stimme, die ihre Melodie sang und nicht irgend jemandes Laune folgte. Es war eine aufrichtige Stimme, was am rarsten und kostbarsten ist; es war eine Stimme ganz nach meinem Geschmack.

Ich hörte ihr den ganzen Vormittag zu, so aus der Entfernung und durch die Hindernisse von Mauern und Türen und Stimmengewirr, das zeitweilig das Lied übertönte. Ins Lokal ging ich nicht, obwohl mich die Neugier auch weiter plagte: Ich hatte Angst vor diesem zu starken Interesse, Angst, es könnte mich zu einer Unbedachtheit verleiten, wenn ich mich der Strahlung der Musik aussetzte, die jetzt für mich eine verbotene Welt war. Ich begnügte mich damit, mir nur vorzustellen, wie sie auf dem Podium stand, hinter sich die beiden infamen Typen und ihre Tamburicas, aufrecht und ruhig mit ihrem eingefallenen Gesicht im weißlichen Licht, das durch das Fenster von der Straße hereinfiel. Während sie sang, sah ich ständig ihr Gesicht vor mir, und das war wohl noch ein Grund dafür, daß ich nicht in den Saal ging: Ich stellte sie mir lieber vor, nicht ganz, sondern nur diese gerade Haltung und das eingefallene weiße Gesicht. War ein Lied beendet, verschwand das eben noch so lebendige Bild, ich wartete sehnsüchtig auf das nächste Lied und arbeitete inzwischen mit doppeltem Eifer. Ich rannte in den Schuppen, in den Keller, erledigte eine Aufgabe nach der andern und berechnete bei mir die Länge der Pausen, die allerdings nicht gleich waren. Aber ihr Ende erahnte ich unfehlbar an einer unbestimmten Stille, die mein Gehör überraschte, auch wenn ich weit weg war. Mitten in der Arbeit richtete ich mich dann auf und spitzte die Ohren. Nein, es war nichts zu hören außer dem Stimmengewirr aus dem Saal und, über die Dächer hinweg, Rufe und Rindermuhen vom Markt. Trotzdem lief ich auf den Hof und wartete. Und wirklich, gleich darauf legten die Tamburicas los, ich bekam weiche Knie und lockte voller Schmerz – in dem aber auch Freude triumphierte – die helle Saite ihrer Stimme aus der ordinären Begleitung hervor. Sie sang »Fall leise, Regen« und »Meine Hyazinthe«, sie sang »Durch die kleine Gasse« und »Der Frühling erwacht«, »Mutter rät mir« und »Wenn ich ein schwarzes Pferd habe«, landläufige Lieder, die ich bis zum letzten Tastendruck kannte, selbst noch nach all den im Café verbrachten Jahren, im Schatten eines Cafés, das eigentlich keines war und wo nur von Fall zu Fall und dann schlecht musiziert wurde. Aber diese Frau schien jedem Lied einen besonderen, sogar für mich neuen Ton zu geben. Sie beruhigte, vereinfachte sie, befreite sie von dem plumpen Zierat, der sich beim ständigen Gebrauch an sie geheftet hatte wie Kletten an eine vielbenutzte Peitsche. Ich hörte die Lieder fast überrascht – ich, der sie alle im kleinen Finger hatte –, und jedesmal tat es mir leid, wenn eines beendet war. Dann floh ich wieder in die Arbeit und kalkulierte die Zeit bis zum nächsten Lied ...

# 3

Aber gegen elf zog ein Gewitter auf. Der Himmel verfinsterte sich, im Hof stieß der Wind den Eimer um, den ich ans Tor gestellt hatte, und ließ ihn fortrollen. Staub wirbelte auf, es blitzte, einzelne große Tropfen fielen, und bis ich die Fenster in meinem Zimmer, im Schuppen und im Keller schließen konnte, prasselte der Regen schon rachsüchtig herab.

Damit war es aus mit dem Musikhören bei der Arbeit, aus der Ferne. Unter dem Donner und dem Zusammenprall von Wasser und Erde war nichts aus dem Saal zu vernehmen, und ich hatte auch nicht mehr die Geduld, auf jedes Lied zu warten. Das Böse, das ich beim Fegen des Hofs erahnt hatte, trat nun ein: Der plötzliche Regen würde den dreien die Rechnung verhageln. Denn was wurde jetzt aus dem Markt, dem Fest? Ich trat auf den Hof, unter das Vordach, und lauschte. Aber der himmlische Lärm betäubte die Stimmen aus dem Saal, ich hörte nur hundertfaches panisches Brüllen. Die Erde erbebte leicht und dröhnte unter dem Getrappel: Das aufgeschreckte, von durchnäßten Menschen getriebene Vieh floh in seine Unterkünfte.

Beunruhigt machte ich mich zum Saal auf.

Dahin gelangt man vom Hof aus durch einen kleinen Vorraum, aber wir Hausgenossen nutzen auch den Weg durch den Abstellraum, dessen Türchen durch einen Vorhang vom Saal getrennt ist. Ich nahm jetzt diesen Weg. Als ich das Türchen öffnete, schlug mir feuchte Zugluft entgegen, denn am anderen Ende des Saals war die Eingangstür für neue Gäste geöffnet. Sie drängten herein auf der Flucht vor dem Regen, der sie überrascht und durchnäßt hatte, so daß sie dampften und schnaubten und sich mit gesenktem Kopf schüttelten wie gebadete Hunde.

Daraus, daß sie das Café so schnell erreicht hatten, schloß ich, daß sie nicht am Markt teilnahmen oder zumindest dort keine Verpflichtungen hatten; und wirklich, als sie nacheinander die Köpfe hoben, erkannte ich die einflußreichsten Gaffer aus dem Dorf: den Barbier Mile, den Obermüller Sukora und, mehr an der arroganten Haltung als am Gesicht, ihren Rädelsführer Gara. Danach zog ich mich hinter den Vorhang zurück und lehnte mich an den Türrahmen.

Im Café herrschte die gleiche Unruhe wie in mir und draußen. Nicht nur die neuen Gäste, sondern auch die bisherigen – jetzt insgesamt an die fünfzehn – drängten sich an der Tür zur Straße und an den breiten niedrigen Fenstern und blickten hinaus. Dort zuckten die Blitze, der Regen klatschte gegen die Scheiben, und zugleich wurde das Dröhnen der Erde und das Gebrüll der Rinder immer lauter. Schließlich gewann es die Oberhand, die Fenster zitterten und verdunkelten sich vom Wogen der schweren Tierleiber, die durch die Straße hasteten, wobei ihre Umrisse mit denen verschmolzen, die die Fenster von innen verdeckten wie eine zweite Herde. Sie trampelten und riefen: »Das war ein Knall! Sieh mal, da!« und genossen das Toben der Elemente, von dem sie verschont blieben, weil sie im Trockenen waren, einige auch voller Schadenfreude, weil nun nicht mehr zählte, was sie seit dem Morgen ärgerte: daß sie kein Vieh zu verkaufen und kein Geld hatten, es zu erwerben.

Ich sah mich nach der Sängerin um, anfangs vergeblich. Sie war nicht bei den Menschen am Fenster, aber auch nicht hinten im Saal am Tresen, wo die Musikanten um Krušić herumtänzelten, den die Aufregung vielleicht freigebig gemacht hatte. Ich blickte auch zum Podium, obwohl ich schon beim Eintreten festgestellt hatte, daß es leer war. Aber als ich nun den ganzen Saal von links nach rechts absuchte, erfaßte ich aus dem Augenwinkel einen hellen Fleck ganz in der Nähe. Es war ihr Profil: Sie stand vor derselben Wand, an die auch ich mich von der anderen Seite lehnte.

Mit dem Gefühl, etwas Ungehöriges zu tun, löste ich mich von dem Halt. Aber die Versuchung war zu groß: Langsam, um nicht gegen die Türfüllung zu stoßen – als könnte sie das durch Holz und Wand spüren und als könnte sie das stören –, lehnte ich mich wieder an. Ich schaute nur noch geradeaus, so daß ihr weißes Gesicht außerhalb meines Blickfelds blieb. Aber mir genügte das Wissen, daß sie hier war, an dieselbe Wand gelehnt, in ähnlicher Haltung wie ich, als hätten wir unbewußt durch geheimnisvolle Zeichen ein Treffen verabredet, das jetzt stattfand; aber das wußte niemand, nicht einmal wir beide. Natürlich war ich mir bewußt, wie trügerisch dieser Eindruck war; zugleich aber fühlte ich, daß etwas Wahres daran war – ein Beweis für eine gewisse Wesensverwandtschaft – und ließ mich von diesem Gefühl überspülen. Ich bemerkte nicht mehr, was draußen geschah; auch die unruhige Bewegung auf der Straße vor dem Lokal sah ich nur nebelhaft wie das Schattenspiel auf einer Leinwand; in diesen vielleicht zehn Minuten existierten für mich nur sie und ich, verbunden durch dieselbe Stütze wie durch eine lange, ruhige Berührung.

Darum entging mir, wann die Menschen im Saal aufhörten, sich für das Gewitter zu interessieren. Das Gemurmel verebbte allmählich, mündete in einzelne Stimmen – denn auch der Donner verebbte, das Dröhnen hörte auf –, das Wogen vor der Wand gegenüber löste sich in Gruppen auf, und dann bekam alles wache Bedeutung durch die weiße Fläche, die wieder in mein Blickfeld tauchte. Ich kam zu mir und sah, daß die Menschen an den Tischen Platz nahmen, daß Marko schon mit seinem Tablett umherlief und die Sängerin auf das Podium zuging, wo die beiden Musiker mit ihren Instrumenten wie mit schußbereiten Gewehren warteten.

Zugleich sah ich auch – mußte es sehen –, daß das Zentrum der Ereignisse jetzt der Tisch war, über den sich Garas spitzer Wolfskopf erhob und von dem seine ungeduldige knochige Hand winkte. »Ein Lied! Ein Lied!« schrie er bereits und trieb die Männer um sich wie mit der Pistole an die Spitze der Kolonne, und ich verspürte Wind im Gesicht, das Gewicht des Akkordeons auf der Schulter und die Spannung in den Beinen, die mich und den Balg des Instruments zum gespitzten Ohr des Kommandeurs tragen sollten. »Wenn die Brigade über die Save setzt!« Jetzt war natürlich ein anderes Lied an der Reihe; und Garas Hand über dem Tisch verlängerte die volle gelbe Brieftasche seines Vaters; aber in der Gesäßtasche trug er noch immer die alte erbeutete Beretta, und auch seine Angriffslust war dieselbe geblieben. Zweimal hatte er mir mit seiner Aggressivität, seiner Befehlsgewalt wie mit einem Schlauch das Blut aus der Brust gesogen und mich dann beiseite geworfen, damit ich mich auskurierte, während er selbst losstürmte, um das nächste Lied, zusammen mit dem Blut, einem anderen aus der Brust zu reißen.

So attackierte er jetzt die drei auf dem Podium, ohne daß sie sich sammeln, den Übergang finden konnten, jenen notwendigen Sprung aus dem Alltag in die Musik. Aber wußte er denn etwas von diesem Übergang, wußte er, was ein Lied war? Hatte er eine Ahnung, was für ein feines Gespinst das war, das sich von demjenigen, der es in einer Stunde der Inspiration erdacht hatte, hinzog zu demjenigen, der es an einem ganz anderen Ort sang, und zu dem Zuhörer, der den goldenen Faden der Inspiration empfing? Nein, er hatte nicht den leisesten Sinn für das Lied und einfach kein Gehör. Er verlangte das Lied nicht um des Liedes willen, sondern um etwas zu erobern und sich zu unterwerfen. Er bestellte eins nach dem anderen, rief den Musikern die Titel zu, und wenn sie es spielten, wurde er sofort ungeduldig, verfinsterte sich, und sobald das Lied seine Form, seine innere Kraft und Schönheit fand, unterbrach er es mit seiner blechernen, unmusikalischen Stimme: »Genug! Genug!« Und verlangte ein neues, das ihm gerade einfiel oder das ihm vom Barbier Mile, dem Obermüller oder einem anderen Ignoranten aufs Geratewohl und beflissen zugerufen wurde.

Die Musiker verwirrte das natürlich: Sie kannten Gara nicht. Zu geldgierig, um sich ihm zu widersetzen und ihn zu überhören; zu ungeübt, um ohne Pause den Sprüngen seiner Laune folgen und sie blitzschnell erfüllen zu können, zuckten sie unter seinem Geschrei zusammen, unterbrachen die Melodie mitten im Takt, sahen sich ängstlich an, flüsterten, stießen einander in die Rippen; und da wurden sie schon von einer neuen Forderung und Beschimpfung gepeitscht, und sie machten sich mit der sinnlosen Ergebenheit mißbrauchter Arbeiter an die nächste halbverstandene Aufgabe. Sie spielten hoffnungslos schlecht, viel schlechter als vor dem Beginn des Unwetters; und auch die arme kleine Frau, gejagt nicht nur von den Befehlen aus dem Saal, sondern auch von dem ängstlichen Flüstern hinter sich, sang immer schlechter. Dabei hatte sie großen Mut, vielleicht den Mut der Verzweiflung und der Erkenntnis, daß es um ihre Lebenschance ging; sie stimmte allem zu, lehnte sich nicht auf, unterbrach ihr Lied, wenn die Instrumente sie dazu zwangen, und begann ein anderes, dessen Titel man ihr zurief. Hätten sie nur etwas Geduld gehabt … Manchmal riß ein Lied sie hin – wie »Einmal blühten weiße Rosen« – und wuchs an bis zu der Dimension, die nach Fortsetzung bis zum letzten Vers verlangt, um sich zu runden; und ich hoffte wie verrückt, daß das auch die anderen spüren und sie die Strophe singen lassen würden:

Und als sie mir damals sagten,
daß mein Liebster nicht kommt wieder,
da vergoß ich bittre Tränen
und trat alle Blüten nieder –

doch da wurde das Murmeln der Melodie von einem seelenlosen Knall unterbrochen, Garas Faust hieb auf den Tisch, daß die Gläser wie Glöckchen klingelten: Er duldete nicht, daß sie sang.

## 4

So verlief der Zweikampf vor meinen Augen; ich sah förmlich, wie die Fausthiebe, Geschossen ähnlich, abprallten und in gestreckter Bahn zum Podium flogen, wo sie den schwachen Gegner, das Lied, niederstreckten. Schwach nicht nur, weil der Gegner auf Schläge und Geschrei lediglich mit leisem, veredeltem Klang antworten konnte, sondern weil der Klang von drei Menschen produziert wurde, die auf die Mühe nicht vorbereitet waren. Ihre Erschöpfung, Unausgeschlafenheit und Disharmonie – Lasten, die sie leichtsinnig auf sich genommen hatten – begannen jetzt unter den Peitschenhieben der blitzschnellen Befehle ihre Geistesgegenwart zu brechen. Sie verstanden immer weniger, was man von ihnen verlangte, reagierten immer kraftloser, wenn sie unterbrochen wurden; blickten ängstlich und wie schwerhörig den Kommandos entgegen und schickten dann unschlüssig und mit immer mehr Fehlgriffen ihre müden Finger über die armen Saiten und überließen es eher ihnen und dem Glück als ihrem Können, ein

Lied zu gestalten. Gara und seine Kumpane bemerkten das natürlich; und ich, der abseits vom Schlachtfeld stand, unsichtbar und dennoch in Reichweite der Schläge, die sozusagen über mich hinwegflogen – ich sah, daß sie das einander auch mitteilten, der Barbier und die anderen grinsten und stießen Gara unterwürfig in die Rippen, während er rachsüchtig knurrte. Nein, sie hatten kein Mitgefühl, sie waren satt und ausgeruht und brannten darauf, den Markttag mit einem Saufgelage zu feiern. Sie begriffen, daß die Musiker müde waren, der Quälerei nicht gewachsen, und das galt es zu genießen. Gara bestellte Wein für die Musiker und schickte den Barbier zum Podium, sie beim Trinken zu beaufsichtigen – und sie tranken, erschöpft, wie sie waren, vielleicht froh, ein paar Augenblicke pausieren zu können. Aber der Wein gab ihnen den Rest: Sie wurden grau, ihre Knie weich, ihre Gesichter glänzten von Schweiß, sie griffen die Akkorde falsch; und die Sängerin – ja, auch sie mußte trinken – ließ jetzt den einen oder anderen Refrain aus, obwohl sie weiterhin aufrecht stand, fast reglos, innerlich entschlossen, auszuhalten. Aber gerade deshalb fürchtete ich, daß sie irgendwann einfach zusammenbrechen würde.

Daß es nicht dazu kam, war dem Gewitter zu verdanken, das an diesem Tag all unsere Schritte zu lenken schien. Es hatte sich etwas abgeschwächt, war in gleichförmigen Regen übergegangen, der jedoch intensiv genug war, um die Menge vom Markt an einem Kaffeehausbesuch zu hindern. Nachdem sie schon einmal enttäuscht und naß nach Hause gerannt waren und das unverkaufte Vieh untergestellt hatten, war ihnen offenbar die Lust vergangen, erneut durch den Regen zu laufen wegen eines Trinkfests, von dem übrigens niemand wußte. Während der ganzen Zeit von Garas angestrengter Lustbarkeit – sie dauerte einige Stunden – kamen nur zwei neue Gäste ins Lokal, zwei mittellose junge Nichtstuer; aber nachdem sie um die Tische stolziert waren, um allen zu zeigen, wie naß sie waren, eigentlich, wie gern sie sich mit ein paar Gläsern Wein getröstet hätten, wofür sich jedoch keine Gelegenheit bot, zogen sie sich hochmütig zum Tresen zurück und gingen plötzlich wieder hinaus in den Regen, woher sie gekommen waren. Ihrem Beispiel folgten, als es Mittag geworden war, auch die anderen Gäste: Sie erinnerten sich wohl an die fette Sonntagssuppe mit den gelben Nudeln, die sie, hätte die Marktstimmung angehalten, gern und selbstvergessen für kalte Fleischklopse oder ein Stück Käse aus der Vitrine auf dem Schanktisch geopfert hätten. Während Gara auf den Tisch schlug und Lieder und Wein für sich und die Musiker bestellte, blickten sie immer öfter zu den Fenstern, besprachen sich, beglichen dann nicht ohne Ausdruck von Schuldgefühl und Heuchelei in den zurückhaltenden Gesten nacheinander ihre Rechnungen und gingen. Schließlich hörte auch Mile auf, zwischen Tresen und Podium zu patrouillieren, und legte Gara eine Hand auf die Schulter; und obwohl der ihn heftig abschüttelte, machte ihn der Treubruch schwanken. Während er sich nach Mile umblickte, hatte er vermutlich gesehen, daß er fast allein war, und für einen Mann wie Gara war dies das schwerste Urteil. Wozu etwas tun, woran sich niemand erinnern würde? Wozu singen und Lieder ordern, wenn niemand da war, um heute, morgen, in ein oder zwei Jahren zu erzählen, wie sich Gara am Markttag amüsiert hatte? Noch versuchte er sich selbst zu täuschen: Er schlug sich an die Brust und beteuerte, er würde Mile nicht nach Hause gehen lassen – »nur über meine Leiche« oder so ähnlich –, er verlangte Treueschwüre von dem Obermüller und einem mageren jungen Mann aus Radjevica, der sich vom Nachbartisch herangeschlichen hatte; aber all das tat er schon zu überlegt für seine Natur. Er verlor selbst die

Lust. Schlug mit der Faust auf den Tisch und schimpfte unflätig über ein Lokal und eine Musik, die die Gäste vertrieb; aber da er Mile nicht in den Kreis der Schuldigen einbezog, wußte ich, daß er seinen Rückzug vorbereitete. So war er auch im Krieg gewesen: tollkühn, solange alle kämpften, und dann, wenn sie erlahmten, der letzte, der unter Beschimpfung der Bande den Rückzug antrat. Er bestellte sinnloserweise noch ein Lied, das ihm gerade einfiel, ließ aber nun schweigend und nur scheinbar widerstrebend zu, daß Mile ihn überredete; er griff nach der Brieftasche und den Tausendern darin. Marko, der ihn fast so gut kennt wie ich, trat bereitwillig hinter seinen Stuhl; die Musiker oben rissen wie närrisch an den Saiten und starrten mit gereckten Hälsen auf die Brieftasche; doch da sie jetzt überflüssig waren, gönnte ihnen Gara keinen Blick. Er drückte Marko angewidert zwei oder drei Banknoten in die Hand – »Hier, bring ihnen das« –, stand ohne Abschied auf und wandte sich mit stolzgeschwellter Brust zur Tür, von wo ihn der Obermüller und Mile hinausschieben konnten, damit es nicht so aussah, als wäre er der Nachgebende. Nach ihnen verschwand mit listigem Zwinkern der Magere aus Radjevica; der Saal war leer.

## 5

Plötzlich trat Stille ein, wie es wohl nach einem Erdbeben ist, wenn der Mensch ungläubig feststellt, daß der Boden unter ihm nicht mehr zittert und die Augen behext zusehen, wie noch Erdklumpen rollen und beweisen, daß all das wirklich war. So standen auch wir eine Weile und blickten auf das Chaos vor uns, in dem sich außer ein paar letzten Rauchschwaden nichts bewegte, und auch wir regten uns nicht, so daß man plötzlich wieder den Regen trommeln und den Wind heulen hörte. Dann hüstelte einer, einer scharrte mit dem Fuß, und wie auf ein verabredetes Zeichen strebten alle zum freien Raum in der Mitte des Saals. Nur ich zuckte im letzten Moment zurück und blieb in meinem Versteck. Ich sah, wie die Sängerin vom Podium stieg, und es war mir auf einmal peinlich, ihr entgegenzugehen. Sie hatte den Kopf gesenkt und die Stirn gerunzelt, als dächte sie über etwas nach, und in der Bewegung ihrer Hände, die sie wie schützend vors Gesicht hob, war eine grübelnde Frage. Was fragte sie sich? Ob sie besiegt war, durch die Prüfung gefallen? Ich konnte ihre Augen unter den schwarzen Brauen und der gerunzelten Stirn nicht sehen, aber ich fürchtete mich, ihrem Blick und damit der Wahrheit zu begegnen.

Zugleich hatte ich den starken Wunsch, zu ihr zu gehen. Ihr zu sagen, daß sie sich nichts zu fragen, sich nicht zu quälen brauchte, denn unsere Arbeit ist eben voller Erniedrigungen im Dienst an der Schönheit; ich wollte ihr erklären, warum das so ist, mit wem und für wen wir arbeiteten, ich wollte ihr Gara und seine feigen Begleiter vor Augen führen, ihren Mutwillen, ihre satte, ordinäre Aggressivität, ihre rachsüchtige Wut auf das zarte Pflänzchen des Liedes, für das sie kein Gehör hatten; und wie wenig sie das verdienten, was sie für sie getan hatte. Ich wollte ihr einfach sagen, wie schön sie gesungen habe.

Aber ich hielt mich zögernd zurück. Ja, wären wir allein gewesen … Doch es war unmöglich, so etwas vor ihren stumpfsinnigen, hinterhältigen Begleitern zu sagen, vor dem spöttischen Marko, vor Krušić, der ewig im Nebel seiner unauffälligen Trunksucht schwimmt. Da wurde sie auch schon von ihnen in Beschlag genommen: Die Musiker stiegen nach ihr vom Podium und näherten sich den Tischen; von der anderen Seite kamen Marko und etwas langsamer Krušić – sie waren vereint durch das, was sie gemeinsam durchlitten hatten, und wollten dieser Gemeinsamkeit Ausdruck verleihen. Ich aber, der doppelt gelitten hatte, für sie alle und für mich in meinen früheren Demütigungen, war zur Einsamkeit verurteilt.

Aber die Frau entschied anders. Sie blieb stehen, während die beiden Musiker und Marko und Krušić stöhnend auf die Stühle sanken – zufällig an jenem zentralen Tisch, wo Gara gesessen hatte! –, und als ihr Marko mit geheuchelter Freundlichkeit einen Platz anbot, schüttelte sie leicht den Kopf. Sie hielt ihn noch immer gesenkt, mit gerunzelten Brauen über den ernsten Augen. Sie wiegte sich kaum spürbar nach rechts und links, als wäre sie noch immer mit jener Frage beschäftigt. Schließlich sagte sie etwas so leise, daß ich nicht einmal ihre Stimme hörte, nur sah, wie sich ihre zarten, seitlich gesenkten Lippen bewegten; der schieläugige Musiker blickte sie an und nickte; sie wandte sich um und ging durch den Saal zum Vorraum.

Natürlich folgte ich sofort, nur auf anderem Weg aus meinem Versteck in die Abstellkammer, auf Zehenspitzen wie ein Dieb, damit man mich nicht ertappte. Jetzt hätte ich nicht mehr ertragen, daß sich jemand zwischen sie und mich stellte, denn sie ging zum Hof, und im Hof war mein Zimmer, und ich hatte das beglückende Gefühl, daß sie sich in diesem schweren Moment für mich entschied, für das, was ich ihr als Trost und Stütze bieten konnte.

Ich schloß leise das Türchen und schlich durch die Abstellkammer, blickte vorsichtig durchs Fenster in den Hof. Er erstreckte sich wie ein langes Flußbett, in das die Hand eines Menschen graues Wasser schüttete. Die Frau bewegte sich am Rand des Schwalls, aber natürlich nicht auf mein Zimmer zu, sondern zum Hintergrund des Hofes, so daß ich mich plötzlich sinnlos und egoistisch in meiner Hoffnung enttäuscht fühlte. Sie kam jedoch bald heraus, kehrte aber nicht um: Sie blieb unter dem kurzen Vordach des

Holzhäuschens hinten im Hof stehen, zog fröstelnd den Mantel um sich und blickte in den Regen. Ich versuchte, ihre Miene zu ergründen, doch der Regen ließ es nicht zu; er ergoß sich zwischen uns wie über eine Fensterscheibe, hinter der ihr Gesicht und ihr Blick verschwammen wie unter einem stummen, unaufhaltsamen Tränenfluß. Ich beschloß, nicht mehr zu warten, griff nach dem ersten Gegenstand, der mir unter die Hände kam, ein leeres Sauerkohlfaß, schob die Tür auf und ging wie zufällig hinaus in den Regen.

Sie bemerkte mich sofort, als ich mich umwandte: Sie ließ die Mantelschöße los, richtete sich auf und tat ein paar Schritte vorwärts, als käme sie ebenso zufällig wie ich. Sie spielte dasselbe Spiel wie ich, und das gewann mich völlig für sie. Ich begriff, wie ungerecht vorhin meine Ungeduld gewesen war, als ich ihr auflauerte, ihrer Einsamkeit, ihrer Verzweiflung, während sie nur versuchte, ihre Würde, ihren aufrechten Gang, ihr reines weißes Gesicht zu bewahren. Ich ging ihr an der Mauer entlang entgegen, das Faß vor mir, und die Knie wurden mir weniger unter der klobigen Last weich als unter der Unterwürfigkeit, mit der ich büßen wollte. Ich rannte fast, um ihr die Demütigung der Rückkehr zu ersparen, und trat ihr schon an der Seitenmauer des Hofs entgegen, vor dem hinteren Tor, wo ihr beide Wege offenstanden.

Ein, zwei Augenblicke standen wir uns gegenüber, ich keuchend mit dem Faß vor mir, und sie hob ihr ruhiges blasses, vom Regen betautes Gesicht. Unsere Blicke kreuzten sich, und jetzt sah ich ihre Augen: Sie waren ruhig, gefaßt, aber irgendwie verschlossener durch die schweren müden Lider. Von einem neuen Schatten bedeckt. Ich senkte den Blick auf das Faß, mit dem ich ihr den Weg zum Saal versperrte. »Gehen Sie in mein Zimmer«, sagte ich wie obenhin und wies mit dem Kopf in die Richtung. Dann stellte ich das Faß in die Ecke neben dem Tor, als gehörte es dorthin, und drehte es, bis es festen Halt hatte. Ich muß Zweifel in der Frau geweckt haben, denn sie antwortete lange nicht. Schließlich hörte ich sie vorsichtig sagen: »Die Leute werden auf mich warten.« Über das Faß gebeugt, entgegnete ich: »Ich sage ihnen, daß Sie sich ausruhen.« Ich zerrte das Faß wieder hervor, so daß es den ganzen trockenen Pfad unter dem Vordach einnahm, und wartete mit klopfendem Herzen. Sie stieg weder darüber hinweg noch ging sie darum herum, noch suchte sie einen Durchlaß. Ich richtete mich auf und sah sie an der Mauer des Hintergebäudes auf mein Zimmer zugehen.

Ich ließ das Faß stehen, wandte mich um und ging durch den Vorraum in den Saal. Dort hatte sich die Gesellschaft aus Kellnern und Musikern inzwischen aufgelöst: Krušić machte sich hinter dem Tresen zu schaffen, und Marko entfernte sich mit seinem Tablett vom Mitteltisch, an dem jetzt nur die Tamburicaspieler saßen. Statt der vom Gelage übriggebliebenen leeren Gläser standen zwei frische Gespritzte und Teller mit Fleischklopsen und Peperoni vor ihnen; aber all das war noch unberührt, und sie selbst saßen in unnatürlicher Haltung über die Tischplatte gebeugt, unter der sie einander etwas zureichten. Als sie mich erblickten, steckten sie schnell die Hände in die Taschen und drehten sich zu mir um, aber auf ihren Gesichtern lag der gierige Ausdruck, den ich leicht enträtselte: Sie hatten wieder den Gewinn geteilt. Diesmal jedoch interessierten mich ihre Rechnungen nicht; ich ging hin und überbrachte ihnen trocken die Nachricht von der Sängerin. Dabei erwartete ich, daß sie sich wieder aufzudrängen versuchen würden wie am Morgen, und war bereit, sie abzuweisen, sogar grob, wenn es sein mußte. Aber das Gegenteil geschah; sie wechselten einen raschen, wie mir schien sogar fröhlichen Blick und riefen einstimmig, das sei gut und in Ordnung, und sie wollten nicht stören. Sie wollten mir ihren Edelmut noch begründen und murmelten zusammenhanglos und betrunken etwas über die Jugend und Unerfahrenheit der Frau; doch ich unterbrach sie ungeduldig mit dem Hinweis, daß ich viel zu tun hätte, nickte ihnen zu und zog mich zurück, bemüht um meinen gewohnten gemessenen Schritt.

In Wirklichkeit brannte mir der Boden unter den Füßen, und ich legte in Gedanken den Weg durch Saal und Vorraum wohl zehnmal zurück, bevor ich ihn antrat. Als ich aus dem Vorraum auf den Hof kam, verwarf ich beinahe diese anstrengende Gefaßtheit, denn ich sah die Frau nicht. Mir fiel ein, daß sie ins Zimmer gegangen war – schon wegen des Regens und weil ich es ihr ausdrücklich angeboten hatte –, aber während ich mich mit meinem dummen gemessenen Schritt der Tür näherte, fürchtete ich sinnloserweise, daß ich sie aus irgendeinem Grund nicht antreffen würde. Als ich die Tür öffnete, war sie natürlich da: Sie stand dicht vor der Schwelle und sah mich ruhig an. Ich sagte, ihre Nachricht sei übermittelt, trat ein und zog die Tür hinter mir zu.

## 6

Nun waren wir endlich allein; allein nicht nur wegen unserer Isolation in diesem abgelegenen Teil des Hauses, sondern weil wir uns beide für die Einsamkeit entschieden hatten, und wahrscheinlich war dies der Augenblick, ihr das zu sagen, was mir seit Stunden die Kehle abschnürte. Sie zu trösten. Ihr vor Augen zu führen, warum und von wem sie gedemütigt worden war. Gara anzuschwärzen. Sie in den Himmel zu heben. Zu erklären, wie schön, wie unbeschreiblich schön sie sang. Aber die Worte, die ich drüben im Saal beinahe vor mich hin gesprochen und zu Sätzen geformt hatte – um ihre Überzeugungskraft zu überprüfen –, waren wie weggeblasen. Ich war zu froh, weil sie bei mir war, in meinem Zimmer, und wagte nicht, diese Freude durch irgend etwas zu beeinträchtigen. Selbst Trost und Lob konnten sie aufschrecken und dazu veranlassen, nachzudenken, über ihre schwere Frage nachzugrübeln. Ich wollte nicht, daß sie sich Fragen stellte, ich wollte, daß sie sich entspannte, ausruhte, sich bei mir möglichst wohl fühlte.

Darum ging ich schweigend an ihr vorüber zum Herd; kniete hin, legte Kohlen auf die Glut, erhob mich, goß Wasser ins Becken und wusch mir die Hände. Schüttete das schmutzige Wasser in den Eimer und goß frisches nach. Drehte mich zur Kredenz um, nahm Brot, Käse und ein Tellerchen mit Grieben von gestern heraus und stellte alles auf den Tisch, genau in die Mitte. Ich tat das ganz mechanisch, ohne sie anzusehen, um sie nicht an mich zu erinnern und zu verletzen; aber ich ging in derselben Reihenfolge vor wie am Morgen, als ich ihr zum erstenmal etwas vorgesetzt hatte. Und wirklich, das half ihr, sich zu befreien; nachdem sie noch ein paar Augenblicke unschlüssig an der Tür gestanden hatte, trat sie tiefer ins Zimmer, erst zum Waschbecken; aber dann überlegte sie es sich anders, blickte sich um, fand hinter der Tür den Kleiderständer, zog müde den Mantel aus und hängte ihn auf, strich sich über das glatte Haar, kehrte zum Becken zurück, um sich die Hände zu waschen.

Scheinbar beschäftigt, beobachtete ich jede ihrer Bewegungen. Es war rührend, wie sie sich, zögernd und etwas unsicher, aber vertrauensvoll gleich einem Kind, in meinem Zimmer zurechtfand, das fremd und dennoch schon bekannt war, wie sie es mit jedem kleinen Schritt allmählich in Besitz nahm. Ich öffnete den Schrank, als müßte ich etwas suchen, in Wirklichkeit lugte ich durch den Spalt unter der Türangel, während sie sich wusch. Ich wollte sie in ihrem Kleid betrachten, nachdem sie zum erstenmal den Mantel abgelegt hatte. Das Kleid war blau wie der Mantel, nur etwas heller, ungemustert, mit einem niedrigen runden Kragen, so daß es ihre geraden Schultern und den langen Hals betonte, mit einem Gürtel, der ihre Taille umspannte und unter dem sich kurze Falten bildeten. Ich konnte mir vorstellen, wie sie vor sieben oder mehr Tagen irgendwo in der Stadt dieses Kleid ausgewählt, es sorgfältig für ihre Abenteuerreise gereinigt und gebügelt hatte. Aber vielleicht hatte sie nirgends den Mantel ausgezogen. Jedenfalls nicht, als sie auf der vergeblichen Suche nach Ruhe zum erstenmal mein Zimmer betreten hatte, und auch nicht beim Singen auf dem Podium. Ich hatte es bemerkt, aber gedacht, ihr sei einfach kalt. Jetzt mochte ihr nicht weniger kalt sein, und dennoch hatte sie den Mantel ausgezogen. Das konnte nur bedeuten, daß sie sich bisher gescheut hatte, sich ohne Mantel im Kleid zu zeigen, während sie diese Scheu gerade jetzt ablegte, wo sie allein mit mir im Zimmer war!

Ich wagte kaum, mir diese Schlußfolgerung einzugestehen, und hütete mich natürlich vor jeder Andeutung; hatte nicht gerade meine Verschlossenheit, der Verzicht auf persönliche Äußerungen der Frau geholfen, ihre Strenge, ihr Leid abzustreifen? Als sie mit dem Händewaschen fertig war, schloß ich den Schrank, ging zum Tisch, setzte mich, bot ihr Platz mir gegenüber an, schnitt Brot auf und legte je zwei Scheiben neben die Teller. Ich begann zu essen.

Auch sie aß. Ohne große Lust, vielleicht eher, um sich an die tägliche Ordnung der Dinge zu halten: Sie griff zerstreut nach den Bissen und kaute so lange, als hätte sie sie im Mund vergessen. Manchmal hielt sie in halber Bewegung mit dem Bissen zwischen den Fingern inne und starrte vor sich hin. Dann sagte ich zwei, drei Worte, meist um sie zum Zugreifen aufzufordern, worauf sie zu sich kam und mit naivem Eifer weiter aß. So schafften wir es kaum – auch ich hatte keinen Hunger –, das frugale Mahl zu verzehren; trotzdem war ich zufrieden, daß sie etwas zu sich genommen hatte und, so gestärkt, besser schlafen würde. Ich stand auf, ohne das Geschirr anzurühren – damit sie wie am Morgen die Gelegenheit hatte, es wegzuräumen –, ging zum Bett, nahm die bunte Baumwollüberdecke ab, hängte sie über das Fußende, schlug die Steppdecke zurück, schüttelte das Kissen auf. Als ich mich umdrehte, stand sie in ihrem langen blauen Kleid am Tisch, die Teller in den Händen, die Zungenspitze zwischen den Zähnen. In ihrem Gesicht war keine Frage. Ich winkte ihr aufmunternd zu, sagte, daß ich viel Arbeit hätte, sie aber wecken würde, wenn es nötig sein sollte, und verließ das Zimmer.

Draußen vor der Tür blieb ich noch einmal stehen und horchte, aber da der Regen mächtig rauschte, bückte ich mich zur Klinke. Endlich hörte ich etwas. Einmal, zweimal. Der Schlüssel drehte sich im Schloß. Sie hatte sich eingeschlossen.

## 7

Jetzt war ich beruhigt und konnte mich entfernen. Ich genoß jeden meiner langsamen Schritte im Gedanken daran, daß die Frau da drinnen sicher vor Störungen war und aufatmen konnte. Ich stellte mir vor, wie sie sich aufmerksam im Zimmer umschaute, weil sie dort zum erstenmal allein war; wie sie die Schuhe von den müden Füßen streifte. Wie sie das Kleid vorsichtig über den Kopf zog, um es nicht zu zerdrücken, und es über eine Stuhllehne hängte. Wie sie überlegte, ob sie sich nackt in einem fremden Zimmer aufhalten, in ein fremdes Bett legen durfte. Wie sie zum Waschbecken ging, um Schmutz und Mattigkeit von sich abzuspülen. Wie sie sich mit einem Seufzer der Erleichterung aufs Bett setzte, unwillkürlich prüfte, ob es weich sei, dann die Beine unter die Steppdecke streckte und sie sich bis über die Brust zog. Wie sie Arme und Körper entspannte und die Augen schloß. Wie ihr jene quälende Frage noch einmal zu Bewußtsein kam, die sie jedoch unterdrückte, weil ihr das angenehm war. Wie sie sich einkuschelte, in größeren Abständen atmete, in Schlaf sank. Schließlich stellte ich sie mir schlafend vor, wie ein großes Mädchen fern aller Sorgen, und ich war zufrieden. Vielleicht mehr als sie wünschte ich ihr diesen Schlaf, diesen nötigen Ruhepunkt vor den Stufen, die noch vor ihr waren. Welche, konnte ich nicht wissen, aber ich war entschlossen, ihren Schlaf so gut ich konnte zu hüten. Unter dem Vordach blieb ich stehen und blickte zum Himmel auf; er war niedrig, trübe, noch immer voller Wasser. Jetzt war mir lieb, daß es regnete, denn der Regen dämpft die Bewegungen der Menschen, und nur Bewegung konnte den Schlaf der Frau stören. Ich dachte, wie gut es wäre, wenn der Regen noch lange anhielte, den ganzen Tag, den Abend und die Nacht, damit sie sich richtig ausschliefe.

Aber da waren noch ihre Partner, die Musikanten, mit ihren primitiven Rechnungen, ihrem Zorn beim Teilen der Beute und jenem raschen Blickwechsel – ich hatte sie noch nicht ganz enträtselt. Ich ging in die Abstellkammer und durch das Türchen in den Saal, lugte hinter dem Vorhang hervor. Sie waren nicht dort; niemand war dort außer Krušić hinter dem Tresen und Marko, der an der Tür zur Straße in den Regen guckte. Erfüllt von einer bösen Ahnung, aber auch von Hoffnung, zog ich mich leise zurück, verließ die Abstellkammer und betrat jetzt absichtlich geräuschvoll den Saal durch den Vorraum. Marko hörte das und drehte sich um; die Brauen über seinen farblosen Augen waren spöttisch hochgezogen. »Also!« sagte er.

»Also?« wiederholte ich. Wir dachten beide an dasselbe, doch er wollte nicht auf sein Lieblingsvergnügen verzichten; ich mußte offen sein. »Sie sind weg?« sagte ich, und es war das Wenigste, was möglich war. Er bog sich vor lautlosem Lachen. »Was denn sonst, und dir haben sie das Vögelchen dagelassen.« Ich schüttelte ungeduldig den Kopf. »Und wohin sind sie? Ins Dorf?« Doch ich konnte Marko nicht überlisten. »Was glaubst du denn?« »Gar nichts, ich frage dich.« Jetzt kicherte er schon leise. »Wenn du mich fragst, sag ich's dir. Sie haben sich nach Zügen erkundigt, soviel ich weiß.« Es gab um halb sechs einen Zug nach Šid. »Und sie haben keine Nachricht hinterlassen?« Ich vermied zu sagen: *ihr*, aber Marko grinste auch ohnedies und schüttelte den Kopf. »Auch kein Geld?« Wieder schüttelte er den Kopf: »Die Dreckskerle!«

Doch das war schon ein verlogenes Wort: nicht erfüllt mit seinem Sinn, sondern mit dem Widerhall der vorherigen. »Dir haben sie das Vögelchen dagelassen.« Ja, sie war jetzt mir überlassen, und unter dieser Erkenntnis blähte sich mein Selbstbewußtsein wie ein Blasebalg. Ich sage »blähte«, denn da konnte es keine bestimmte Vorstellung geben. Ich wage es nicht auszusprechen, denn auch damals wagte ich es nicht zu Ende zu denken: daß sie ganz bei mir bleiben könnte. Ich wußte, wer ich war: ein Hausmeister im Café von Gnaden des Komitees (seines einstigen, längst entmachteten Vorsitzenden); ein Mann mittleren Alters, dessen Herz und Lunge verbraucht waren wie bei einem Hundertjährigen; dessen einziger Besitz ein Hinterhofzimmer war – wo einst gewisse Dienstmädchen geschlafen und betrunkene Gäste empfangen hatten –, aus dem er jederzeit fortgejagt werden konnte. Ich durfte mir nichts erhoffen, und dennoch, dennoch … In diesem Augenblick konnte ich mich nicht enthalten, mir ganz unbestimmt, nur in Bildern ohne klaren Inhalt vorzustellen: eine außergewöhnliche Anstrengung ihrerseits, eine außergewöhnliche Anstrengung meinerseits, obwohl ich wußte, daß es Außergewöhnliches im Leben nicht gibt, daß hier sehr klare Beziehungen zwischen Macht und Gesundheit entscheiden. Doch gerade die augenblickliche Situation zwang mich, an etwas Außergewöhnliches zu denken: war sie das nicht? Diese Frau, die ich erst vor ein paar Stunden insgeheim herausgehoben, der ich mit angehaltenem Atem von ferne zugehört, deren Begleiter ich eifersüchtig angeknurrt und deren Peiniger ich gehaßt hatte, war jetzt ausschließlich auf mich angewiesen, eigentlich – warum es nicht aussprechen? – gehörte sie jetzt mir.

Ist es ein Wunder, daß ich das Lokal ganz traumverloren verließ? Ist es ein Wunder, daß ich, kaum im Hof, vergaß, daß das Lokal existierte und für Menschen da war, die auch Entrückung suchten? Ich hatte meine Entrückung jetzt, dort unter dem Vordach neben der Tür zum Vorraum, Auge in Auge mit dem Regen und dahinter mit dem stillen Dunkel meines Zimmers. Sie war dort, ruhte sich aus, schlief, und diesmal war das für mich nicht nur ein beruhigender und stolzer Gedanke, sondern eine klare sinnliche Vorstellung. Ich sah, wie sie ausgestreckt unter meiner Steppdecke lag, Beine, Hüften, Bauch, Brust, Hals und dünne weiße Arme, ich sah, wie sie atmete – die blasse junge Haut dehnte sich ganz leicht und erschlaffte ebenso leicht –, ich glaubte im Geruch des nassen faulenden Unkrauts auf dem Hof auch den Duft ihres schlafenden Körpers zu spüren, den gedämpften Hauch unbewußter Erneuerung.

Ich weiß nicht, wie lange ich so unter dem Vordach stand und Bilder an mir vorüberziehen ließ, aber es mußte ziemlich viel Zeit verstrichen sein, denn als Marko aus dem

Vorraum kam, hob sich seine Kellnerjacke weiß von der dichten Dämmerung ab. Ich rührte mich nicht, in der Annahme, er würde mich nicht bemerken, wenn er zum Klosett ging; doch er schlug die entgegengesetzte Richtung zu meinem Zimmer ein. Ich trat aus dem Schatten bis zum Regenvorhang, entschlossen, die Frau zu schützen, falls es ihn nach ihr gelüstete. »Suchst du mich?« Er erschrak nicht – ihn kann nichts aus der Fassung bringen –, sondern trat zu mir und stellte die Gegenfrage: »Wo ist sie?« Es gab nichts mehr zu verheimlichen. »Sie schläft«, sagte ich sehr leise, aber mit Betonung, um ihn zu zügeln. Er nickte jedoch nur. »Dann weck sie.« Und er erklärte: »Sie wird gesucht.« Jetzt begriff ich, daß ich dumm gewesen war und die Gefahr viel größer als angenommen. »Wer sucht sie?« Marko hob die Schultern. »Du weißt schon. Die sind wieder da.« Und er zeigte mit dem Daumen über seine Schulter zum Lokal, von wo gerade Stimmengewirr und Gelächter aufbrandete. »Und laß sie nicht so lange warten.« Er schnippte mit den Fingern, als hätte er einen Hund vor sich. Im Halbdunkel konnte ich sein Gesicht nicht erkennen, aber ich erriet seine boshafte Miene, während er sich auf seinen lautlosen Kellnerfüßen hastig umdrehte.

Ich dachte sofort an Widerstand. So unter dem Vordach zwischen der Stein- und der Wassermauer stellte ich mir vor, wie ich jedem »Sie schläft« wiederholen und mich der Gewalt notfalls mit Gewalt entgegenstellen würde. Meiner armen, kränklichen Gewalt; aber sei es! mein Blut, meine Schreie würden sie aufschrecken, verängstigen, warnen. Bloß wovor? Hier geriet meine Phantasie ins Wanken. Wurde sie nicht ins Café gerufen, um zu singen, was sie sich selbst wünschte, weshalb sie die Stadt und wer weiß welches Martyrium verlassen und sich mit den beiden Gaunern auf den Weg über die Dörfer gemacht hatte? Würde sie sich denn sträuben? Ich stand da zwischen meinem Zimmer und dem Lokal, zwischen Stille und Lärm, zwischen dem heftigen Wunsch, sie mir weiter schlafend vorzustellen, und der Erkenntnis, sie wecken zu müssen. Voller Bange fühlte ich, daß das Letztere überwog. Warum? fragte ich mich entsetzt. Wegen meiner Feigheit? Weil es der wenn auch ausrangierte Musiker gewohnt war, daß Lied und Spiel immer sein Recht verlangt? Oder wegen jener heimlichen Hoffnung auf eine außergewöhnliche Anstrengung, die sie, die *uns* aus der Erniedrigung befreien würde (wie sonst als durch das Lied!)? Hatte ich nicht die Tamburicaspieler verjagt, ihnen die Sängerin und mich entzogen, als ich ihre berechnenden Blicke am Tisch bemerkte? Und hatte ich das nicht getan, um sie von den schlechten Lehrern und Begleitern zu erlösen und ihr zu ermöglichen, daß sie – nicht jetzt, nicht heute, aber gleichviel – in der Schönheit ihrer natürlichen Begabung erstrahlte? Und in der Schönheit ihres Körpers schließlich, dem ich Ruhe und Stärkung vor einer großen Prüfung geboten hatte?

## 8

Die Waage neigte sich immer mehr ihrem Körper zu, ihrem Ruhm, den ich mir mit seniler Zärtlichkeit wünschte. Oder vielleicht nicht so senil und uneigennützig; denn war nicht ich derjenige, der sie zum Ruhm führen sollte? Ich glaubte an sie; allein ich hatte die verborgenen Vorzüge ihres Gesangs entdeckt – dieser Gedanke gab den Ausschlag. Ich zitterte, bekam Gänsehaut, bewegte mich langsam entlang der Mauer, vorbei am Schuppen, auf meine Tür zu. Dennoch plagte mich das Gewissen. Tat ich nicht dasselbe wie die früheren Besitzer dieses Cafés, wenn sie ihre Dienstmädchen weckten, damit sie spendierfreudige

Gäste empfingen? Ich muß jedoch gestehen, daß ich nicht nur vor Scham zitterte; in meinem Schauder war auch ein unreines Behagen: Jetzt würde ich sie auf das vorbereiten, was sie erwartete, ich würde ihr für ein paar Momente der Nächste sein, wenn auch in der Not.

Ich klopfte und wartete auf ein Echo; dann wiederholte ich das Klopfen, doch sie mußte mich schon beim erstenmal gehört haben, denn ich bemerkte sofort, daß sich in Höhe meines Gesichts der Türvorhang bewegte. Sie erkannte mich und stellte keine Fragen; der Schlüssel drehte sich im Schloß – ebenso leise knarrend wie schon einmal –, und gleich darauf öffnete sich die Tür. Nur so weit, um mich einzulassen, nicht einmal viel Luft, so daß ich nach dem Eintreten den warmen abgestandenen Geruch ihres Schlafs einatmen konnte. Sie schob die Tür zu, blieb aber davor stehen, ohne Licht zu machen; ich konnte nur den kurzen Bogen ihrer Schulter erkennen. Sie war nackt, das erkannte ich an diesem durch nichts verdeckten Bogen und mehr noch an dem Geruch, der von ihr ausging. Ich flüsterte: »Sie werden im Lokal erwartet, machen Sie sich schnell fertig.« Und ich fügte hinzu: »Ihre Musiker sind samt dem Geld verschwunden und haben Sie alleingelassen.«

Ich wußte, daß ich grausam war, aber die Zeit drängte, und sie mußte kurz und schonungslos vorbereitet werden wie ein Kind, das plötzlich seinen Rückhalt verliert. Was sie durchlebte, während ich sprach, weiß ich nicht. Sie hörte reglos zu, dann zog sie sich auf bloßen Füßen ins Dunkel zurück, und ich vernahm das Rascheln ihrer Kleidung. Da sich meine Augen an das Dunkel des Zimmers gewöhnt hatten, sah ich sie jetzt schon, auch weil ich sie mir so lange vorgestellt hatte: die Linie ihres Körpers, die schmale Hand, die einen Strumpf vom Kleiderhäufchen hob wie eine Fahne. Jeder Handgriff hatte seine Bahn, jedes Gewebe sein Geräusch, und ich, fast atemlos an meinem Platz, erkannte sie unfehlbar. Ich hatte das Gefühl, als reiche ich ihr jedes Stück dieser leichten Frauensachen zu, als streife ich es über ihre noch schlafwarme Haut, und das war so traurig und zugleich so schön, als kleidete ich mein Kind – das ich nie hatte – für eine feierliche Gelegenheit an. So etwa dachte ich auch: Wie groß sie ist! Wie erwachsen! Wie klug, ohne Fragen stellen zu müssen! Ich war stolz auf sie, und meine Angst um sie wich wieder einer unklaren Hoffnung.

Aber schon folgte die Strafe für meine Selbstvergessenheit: Ich vernahm Schritte, und auch sie mußte sie vernommen haben, denn sie hörte mit dem Rascheln auf. Etwas stampfte; eine blecherne Stimme fluchte, und ich legte unwillkürlich die Hand auf die Klinke. Blockieren konnte ich sie jedoch nicht; eine viel mächtigere Kraft stemmte sich dagegen; schon war ich ins Dunkel, gegen die scharfe Tischkante geschleudert: »Was macht ihr hier den ganzen Tag?« platzte Gara heraus, der sich, groß und dünn, ohne Wand und Tür zu berühren, hereindrängte und uns mit der Heftigkeit seiner Bewegung und seinem weingetränkten Atem tiefer ins Zimmer trieb. »Wo bist du, rede!« Das konnte sich auf sie und auf mich beziehen, aber auch auf den Lichtschalter, nach dem seine Hand über die Wand tastete. Ich gewann mein Gleichgewicht wieder und trat zum Schalter, aber ich zögerte noch, ihn zu betätigen. Wie weit ist sie angezogen? überlegte ich. Doch schon schrie er: »Hörst du!« und meine Hand hob sich automatisch gehorsam zum Schalter und drehte ihn.

Es wurde hell um uns, und für einen Moment sahen wir einander ratlos an. Ich eigentlich nur sie, ihre fast nackten Brüste und Beine – sie war noch im Unterrock –, während ich mehr mit der Haut, mit dem Gehör, mit flirrenden Nerven ihn, seinen starren Blick, seinen rasselnden Atem neben mir spürte. Sie hatte den Unterrock herabgezogen, die Hände auf den Schultern gekreuzt: Sie versuchte sich zu bedecken, aber gerade darin – durch Gara, sein Keuchen und seine Starre – spürte ich ihre ganze Entblößtheit. Ich sprang vor und tat, was ich mir bisher nur vorgestellt hatte: Ich griff ihr Kleid vom Stuhl und reichte es ihr mit beiden Händen. Zu spät natürlich: das erkannte ich an Garas Stimme, an dem Geschwätz, mit dem er uns – jetzt eigentlich sie – überschüttete. »Ihr habt euch im Dunkeln verkrochen, ja? Darum seid ihr nicht da? Wir langweilen uns da drüben, und der alte Vita turtelt in der Finsternis mit dem Täubchen, haha!« Er war erregt durch ihre Schönheit, sonst hätte er rüpelhafter geredet; ich fühlte förmlich, wie das Blut in ihm gerann und ihn unglücklich, böse machte, und beeilte mich, die Frau anzukleiden. Sie streckte mir gehorsam die Arme entgegen, um in das Kleid zu schlüpfen, sie zog es nach unten über die schmalen Knie; aber diese Eile beflügelte nur seine Gier. »Schneller, schneller«, sagte er, als umarme er sie bereits. »Ein bißchen nach vorn diese Strähne«, regte er an, als sie sich schon kämmte, und das erlaubte ihm, sie zu berühren. Ich durfte jedoch nicht zulassen, daß er sie erniedrigte; nicht dafür hatte ich sie vorbereitet und gehütet; ich trat dazwischen. »Also los! Du hast es doch eilig.« Er sah mich scharf und verächtlich an, ich glaubte schon, er würde mich schlagen. Aber er war noch von seiner gierigen Erregung erfaßt; er blickte wieder auf sie, und da sie schon bereit war, im Mantel, aufrecht und regungslos, gab er nach: »Also gut.« Und mit einer raschen Wendung öffnete er milde gestimmt die Tür.

Ich konnte ihr nur einen Blick zuwerfen, der sie ermutigen sollte, dann mußte ich sie gehen lassen. Er marschierte hinaus in den Regen, und sie folgte ihm, wobei sie vor Angst und Verwirrung wohl nicht bemerkte, daß sie sich dem Guß aussetzte. Ich wollte ihr eine Warnung hinterherrufen; doch zugleich begriff ich, wie sinnlos dieser Schutz gewesen wäre gegenüber der riesigen Schutzlosigkeit, die sie verschlang, während sie die Schwelle überschritt, also eilte ich ihr nur hinterher.

Hinterher, und nicht vor ihr her wie die Musikanten; erst in diesem Moment, als ich ihr durch den Regen nachstolperte, begriff ich den Unsinn meiner Eifersucht auf die beiden. Solange sie mit ihr zusammen waren – oder sie mißbrauchten, gleichviel –, gehörten sie zu einer Gruppe von Menschen, die man zwar verachtete und erniedrigte, die jedoch bestimmte Beziehungen zu anderen Gruppen hatte, aufgrund der Nachfrage und wegen der mit dieser Nachfrage verbundenen Gewohnheiten. Sie waren vor ihr hergegangen, hatten sie wie ein Schaf am Strick geführt, denn sie waren primitive Musiker und sie als Sängerin eine Anfängerin: Sie bildeten ein Kollektiv, in dem sie eine untergeordnete Rolle spielte. Aber was hatte sie jetzt, ohne die beiden? Was war sie jetzt, so allein, gefesselt, verinnerlicht in Garas vom Wein und dem Anblick ihrer Blöße aufgestacheltem Bewußtsein? Nur eine Beute, ein Spielzeug, vielleicht eine Zielscheibe für rachsüchtige Gelüste, das versäumte Marktgetümmel durch Grobheiten wettzumachen.

Deshalb ging ich ihr nach, obwohl unaufgefordert; dennoch auch ich ein Musikant, wenn auch ein ehemaliger, ausgemusterter; gezogen von freundschaftlichem Mitgefühl und Reue vielleicht ebensosehr wie von jener anderen Empfindung, für deren Verwirklichung noch weniger Aussicht bestand. Ich sah, wie sich Gara in der Tür zum Vorraum bückte, ich sah sie, wie sie hinter seinem Rücken abtauchte, und dann trat auch ich in die fast völlige Dunkelheit, weil die Fenster zum Saal jetzt von ihren Schatten verdeckt waren; ich hörte Keuchen, einen leisen Schrei;

dann wurde es plötzlich hell, und ich trat in ihrem Gefolge ins Gejohle der Gäste.

Sie johlten, weil die Sängerin erschien, um sie zu unterhalten; weil sie gewußt hatten, daß Gara sie holen würde; weil sie die Bewegung hinter der Tür wahrgenommen hatten und die Explosion aus Angst und Gier, die sie geöffnet hatte – all das erheiterte sie. Vielleicht johlten sie auch, weil sie so wenige waren und die Stille um sich übertönen mußten – es war wieder die kleine Gruppe um die mittleren Tische, der Barbier Mile und der Jüngling aus Radjevica, der Obermüller, der Verschneider Muharem und noch ein paar Müßiggänger, die übliche Gesellschaft, die an langweiligen Sonntagabenden beim Schnaps zusammenkam, sich jetzt aber angesichts der Sängerin sehr stark fühlte. Sie sprangen zu ihr, umringten sie, zogen sie mit lüsternen Pranken zu den Tischen, und sie konnte sich nicht wehren, sie schützte nur mit gekreuzten Armen ihre Schultern und verbarg unter gerunzelten Brauen ihre Augen, nach deren Blick alle haschten.

Auch ich drängte mich in ihre Nähe, damit sie mich sah und Mut faßte, und damit mich die Männer sahen und begriffen, daß sie nicht allein war; aber die Kette aus Armen und Schultern und Hinterteilen war vor lauter Besitzerrausch so fest, daß ich beiseite blieb. Noch jemand stand außerhalb des Kreises: Gara. Das stellte ich erleichtert fest, als er die Menge überschrie: »Laßt sie los!« Es war wie immer ein Befehl; die Männer ließen die Arme sinken und wandten uns ihre enttäuschten Gesichter zu. »Ich will, daß sie für uns singt!« Gara war jetzt dicht neben mir; ich sah sein scharfes Auge, die spitzen Zähne, die seine Worte zerschnitten: »Los nach oben, Kleine!«

Sie verstand und drehte sich mit sichtbarer Erleichterung zum Podium um, streckte die Arme vor, um sich einen Durchgang zu verschaffen; aber nur ihr erster

Schritt war frei, schon im nächsten lag Zögern; als sie nach oben schaute, fühlte sie wohl, wie wenig sie dem Alleinsein gewachsen war zwischen den gekreuzten Blicken und Rufen, die Lied um Lied verlangten und Fröhlichkeit und den Reiz des Amüsements. Wahrscheinlich spürten das im selben Moment auch die anderen, an ihrem Schritt, an den steifen Schultern, denn sie begannen unzufrieden zu murren, wobei sei einander ansahen und ratlos die Arme ausbreiteten, bis der Sinn ihres Murrens auch Gara ins Bewußtsein drang. »Halt!« rief er der Sängerin nach. »Halt! Was willst du ohne deine Musiker?« Und als sie sich umdrehte und wie schuldbewußt die Hände faltete, trat er dicht an sie heran: »Sag schon! Was willst du ohne Musiker?«

Sie standen sich Auge in Auge gegenüber – denn sie konnte den Blick nicht mehr abwenden, oder sie wagte es nicht aus Angst, daß er sie schlagen würde –, und so teilten sie einander Begehrlichkeit und Hilflosigkeit, Gewalttätigkeit und Demütigung mit, reglos, wie behext von dem Zusammenstoß. Oder vielleicht von einem gemeinsamen Gedanken? Oder vielleicht von einem Gedanken, der im Auge eines von ihnen aufblitzte? Oder übertrug er sich aus dem Stimmengewirr auf Gara oder von Gara auf das Stimmengewirr? Ich stand nicht weniger behext da und sah auf einmal, wie sich die Blicke voneinander lösten, wie aus dem unzufriedenen Murren ein einziger Laut der Verwunderung wurde. Bis ich feststellte, daß mich alle ansahen und über mich flüsterten. Gara wandte sich zum erstenmal an diesem Tag direkt an mich: »Ah, du bist ja hier!« In der metallischen Stimme, im Zucken um die schmalen Lippen lag alle Verachtung des Kommandeurs für einen abgeschriebenen Untergebenen. »Wo ist dein Akkordeon? Hast du es noch?« Ich war noch stumm vor Überraschung, und als statt meiner erst Markos hohe nüchterne Stimme aus der Ecke antwortete und nach ihm der ganze grummelnde Chor an den Tischen: »Ja, ja! Vita!«, da befahl mir Gara: »Hol das Instrument und spiele mit dieser Frau.«

## 9

Ich muß hier sagen, daß ich schon jahrelang nicht gespielt hatte, genauer: seit jenem Abend, an dem ich, aus dem Krankenbett zur Hochzeitsfeier auf den Hof von Konda gezerrt, zum zweitenmal Blut spuckte. Bei dieser Hochzeit waren Gara und seine Frau Milica die Trauzeugen, und wohl darum betrachtete er es als Verletzung seiner Würde als einstiger Kommandeur und jetziger Chef, daß ich nicht auf die Bitten der Hochzeiter hörte; es steht fest, daß er später selbst in meine Hütte auf dem Gut von Milicas Vater kam und mich mit vorgehaltener Pistole zwang, aufzustehen und zu spielen; daß er nach meinem Sturz am Ende dieser betrunkenen Nacht selbst die Pferde anschirrte und mich zum Arzt fuhr und mir, als ich einigermaßen wiederhergestellt war, die Hausmeisterstelle beim »Zadrugar« verschaffte (denn damals war er noch nicht als Vorsitzender entmachtet). Ob er Letzteres auf Milicas Veranlassung oder kraft seiner Kommandeurswürde getan hat, habe ich nie erfahren, denn danach ließ mich Gara links liegen, übersah mich mit arroganter Geringschätzung, und ich ging, wie ich gestehen muß, bereitwillig darauf ein, weil ich mich für meinen Schwächeanfall vor Milica und dem halben Dorf schämte und weil ich ihm nicht unter die Augen kommen und auf die Nerven fallen wollte; sonst hätte er mir mit seiner Macht und seinem Einfluß noch schaden können.

Jetzt indes forderte er wieder Gehorsam – entgegen unserem schweigenden Übereinkommen, einander aus dem

Weg zu gehen, und damit rief er – so als drücke er einen Fingernagel auf ein Geschwür – all das Dunkle, halb Vergessene oder wenigstens Überwundene wach, das uns trennte und vereinte. Ich konnte gehorchen oder nicht gehorchen, seine neue Einmischung in mein Leben dulden oder den schmerzlichen und endgültigen Schritt vollziehen, wer weiß, mit welchen Folgen für meine weitere Existenz. Konnte ich die zweite Möglichkeit wählen? Gerade jetzt, wo nur ich der Sängerin Schutz zu bieten vermochte? Ihre schönen dunklen Augen waren wie bittend auf mich gerichtet – nein, ich bildete mir nicht ein, daß mehr in ihnen lag als das Flehen eines Hilflosen, seine Hilflosigkeit zu teilen – und ich beugte mich Garas Befehl, wenn auch mit einem Flackern längst vertrauter Abneigung.

In diesem Flackern war auch etwas, was meinen Gehorsam weniger rein machte und eine gewisse Verantwortung für das, was später geschah, nach sich zog. Dieses Etwas war der Triumph des wieder gefragten Musikers. Denn obwohl ich auf ärztlichen Rat seit Jahren derartigen Einladungen aus dem Wege ging – was ein weniger willensstarker Musiker mit weniger Verantwortungsgefühl für seine Gesundheit oder etwa seinen Geschmack nicht tun würde –, hatte ich nicht zugleich darunter gelitten und insgeheim darum gefleht, daß sie mich eines Tages trotz Widerstand und Krankheit holen würden? Hatte ich nicht alle Musiker beneidet, die hin und wieder unser Dorf aufsuchten, und hatte ich sie nicht deshalb bei mir aufgenommen, um in ihren Vorbereitungen, Verabredungen, kleinen, nur uns bekannten professionellen Tricks vor dem Auftritt wenigstens indirekt den Atem von Musik und Lied zu spüren? Und hatte ich nicht im Hof oder in der dunklen Ecke hinter dem Vorhang gelauscht, wie sie spielten und wie ihr Spiel wirkte? Hatte ich nicht unwillkürlich Vergleiche mit meiner eigenen einstigen Kunst und ihrer Wirkung gezogen, die ich in diesen seltenen Stunden noch immer wie das Kribbeln von Jugend und Gesundheit in den Fingerspitzen fühlte?

In jenem Augenblick dachte ich über all das nicht nach, sondern begab mich bereitwilliger, als ich erwartet hätte – und sicher bereitwilliger, als es die anderen erwarteten –, in mein Zimmer, um das Akkordeon zu holen. Ja, das Akkordeon, das in seinem schwarzen Holzkasten auf dem Schrank lag und mit einem Bogen Packpapier abgedeckt war, damit niemand es erkannte. Oder damit ich selbst es nicht erkannte? Es kam vor, daß ich dort hinaufblickte, während meine Finger im Schoß begehrlich zuckten; es kam vor, daß ich versucht war, auf einen Stuhl zu steigen, das Papier wegzuziehen und das alte Instrument herunterzunehmen, um wenigstens für mich ein paar Akkorde zu spielen – was mir gewiß nicht geschadet hätte –, mich dabei zu erinnern und mein Gedächtnis zu erproben. Aber gerade das hinderte mich jedesmal, dem ersten Impuls zu folgen: die Angst vor der Erinnerung und dem Gedächtnistest. Denn was, wenn mich ein Lied hinriß und ich begriff, daß mein Leben ohne Musik sinnlos war? Oder was, wenn meine Finger versagten und ich erkannte, daß es zu spät war, daß ich nicht mehr das sein konnte, was ich nicht sein wollte? Also blieb ich sitzen, den Blick zu dem gewölbten Papier erhoben, auf dem der Staub von Jahren lag, bis mir das Genick weh tat oder eine Arbeit mich aus dem Zimmer trieb.

Ist es daher ein Wunder, daß ich hinaus eilte – als wäre Gara auch jetzt mit der Pistole hinter mir her –, daß ich über den Hof bereits rannte und in meinem Zimmer, wo noch das Licht brannte, fast ächzend auf den hohen, dunklen Schrank losging, der schmal war wie ein aufrecht stehender Sarg? Einen Stuhl brauchte ich nicht: Ich öffnete die Tür, trat auf das Brett über der Schublade, reckte mich, zog an dem Papier, so daß es stäubend herabglitt wie ein

Spielzeugdrachen, umfaßte den Griff und riß das Akkordeon in meine Arme. Durch die Wucht des Falls traf es mich schmerzlich an der Brust, aber der Schmerz war mir lieb, und ich ertrug ihn dankbar, während ich das Instrument noch fester umklammerte, auf unsicheren Beinen, die das Gewicht nicht mehr gewohnt waren – doch ich geriet nur für einen Moment ins Wanken. Im nächsten schulterte ich bereits den Riemen – wieder der alte, stechende Schmerz! – schritt schwer, aber fest aus, wie wenn wir nach langer Fahrt endlich Boden unter den Füßen haben; löschte das Licht, schloß die Tür und trat in den Hof. Ich ging breitbeinig wie einst meinem Ziel entgegen, den Kopf gesenkt, dem Ruf des Wunsches hingegeben, schon ins Lied vertieft, während meine nervösen Finger den Schulterriemen umklammerten.

## 10

Gibt es für einen Musiker etwas Erregenderes, als ein Lokal zu betreten, in dem er erwartet wird? Und gibt es etwas Erregenderes, als wenn dazu noch eine Person da ist, die er mit seinem Spiel erobern möchte, und wenn diese Person seine Partnerin ist, deren Können er mit seinem eigenen in innigster Gemeinsamkeit verflechten wird? In meiner Jugend hatte ich solche Augenblicke, doch nie war einer so strahlend gewesen, weil ich nie aus solcher Tiefe gekommen war. Jetzt war die Umkehr vollkommen: Eben noch hinausgejagt wie ein Hund, um das Halsband zu holen, das man ihm anlegen würde, kam ich zurück voller Freude und Trauer für eine ganze Versammlung, die mir wie behext entgegenstarrte, und mitten darin stand noch immer sie, an derselben Stelle neben Gara, der immer noch verletzende Schimpfworte auf den Lippen hatte; jetzt jedoch genügte ein Wink von mir, damit er die Frau in Ruhe ließ, sie meinem Schutz unterstellte, sie unter den rettenden Mantel des gemeinsamen Liedes schlüpfen ließ.

Ich gab diesen Wink mit einer Kopfbewegung im Vorübergehen, und Gara mußte sofort zurückweichen und uns Platz machen, jetzt selbst weggeschoben von der Erhöhung, zu der nur sie und ich Zutritt hatten. Ich ließ sie auf das Podium voransteigen, nahm das Instrument aus dem Kasten, blies den Staub von den Tasten, schulterte die Riemen und stellte mich neben ihr auf. Noch spielte ich nicht – und welches langjährige Schweigen lag in dieser Stille –, aber ich spürte den Klang schon in den Fingern, den Schultern, und das muß man mir angemerkt haben, denn sie sah mich jetzt voller Vertrauen aus diesen klugen, ruhigen Augen an, die ihr blasses Gesicht erstrahlen ließen. Ich wartete absichtlich noch ein paar Sekunden, dann intonierte ich ganz leise und nur für sie das, was mir die Melodie zuflüsterte:

Weißt du noch, Liebster,
den Pflaumenhain …

Das tat ich natürlich nicht zufällig oder nur weil ich wußte, daß sie das Lied beherrschte; ich wollte es wieder von ihr hören, und ich wollte, daß sie mich darin hörte und den Unterschied spürte. Ich will mich nicht loben: Gara wußte am besten – obwohl ihm das Gehör dafür fehlte –, um welchen Einsatz er kämpfte, als er mich aus dem Nachbarbataillon abzog und mir das erbeutete Akkordeon statt einer Flinte in die Hand drückte. Ich kann dennoch erwähnen, daß ich immer dafür berühmt war, auf den Sänger einzugehen, ihn zu verstehen und hervorheben zu können; und diese Sängerin verstand ich besser als jede andere, denn ihr Gesang entsprach genau meiner früher nur erahnten Neigung. Ich ließ also zu, daß ihre Vorzüge zur Geltung kamen: verstärkte die Begleitung nicht, sondern dämpfte sie, um ein Schweigen zu provozieren, in dem ihre Stimme erblühen konnte; und als sie einsetzte, gab ich dieser Stimme den Rahmen, den sie brauchte: herb und rein, wahr, damit ihre jungfräulich rätselhafte Botschaft durch nichts getrübt wurde:

... wo wir einmal waren
beim Stelldichein?
Wo wir einmal waren
beim Stelldichein?

## 11

Ein echter Musiker erlebt im Lied all das, was andere unter seiner Wirkung erleben; ich, der jahrelang nichts erlebt hatte, reihte jetzt die Lieder mit wahrem Hunger. Die Gäste brauchten mich nicht zu erinnern: Ich traf von selbst das, was am besten paßte, und das nicht, weil ich mich nach dem Geschmack der Zuhörer richtete – das fiel mir überhaupt nicht ein –, sondern weil ich der Linie meiner Wünsche, meines Erlebens folgte, deshalb bot ich diesen Zuhörern ein Ereignis, dessen Reiz sie sich nicht entziehen konnten.

Ich spielte ihnen schwere, traurige Lieder – denn ich war traurig, weil meine Genugtuung so spät kam –, und sie da unten tauchten ihre schlaffen Lippen in die kalten Getränke und rollten die Augen; dann ging ich zu einer Tanzweise über – denn ich hatte genug von der Trauer, meinte, sie sei verfrüht vor dem Abschied –, und sie packten ihre Gläser mit beiden Händen und klopften den Takt auf dem Tisch mit, wobei sie sich in die Brust warfen und einander mit herausfordernden Blicken maßen. Ich rührte sie mit dem bosnischen Liebeslied »Aj, die Sonne ist dem Mädchen böse«, dann riß ich sie aus ihrer Benommenheit mit dem schelmischen »Oj, Ahorn, Ahorn!« Ich spielte ihnen das gedehnte »Einst blühten weiße Rosen«, munterte sie mit einem slawonischen Tanz auf, entließ sie in die Sinnlichkeit mit »Wie lang ist die Nacht« und holte sie wieder auf den Boden zurück mit dem leichten »Warte, Berg, auf mein junges Reh«.

Auch der Sängerin machte ich die Sache leicht, denn ich übertrug all diese Empfindungen vor allem auf sie. Wenn es anfangs schien, als sänge sie nur aus Gehorsam, aus Pflicht gegenüber ihrer Chance – wie mit den Tamburicaspielern –, so löste sie sich später allmählich unter meiner Führung. Sie stand nicht mehr starr neben mir und blickte mit großen, aufmerksamen Augen auf den Balg des Akkordeons, als erwarte sie von dort einen Befehl: Sie war dem Saal, der Ferne zugewandt und nahm nur mit dem Gehör auf, was ich ihr übermittelte. So konnte ich sie ohne Angst betrachten, und mir entging keine ihrer Bewegungen. Und was sie mir alles verrieten! Wie sie auf einmal, als ich den Balg stärker dehnte und die Bässe dröhnen ließ, die Arme vorstreckte und die Finger krümmte, als wollte sie einen aufgeflogenen Vogel einfangen; oder wie sie mit den Füßen stampfte, als ich ihr einen unwiderstehlichen Trojaner hinlegte; oder wie sie das Haar zurückwarf, als ich ihr nach dem Vorspiel zu »Es kommt der Herbst« einen halben Takt Pause auferlegte, um ihrer Stimme eine breitere Grundlage zu geben. All das waren für mich kostbare Zeichen des Schwelgens, Beweise, daß ich es ihr recht machte, nicht störte, daß sie mich nicht einmal bewußt neben sich wahrnahm, so nah war ich ihr gekommen. Jetzt war es für mich eine Frage des Stolzes, sie noch mehr zu berauschen: Ich erweiterte meine Einleitungen zu eigenen phantasievollen Kompositionen, die mir zu meiner, aber auch ihrer

Überraschung spontan einfielen und sie zum aufmerksamen Zuhörer machten, und erst wenn ich sah, daß sie ungeduldig wurde – was sich in einem Zucken der weichen Unterlippe bemerkbar machte, auf die sie dann gequält biß –, nahm ich all dies Zufällige aus der Melodie zurück, aber langsam, unmerklich, und führte sie wie an der Hand in die Gesetzmäßigkeiten des Liedes ein, das sie mit ihrer reinen Stimme singen würde. Ich spielte ein bißchen mit ihr, nicht aus Egoismus, aber auch nicht ganz uneigennützig: Auch sie sollte sich im Spiel vergessen, sich der Musik überlassen und das Erlebnis mit mir teilen.

War es klug, was ich da tat? Die Frage muß gleich vertieft werden: War es klug, daß ich überhaupt etwas tat? Wenn etwas verkehrt war, dann lagen die Wurzeln schon in meiner Zustimmung, zu spielen. In der bebenden Eile, mit der ich Garas Befehl ausführte. Natürlich hätte ich ihn ohnehin ausführen müssen, schon um der Frau zu helfen. Aber eine wahre Hilfe für sie wäre gewesen, mich ihr gleichberechtigt beizugesellen, so wie sie war – und die Tamburicaspieler –, demütig, ängstlich. Ich zitterte jedoch nicht aus Angst vor dem Musizieren, sondern aus Angst vor dem Wunsch; ich musizierte nicht, um zu dienen, sondern um zu blenden. Wen? Sicher nicht nur mich selbst, indem ich im Lied das Erlebnis suchte, denn dieses Erlebnis hatte ich gemieden, bis sie auftauchte. Dann sie? Gewiß auch sie; aber das war nicht alles, denn ich mußte wissen, daß der Glanz des Abends die junge Frau nicht an mich binden würde, er am wenigsten, da er sich nicht wiederholen würde. Wen dann? Das Publikum? Gara? Den Barbier? Ja, sie alle: alle, die mich vergessen und während meiner Krankheit verachtet, die mich nie richtig geschätzt hatten, für die ich immer bloß ein Unterhalter gewesen war, jemand, den sie nur brauchten, wenn sie sich betranken – alle, bloß er nicht, denn er mußte beim Auftritt nüchtern bleiben –, wenn sie Hochzeit mit drallen Bauerntöchtern feierten, die ihm nicht zugänglich waren, wenn sie kämpften und stürmten mit ihren kräftigen gesunden Leibern, mit denen er nicht Schritt halten konnte, denen er unterliegen, vor denen er ins Vergessen sinken mußte, um durch einen anderen ersetzt zu werden, wenn auch einen schlechteren, ganz egal. Ich wollte ihnen zeigen, daß es nicht egal war! Aber nicht durch mich – das war zu harmlos –, sondern durch die Frau, die ein viel stärkerer, schlagenderer Beweis war. Ich wollte, daß sie sahen, was diese Frau war, was sie sein konnte! Aber der Mittler wollte ich sein, damit sie begriffen, daß ich die Macht hatte, das Schönste aus ihr zu machen, das was für Männerwünsche das Höchste, Unerreichbare war – so weit ging meine rachsüchtige Eigenliebe und Arglist. Ich berauschte sie mit meinem Spiel, streichelte sie, hüllte sie ein, und wenn sie unvorsichtig wurde, löste ich ihre Bewegungen, befreite ihre Arme, ließ sie den Kopf zurückwerfen, tänzeln, entzündete ihre schönen dunklen Augen über den weißen Wangen wie Abendsterne – sie sollten sehen, mit wem ich musizierte, wenn ich musizierte! Ich machte sie attraktiv, heiter, geheimnisvoll, verlockend, hingebungsvoll – im Lied natürlich; aber wo war die Grenze des Liedes für die Männer, denen es nur als Anlaß diente, ihre Sinne zu entfesseln, und für die Frau, deren Sinne sich unter meiner Führung zum erstenmal für ihre große, schwere Aufgabe befreiten?

## 12

Unter der Wirkung des Liedes rissen sich die Zuhörer allmählich von mir los und entrissen mir die Sängerin: Sie stießen einander in die Rippen, bestellten ungeduldig Getränke, leerten hastig die Gläser, riefen und lärmten. Der

Barbier Mile sprang vom Tisch auf und begann allein zu tanzen – ich spielte gerade einen langsamen rumänischen Reigen –, und als ich plötzlich zu dem Lied »O tiefes Meer« überleitete, riß er dem Verschneider die Pelzmütze vom Glatzkopf und schleuderte sie aufs Podium vor unsere Füße. Das war als Einfall eines weinseligen Zechers nichts Ungewöhnliches, und ohne mit der Wimper zu zucken, machte ich mit den einleitenden Takten weiter, eine Aufforderung an die Sängerin, einzustimmen. Das tat sie auch, nutzte aber die kleine Pause, um in die Hocke zu gehen, die Pelzmütze zu ergreifen und sich aufzusetzen. Sie nahm sie sofort wieder ab und warf sie dem Verschneider zu. Unter Triumphgeschrei langten zehn Hände danach, um sie ihm wegzunehmen.

Von nun an verlor ich meine Sicherheit. Ich sah die Frau schnell von der Seite an: Sie sang, wand sich, streckte die Arme vor; sie sang gut, hingegeben, ja entrückt, aber etwas an ihr widersprach der beruhigenden Wirkung, die ich auf den Saal ausüben wollte. Sie blickte nicht mehr in die Ferne, sondern hinunter zu dem Verschneider, der sich noch immer mit den anderen um die Pelzmütze raufte, und obwohl ihre Lippen mit dem Formen der Töne beschäftigt waren, sah ich auf ihnen ein kaum merkliches Zucken, das sie zu unterdrücken suchte, doch ich erriet, daß das ein Lachanfall war. Sie war auf die Seite der Zuhörer übergegangen, in jene Bedeutung des Liedes jenseits des Liedes, sie diente nicht mehr mir, sondern ihnen. Und während mein Instrument den langsamen Rhythmus jenes fast gebetsähnlichen Liedes intonierte, diente ich ihr und konnte weder sie noch mich aus dem Gefälligkeitsspiel herausreißen, dieser Kette der Gewöhnlichkeit, diesem Aufruhr gegen die Musik.

Das schienen alle zu spüren. So wie sich bis eben noch mein Wunsch, mein Erlebnisprogramm auf die Zuhörer übertragen hatte, vibrierte jetzt im Gesang der Frau, in ihrem gezügelten Lachen und ihren ungezügelten Bewegungen, die erste Andeutung meiner Ohnmacht. Der Kampf um die Pelzmütze war gerade zu Ende, und Gara, der sie dem Müller weggenommen hatte, pflanzte sich vor dem Podium auf und streckte sie der Frau entgegen, wobei er dümmlich grinste und eine steife Verbeugung andeutete. Und obwohl sie die Trophäe nicht entgegennehmen wollte – sie schüttelte ein paarmal den Kopf, so daß ihr das ordentlich gekämmte schwarze Haar um den Nacken flog –, gab Gara die eroberte Position nicht mehr auf. Er kehrte nur kurz zu seinem Tisch zurück, stülpte dem Verschneider die Pelzmütze über, ergriff ein volles Glas und kam damit wieder, ebenso gespreizt, mit demselben dummen Grinsen im spitzen Gesicht. Ich versuchte ihn lahmzulegen, spielte den ganzen Refrain des Liedes noch einmal; doch er blieb geduldig vor dem Podium stehen und starrte die Sängerin an, das Glas in der erhobenen Hand. Und als ich endlich den gedehnten Schlußakkord spielte, verbeugte sich Gara wieder so steif, hielt aber die Hand erhoben und bot der Sängerin das Getränk an, fast unterwürfig. Für einen Moment wurde es still, mein Herz stockte, ich sah undeutlich, wie sich Markos weiße Jacke über den Tresen zu Krušić beugte, denn die Frau wagte ich nicht anzublicken; da erscholl ein heiseres, wildes »Hurra!«, und ich wandte mich um. Die Frau hatte das Glas genommen, an die Lippen geführt, ausgetrunken.

Sie hatte das freilich auch am Vormittag mit ihren Begleitern getan; aber da hatte sie unter Zwang getrunken, wie sie auch gesungen hatte, während sie jetzt das Glas mit jener entrückten Gebärde hob, mit der sie die Arme in die Ferne der Erinnerung oder Sehnsucht gestreckt hatte, und auf das betrunkene »Hurra!« lächelte sie sogar, mit den Mundwinkeln, fast bitter, als spotte sie über sich, aber es war ein Lächeln wie eben im Lied – und als sie das Glas zurückgab, schaute sie auf einmal mich an. Dieser Blick machte mich sprachlos! Er war so durchdringend, als wollte sie sagen: »So weit hast du mich also gebracht!«, aber zugleich funkelte auch eine neugierige Frage darin; sie schien mich zum erstenmal richtig zu sehen und das seltsam, aber angenehm zu finden. Hätte sie mich nur etwas früher so angeschaut, bevor Gara ihr das Glas entgegenhob und sie es leerte! Da hätte ich vor Glück einen Luftsprung gemacht, denn sie hatte mich endlich bemerkt, nicht nur als einen Leidensgefährten, sondern als einen Menschen, der zu geben weiß und etwas zu geben hat: der Lasten leicht macht und aus dem erzwungenen Lied die Freude am Singen entstehen läßt. Jetzt aber war mir bange, und ihr munterer, leichtsinniger Blick bestätigte das nur: Ja, ihr würde etwas geschehen, und an dem, was da geschah, würde ich schuld sein.

Zum Grübeln war es indes zu spät, ich konnte das Rad aus Wandlung und Schuld nicht mehr aufhalten; sie selbst hatte sich seiner bemächtigt und es in den Strudel gedankenloser Fröhlichkeit gelenkt. Sie riß ihren Blick los, richtete sich auf, streckte die Arme vor und begann, ohne die Vorgabe des Akkordeons abzuwarten, seine Begleitung herauszufordern und das zu singen, was uns an diesem Abend am engsten verband, wie sie – mit welchem Herzklopfen ich das begriff! – schon bemerkt hatte:

Weißt du noch, Liebster,
den Pflaumenhain,
wo wir einmal waren
beim Stelldichein?

Wie sie jetzt dieses Lied sang! Sie sang es nicht eigentlich, sie sprach es, betonte nur die Akzente mit Tonwindungen, die Lachen und Weinen zugleich waren. Das war nicht mehr jenes einfache und keusche Lied, sondern ein ganz neuer Klang, ein zartes, aber dennoch heißes Murmeln, ein impulsives und rückhaltloses Geständnis. Sie sang jetzt nicht für den Saal, sie war wieder in die Ferne gerückt, in die Ahnung von etwas noch nicht Bestehendem; doch die Erregung ihrer Stimme verriet mir, daß diese Ahnung bereits einen Führer suchte oder vielleicht fand, dem nachzugehen sie bereit war. Wohin? Das wußte die Frau in ihrer Unerfahrenheit sicher nicht; und ich, der es wissen konnte, versuchte nicht daran zu denken, denn ich fühlte mich schon außerstande, sie zu lenken, ja, ihr zu folgen, schwach, verzweifelt, krank. Ja, krank, und wie krank! Jene erste, gierig aus eitlem Antrieb gesogene Kraft war erschöpft, im Mißtrauen verbrannt. Ich fühlte Ermattung in den Beinen, war schweißgebadet, und meine Hände, die den Balg des Akkordeons abwechselnd auseinanderzerrten und zusammenpreßten, zogen mich nach unten wie zwei Gewichte. Vor meinen Augen flimmerte es, der Saal wogte, Schweißtropfen liefen mir über die Brauen in die Augen wie Tränen. Hätte ich wenigstens aufhören können zu spielen! Aber das ging nicht, weil jetzt die Sängerin mein Spiel forderte, plötzlich voller Entschiedenheit, die vielleicht die erste Erkenntnis des eigenen Talents war, vielleicht Rache für das späte Erwachen, vielleicht Hoffnung – ich wußte es nicht –, jedenfalls etwas so Starkes, Mächtiges in ihrer Stimme, ihren Bewegungen, ihrer Haltung, daß ich sie begleiten mußte, jetzt gehorsam und gequält, so wie ich einst, todkrank, mit dem geschulterten Akkordeon der Kolonne gefolgt war, die von Gara mit gezückter Pistole in den Kampf geführt wurde.

Ach, dieser Gara! Auch jetzt konnte er nicht auf sein Machtsymbol, dieses Signal zum Blutvergießen verzichten. Das Lied war beendet, meine Finger ruhten unschlüssig auf den Tasten, um von nun an auf die Entscheidung der Sängerin zu warten – und er tat vor dem Podium einen Schritt nach vorn, griff in die Gesäßtasche und riß die Hand hoch: Im nächsten Augenblick krachten kurz nacheinander zwei Schüsse aus seinem Revolver. Er schoß natürlich, wie in betrunkenen Nächten üblich, an die Decke – obwohl es verboten war –, und ich beobachtete, wie sich zwei Mörtelbrocken lösten und merkwürdig langsam, wie getroffene Vögel, herabsanken und Gara vor die Füße fielen. Ich bekam keine Angst – an derartige Anwandlungen war ich seit langem gewöhnt –, dennoch schreckte ich auf wegen der Angst der Sängerin. Nicht um über sie zu wachen, sondern im Gegenteil: mit Hoffnung auf diese Angst. Ich hoffte, daß die für sie ungewohnten, dummen Schüsse sie erschütterten, ihr die Gefahr vor Augen führen würden, in der sie sich befand – die Gewalttätigkeit der Gesellschaft, der sie sich allmählich ergab –, daß diese Signale ihr Frauenherz vereisen und sie aus den Träumereien reißen würden. Das erwarteten wohl auch die anderen, natürlich mit gegenteiligen Gefühlen, denn die Stille nach den Schüssen zog sich seltsam hin, und ich hatte den Eindruck – obwohl ich nur sie ansah –, daß aller Blicke hierher gerichtet waren, daß alle den Atem anhielten wie vorhin, als sie das Glas entgegennahm, nur gespannter, fast drohend. Doch sie war nicht erschrocken, oder sie zeigte es zumindest nicht. Sie fuhr zusammen, das sah ich, aber nur körperlich, wie unter einem leichten Kälteschauder. Dann neigte sie ein wenig den Kopf und blickte mich an, wieder so fragend, aber ihre Augen leuchteten unerschrocken, mir schien sogar, als läge auf ihrem Grund ein wildes Funkeln. Sehr langsam hob sie wie spielerisch den dünnen Arm, und aus ihrem weichen, in den Winkeln spöttisch zuckenden Mund ertönte wieder einladend, bekräftigend, unwiderruflich die Melodie:

Weißt du noch, Liebster,
den Pflaumenhain,
wo wir einmal waren
beim Stelldichein?

Das Publikum brüllte begeistert, erhob sich. Als wäre der letzte Damm gebrochen. Das Signal zum Sturm war gegeben, und alle hatten es gehört; sie waren nicht mehr aufzuhalten. Sie hüpften wie Ziegenböcke, kreischten, tranken und nötigten uns zum Trinken, und da ich ablehnte – ich konnte einfach nicht trinken, beim ersten Schluck Wein hätte sich mir der Magen umgedreht –, bedrängten sie um so mehr die Frau. Und sie wollte! Anfangs in Abständen, wobei nach jedem Glas ihre Blicke immer kühner und herausfordernder wurden, und dann hastig, gierig, ohne mich weiter anzusehen; bis sie die Arme ausstreckte, nicht in eine unbestimmte Ferne, sondern der vor ihr wogenden Menge entgegen, Gara entgegen, der sie belauerte und mit einem gefüllten Glas angelaufen kam. Schließlich wurde sie mitsamt dem Glas gepackt und vom Podium gezerrt, so daß sie schnell aus dem Mantel schlüpfen mußte, um den betrunkenen Ansturm abzuwehren. Das kam ihr komisch vor, und sie drückte mutwillig ihren Mantel dem Verschneider in die Arme; und obwohl sie sich gleich darauf nach mir umwandte zum Zeichen, daß das Lied – unsere Beziehung – weiterginge, und obwohl ich ihr verzweifelte Blicke zuwarf, kehrte sie nicht mehr aufs Podium zurück. Sie stand jetzt nur im Kleid, aufrecht, die kleinen Mädchenbrüste straff unter dem dünnen Stoff, inmitten des wogenden Kreises aus Männern, die sie umtänzelten, mit ihrem Atem beschmutzten, sie maßen und musterten; offenbar begriff sie nichts, denn sie sang weiter in voller Lautstärke, jetzt ständig mir zugewandt mit ihrem herausfordernden Blick, ihrem Körper, der nicht mehr nur das

Spiel meiner Finger begleitete, sondern staunend nach einer Antwort suchte. Die Antwort, die ich da schon wußte, aber die auszusprechen ich nicht die Kraft hatte; vielmehr sah ich sie bloß an und spielte, wenn auch todmüde, krank; ich spielte, weil es keinen Ausweg mehr gab, weil auch ich in meiner Schwäche wie sie in ihrer Ekstase ergeben auf das Ende des irren Treibens zueilte.

## 13

Ich empfand es wie ein Geschwür, das wir in der Furcht belauern, daß es aufbrechen könnte, obwohl wir wissen, daß es aufbrechen muß, damit uns besser wird. Am liebsten hätte ich mein Instrument aufheulen lassen wie eine Sirene und ihr zugerufen: »Halt! Was tust du da? Weißt du nicht, daß sie dich in Stücke reißen und zertreten werden?« Zugleich betete ich darum, daß sie es nicht zu früh erfuhr, daß sie sich in ihren Rausch hineinsteigerte, damit es ihr danach weniger weh tat. Hatte nicht ich sie in all das hineingezogen? Hatte nicht ich mit meinem Spiel ihre Starre einer Anfängerin gelöst, ihren Stolz, ihre Scheu gebrochen, sie als erster dazu gebracht, den Mantel abzulegen, sie zur echten Kaffeehaussängerin geformt? Und schließlich, hatte sie nicht selbst danach gestrebt, als sie mit den beiden Gaunern zu ihrer Reise durch Dorffeste und Märkte aufbrach? Jetzt war für sie der Moment gekommen, die Prüfung zu bezahlen, so wie jeder bezahlt, wenn er aus der Unwissenheit hinübergleitet in die Erfahrung des Handwerks; wobei es vielleicht nur eine Erleichterung ist, wenn es in Trunkenheit und Geistesabwesenheit verläuft und nachträglich vom Katzenjammer getrübt wird. Später, wenn sie begriff, was geschehen war, würde sie gefestigter sein. Sie würde berechnen können, sich bewußt auf das einlassen, was sie beim erstenmal übermächtig mitgerissen hatte, und ihren Vorteil im Auge behalten …

Darum sträubte ich mich nicht – ebensowenig wie sie –, als das Ende kam: Marko begann abzukassieren, und Gara, der stand, wie jetzt alle, schob nach jedem dem Kellner hingeworfenen Tausender einen der Sängerin in den Ausschnitt. Damit markierte er sein Eigentum, wie man eine Kuh mit einem Brandzeichen markiert; es war aber auch ein Betäubungsmittel nach den Gewaltausbrüchen, die sie nicht abgewehrt hatte: Sie lachte, geschmeichelt, betrunken, mitten in der Menge, die dem Spender begeistert applaudierte; sie gab das Geld nicht zurück, sondern zog es Schein um Schein aus dem Ausschnitt und betrachtete es von beiden Seiten – dieses mächtige Papier, nach dem sie immer gedürstet hatte in ihrer Armut und Verlassenheit, deren Ursachen ich nicht kannte, aber deren Dimensionen ich aus ihren in die Ferne gestreckten Armen erahnt hatte. Jetzt konnte sie sie nicht mehr ausstrecken: Sie war durch Gewalt und Geld hier festgeschmiedet; zwar in Unwissenheit, in Trunkenheit, aber der Preis für sie war bezahlt, und wenn sie sich in einem entscheidenden Augenblick wehrte, so hätte das gegen die Abmachung verstoßen, man hätte sie wütend gezwungen, das Geld zurückzugeben. Angewidert wandte ich den Kopf von ihr ab.

Ich wandte mich ab, nahm die Finger von den Tasten, hörte auf zu spielen, obwohl da unten das Lied noch weiterging, in den Pausen zwischen den Lachsalven angeführt von ihrer ekstatischen Stimme und aufgenommen, häßlich verzerrt durch rohes Gebrummel. Das war nicht mehr mein Lied, dieser Kauf, diese Verabredung, dieses gegenseitige Hofieren, diese Betäubung des Gehörs, diese Geschmacklosigkeit, dieser Sturz in offene Begehrlichkeit. Diesen Sturz begleiten, mich dem trunkenen Schluckauf anpassen, das wollte ich nicht mehr; und ich wurde anscheinend dafür auch nicht mehr gebraucht. Ich stand mit dem Rücken zur Wand, das Akkordeon müßig geschultert, die Arme untätig gesenkt, ohne etwas zu sehen, aber ganz Ohr: falls jemand rief, rebellierte, weil ich schwieg ... Aber niemand rief, auch nicht die Sängerin; sie grölten da unten betrunken ihr Lied, ohne Harmonie und Sinn, schrien, lachten – ich hörte auch die Frau kichern, wohl angestachelt von einem weiteren Tausender –, sie brüllten ungezügelt, als wäre ich nicht mehr da mit meinem Akkordeon, das sie doch in diese Trunkenheit geführt, gelockt, gewiegt hatte. Ja, niemand brauchte mehr mein Akkordeon! Es hatte seine Rolle gespielt wie ich im ersten Andrang des noch unbestimmten, noch nicht kühnen Wunsches, hatte ihm Form gegeben und den Weg zur Verwirklichung gewiesen; jetzt aber, da die Verwirklichung, der lebende, erhitzte, eroberte und gekaufte Körper der Frau in Reichweite war, konnte mein Lied, mein Akkordeon verschwinden, weggeworfen, vergessen werden. Auf einmal merkte ich, wie schwer es war, wie es mir in die Schultern schnitt, mich zu Boden zog, und auf der Brust, am Körper brannte, dieses Anhängsel, diese erstickende Umarmung, diese Schande, diese Lüge – und daß ich mich davon befreien mußte.

Ich warf das Instrument mit einem Ruck ab und ließ es zu Boden fallen. Es quiekte wie ein getretenes Tier und wimmerte kläglich, während es sich aufblies wie eine schmierige gedunsene Leiche. Das war es auch, die Leiche meiner Eitelkeit, meiner kupplerischen Kriecherei, meiner dummen senilen Hoffnung. Es mußte wirklich beseitigt werden, aber für immer, wie man eine Leiche begräbt, damit sie nicht mehr stinkt und Seuchen verbreitet; es sollte nicht mehr an mir hängen, meine Kraft fressen, mir rührende Bemühungen entlocken, um andere zu berauschen und selbst immer wieder krank zu werden. Ich stieß mit dem Fuß danach, aber das Instrument war steif wie ein

Toter, seufzte nur heiser und dehnte sich wieder mit gefletschten weißen Zähnen. Etwas abseits lag der schwarze Kasten, ich bückte mich und zog das Akkordeon an den Riemen näher heran. Dann drückte ich es zusammen, paßte aber auf, keine Taste zu berühren, weil es mich anwiderte, seinen Ton auch nur zu hören, und versuchte es anzuheben. Aber ich konnte nicht. Meine Beine zitterten, meine Arme zitterten, mein ganzer Körper zitterte vor Erschöpfung. Aber vielleicht zitterte ich und verhedderte mich wegen des Geschehens, das sich, für mich unsichtbar, hinter meinem Rücken abspielte, sich aber dem nüchternen Gehör aufdrängte: das Verebben des Liedes, aufgeregtes Murmeln, Füßescharren, Türenknarren – die Frau war endgültig fortgegangen. Sie hatten sie, betrunken und entrückt, wie sie war, mitgenommen und mich, wie immer bei ihren mörderischen Männergeschäften, mit meinem Akkordeon alleingelassen, damit ich es verpackte und bis zum nächsten Sturm hütete. Aber jetzt hütete ich es nicht mehr. Ich stieß es mit Füßen und Händen wie einen Stein, rollte es und stopfte es in den Kasten, daß es dumpf aufprallte wie in ein Grab. Noch einen Moment fletschte es mir seine nackten weißen Leichenzähne entgegen, dann schlug ich den Deckel zu und ließ die Schlösser zuschnappen. Jetzt war da nur noch ein schwarzer Sarg, eine Sache, die weggeräumt werden mußte, damit sie nicht im Weg war. Ich wußte, daß ich den Sarg nicht mehr auf den Schrank stellen würde – wozu auch? –, ich wußte, daß ich ihn nicht in mein Zimmer bringen würde, weil mir die Kraft dazu fehlte. Marko wird das bis morgen erledigen, dachte ich erleichtert und wandte mich zum Saal um.

Auch das war eine Erleichterung: die graue Einöde des Saals, in dem die großen Lampen inzwischen gelöscht waren und die verbliebenen Figuren – Marko und Krušić – beruhigend wirkten wie bleiche Schatten. Gara war nicht mehr hier, also auch nicht die Sängerin; sie war wer weiß wo, auf der Straße, in einem Biergarten, einer Scheune, im Wind, mit ihrem Schicksal einer betrunkenen und erschreckten und gekauften Sängerin, einem Schicksal, das sie, bewußt oder nicht, selbst erwählt hatte. Ich wollte sie nicht sehen, und zum Teil deshalb hatte ich mich so lange mit dem Akkordeon beschäftigt. Was jetzt mit ihr geschah, war ohnehin jenseits meines Einflusses durch Lied und Musik, also war es besser, daß wir einander nicht mehr sahen, um einander den Schmerz zu entlocken. Wir beide brauchten möglichst bald unsere Ruhe. Man mußte ganz schnell weggehen.

Wie durch eine graue Wolke sah ich, daß Marko den Schlüssel in die Eingangstür steckte und Krušić hinter dem Tresen sein wohl letztes Glas leerte. Marko rief mir zu: »Brauchst du Hilfe?«, doch ich antwortete, daß ich das Akkordeon nicht mitnehmen würde. Wahrscheinlich glaubte er, daß auch ich betrunken war, wenn ich mein Instrument hier auf dem Podium zurückließ, und das war das beste, dachte ich, als ich hinunterstieg. Ich konnte mich kaum von der Stelle bewegen, alle Glieder schmerzten, als wäre ich verprügelt worden. Aber es tröstete mich, daß ich in wenigen Minuten in meinem Bett sein würde, allein und in der Stille.

Dennoch kam mir Marko ans Podium entgegengelaufen. Er streckte die Hand aus: »Das ist von Gara für dich«, sagte er, und ich verspürte die vertraute Berührung eines zerknüllten Geldscheins. Im ersten Moment zog ich instinktiv die Finger zurück, doch das Papier fiel nicht herab, es grub sich in die Falten des Handtellers. So behielt ich es also. War ich nicht ein Musiker? War ich nicht gekauft worden, auch ich, um jenen anderen Kauf zu ermöglichen? Mir zitterten die Beine, mir war schwindlig, ich wollte nur noch in mein Zimmer, in mein Bett, hatte nicht die Kraft, mich mit Marko auseinanderzusetzen, und schleppte mich schweigend weiter zum Vorraum. Marko redete dabei auf mich ein, ich glaube: daß ich sehr gut gespielt hätte; aber das mochte ich absolut nicht hören, und so hörte ich auch nicht hin, als er mich zu überreden versuchte, noch ein bißchen im Saal zu bleiben und etwas mit ihm zu trinken. Er zupfte mich am Ärmel, blickte mir ins Gesicht und sagte höhnisch etwas, was ich nicht verstand, aber ich spürte, daß es mit Gara und der Frau zusammenhing und daß ich mich sofort übergeben würde, wenn er mich nicht in Ruhe ließ. Ich riß mich gewaltsam los und stolperte zur Wand, wo ich mir den Ellenbogen stieß und – wohl vor Schmerz – ganz deutlich hörte, wie Krušić hinter dem Tresen sagte: »Laß ihn doch, er ist betrunken.« Dieser Irrtum ermutigte mich, besänftigte meine Übelkeit und gab mir die Kraft, in den Vorraum zu entkommen.

Ich ging hindurch zum Hof, unter den Himmel und den Regen, der immer noch fiel. Er näßte mir sofort den Kopf und goß mir einige Tropfen in den Kragen, so daß ich erschauderte. Jedoch nicht nur von der nassen und kalten Berührung. Der Hof war voller Menschen, sie atmeten geräuschvoll neben mir unter dem Vordach, patschten durch die Pfützen, redeten halblaut und erregt, stießen sich auch vor der gegenüberliegenden Mauer an, warfen unruhige Schatten auf die erleuchtete Glasscheibe meiner Tür. Hatte ich etwa das Licht brennen lassen? war der erste Gedanke, der aus dem Entsetzen auftauchte, um gleich wieder verschluckt zu werden. Was taten diese Männer hier? Mile, Stepa Krpar, Marinko? Waren sie nicht eben weggegangen? Hatte ich ihnen nicht den Rücken gekehrt, damit sie in Ruhe verschwinden konnten mit der Beute, die ich ihnen mit meinen Liedern in die Hände gespielt hatte? War das nicht genug?

Nein, es war nicht genug – durch das Stimmengewirr

drangen gedämpfte Schreie, Flüche –, ich mußte mich verstecken, um nicht zu sehen, nicht zu hören, nicht zu wissen. Ich hätte mich umdrehen und zurückkehren sollen; und ich wäre vielleicht auch zurückgekehrt, angeekelt von ihrem Verhalten, hätte meine Müdigkeit nicht so nach dem Bett gelechzt. Ich konnte mich kaum auf den Beinen halten, und das Fieber schüttelte mich, so daß mir die Zähne klapperten. Ich wußte, was das bedeutete: hohe Temperatur, Delirium, Hustenanfälle, Blutspuren auf dem Kissen, diesmal vielleicht auch den Tod. Ich war ein Musiker, aber ein todkranker Musiker, und das mußten sie wissen. Sie hätten nicht wagen dürfen, mir, einem Schwerkranken, das Zimmer wegzunehmen; sie hätten sich nicht erinnern dürfen, daß dieses Musikerzimmer eigentlich ein Mägdezimmer war, in dem sich einstmals die Betrunkenen befriedigt hatten; sie hätten es vergessen, fallenlassen müssen, so wie ich mein Akkordeon, mein Lied, meine letzte Liebe hatte fallenlassen, als ich ihnen und dem Saal den Rücken kehrte.

## 14

Das waren meine Gedanken im ersten Fieberschauer, der rechtfertigte, daß ich nicht zurückging, sondern vorwärtsstrebte, um mein Zimmer zu erreichen und ins Bett zu sinken. Wollte ich sie zugleich stören? Natürlich, und ich lechzte danach ebenso wie nach der Wärme, die mit ihrer Glut alsbald den Schüttelfrost ablösen würde. Aber vor allem wollte ich Ruhe, während ich den glitschigen Hof überquerte, mit ihnen zusammenstieß, die mich in der Dunkelheit, in ihrer dunklen Erregung gar nicht richtig wahrnahmen. Sie bewegten, stießen, schoben mich voran, selbst in zitternder Gier nach dem Wunderbaren und

Schrecklichen, das sie hinter der Tür erwartete. Das hielt sie für Augenblicke auf, warf sie einen ängstlichen Schritt zurück; mich, den Unschuldigen, nicht, und so befand ich mich schließlich vor ihnen im Spalt der Tür, deren Klinke ihre Hände abwechselnd ergriffen und losließen wie ein heißes Eisen. Ich stand auf der Schwelle meines Zimmers und wurde dann hineingeschoben, auf das Bett zu geschoben – denn mein Beispiel gab ihnen den Mut, vorzeitig, außerhalb der Reihe einzudringen –, vor dem mir Garas halb gebückte, sehnige lange Gestalt den Weg versperrte: mit vorgerecktem Gesäß, weit ausgestreckten Armen, um den Widerstand eines blauen Kleides zu überwinden, das Gestikulieren eines dünnen weißen Arms zu stoppen, die Schreie aus einem weichen, in den Winkeln traurig gesenkten Mundes zu unterdrücken, mit stachligem Kinn ein eingefallenes blasses Gesicht zu zerkratzen, schwarze, runde, mädchenhaft ängstliche Augen zu verdecken. Da war dieses Geschwür, dieses unvernünftige Gewächs zwischen mir und diesem Bett, zwischen mir und der Frau – mit seiner Aggression, seinen wütenden Zuckungen, seinem heiseren Befehl »Du mußt!«, mit dem vorgestreckten spitzen Hinterteil, diesem unermüdlichen Kolben der Gewalt und Lüsternheit, aus dessen Taschenschlitzen wie die Speichen eines Steuerrads die Brieftasche und der Pistolenknauf ragten. Blitzschnell griff ich nach beiden zugleich, als hätte ich ihn damit wirklich vom Bett jagen können; doch als meine Finger den glatten kalten Knauf der Waffe berührten, vergaß ich das andere und zog nur die Pistole heraus. Jetzt war er in meiner Hand, sein Siegesschrei, dieser Sturmbefehl, dieser Mörser seiner Gewalt, der tödliche Stahl, den er mir entrissen hatte, um mir statt dessen das Akkordeon in die Arme zu drücken, damit ich ihm beim Angriff aufspielte. Ich zog zweimal am Hahn, wie er vorhin im Saal. Ich hörte seinen Schrei und sah dann, wie er sich plötzlich beruhigte, erstarrte und mit gespreizten Armen aufs Bett sank, über jenes blaue Kleid, das schlaff herunterhing wie eine zerfetzte Fahne, über ein entblößtes Bein, das zitterte wie der Flügel eines eingeklemmten Kükens. Ich berührte ihn nicht, ließ alles, wie es war, sollte sie sich unter ihm hervorwinden, sollte sie sich an seine blutige Nähe gewöhnen, die sie zusammen mit mir leichtsinnig herausgefordert hatte und vor der sie dann zurückgeschreckt war. Ich wandte mich ab und zog wieder am Hahn, und jetzt fiel Marinko, der als nächster bei ihr an der Reihe sein wollte. Dann schoß ich auf jene, die im Weglaufen die Tür verkeilten, stieg über sie hinweg, trat auf den Hof, zwar mit weichen Knien und fast unfähig, die kleine Pistole in der Hand zu halten; aber innerlich leicht, als lebte auch ich nicht mehr. Noch im Hof schoß ich auf die Schatten, die in die dunklen Winkel auseinanderstoben; ich schoß, bis das Magazin leer war.

# Ohne einen Schrei

Ich wußte von dieser Feierstunde auf dem Friedhof, ging jedoch nicht hin. Mich stieß der stereotype Ton der Lokalpresse ab, die den Namen der prominenten Teilnehmer mehr Gewicht gab als dem tragischen Anlaß selbst: Gedenken an die Opfer der Okkupation. Die drei-, viermal veröffentlichten kurzen Meldungen ließen bereits die Atmosphäre der Reden und Gegenreden ahnen, der Kränze, der anbefohlenen Trauer und der erhabenen Gedanken, diese Atmosphäre, die selbst aufrichtigste Gefühle zu ersticken vermag. Aber was kann man schließlich tun? rechtfertigte ich die konventionellen Aktivitäten und erinnerte mich an die eigene Nachlässigkeit, an das kaum gehaltene Versprechen, das ich mir am Ende des Krieges im Gefühl des Glücks über die eigene Rettung gegeben hatte: Diejenigen, die in den vergangenen gefahrvollen Jahren vom Ufer des Lebens gerissen worden waren, nie zu vergessen und, solange ich existierte, meiner Freunde und Bekannten unter ihnen zu gedenken. Und was war von dem Vorsatz geblieben? Hin und wieder ein flüchtiges Erinnern beim Vorübergehen an einem vertrauten Haus, in dem ich als Kind mit einem von ihnen gespielt hatte, oder bei der Begegnung mit jemandem, der einem der Verschwundenen ähnelte, oder in Augenblicken plötzlicher Ernüchterung mitten in einem Vergnügen oder einer Arbeit; aber immer taucht der traurige Gedanke nicht um seiner selbst willen auf, sondern zufällig, und er dient eher als Ausrede für ein bißchen poetische Wehmut. Und Reue war geblieben wegen der schlimmen Vergeßlichkeit, dazu der nebelhafte Schwur, eines Tages durch sehr-sehr konzentriertes Gedenken zu büßen, mir alle nahen Gesichter vor Augen zu führen, all ihre Züge, Gesten, Gewohnheiten nachzuerleben – was für eine absurde, naive und nutzlose Idee. Und wie ähnlich dieser konventionellen Gedenkfeier, die schließlich die gleichen Voraussetzungen hat und es jedem ermöglicht, seine Schuld abzutragen – Anlaß zum Nachdenken oder zur Klage, je nach Veranlagung.

Aber trotz alldem ging ich nicht hin – und sei es aus Angst, daß die Veranstaltung sich wirklich als Tag der Buße erweisen könnte, als Tag der Buße, den zu begehen ich mir jahrelang gelobt hatte, dem ich jedoch nicht gewachsen war, so daß er unwiederbringlich verstreichen würde, ohne daß ich etwas für meine toten Freunde getan hätte. Die Eindrücke würden mich überwältigen – nicht die aus der Vergangenheit, die ich mir vergegenwärtigen müßte, sondern die von heute: die Menschenmenge, die Begegnung mit Bekannten, die Reden und dann die dumme Besorgnis um das eigene Verhalten, die der Mensch bei solchen Gelegenheiten nicht abschalten kann. Und als wäre sogar der Organismus aufgerufen, Zweifel dieser Art zu rechtfertigen, ergriff mich am Tag des Gedenkens eine so tödliche Trägheit, daß es heuchlerisch gewesen wäre, in solcher Stimmung auf den Friedhof unter die schwitzende Menge zu gehen, eine Stunde oder zwei dazustehen, während die Füße anschwellen und man sich nur wünscht, möglichst bald verschwinden zu können. Es war ein heißer Augusttag, überwölbt von einem zornigen Himmel, aus dem die Sonne tropfte wie glühendes gelbes Wachs. Den ganzen Sommer über war ich täglich zum Baden gegangen – warum nicht auch heute? Immer noch besser als verlogene Betroffenheit – jedenfalls angenehmer, ergänzte die spöttische Selbstkritik. Die Stunde für die Feier ist furchtbar dumm angesetzt, für vier Uhr am Nachmittag, wo die ärgste Hitze herrscht – sie haben es verdient, daß man nicht hingeht. Verdient? Wer? Die

Veranstalter? Schon diese mechanische Reduktion auf die Veranstaltung, auf die gesellschaftliche Verpflichtung bewies, daß ich in dem Moment nicht würdig war, mit denen zu kommunizieren, um die ich hätte trauern müssen.

Dennoch zögerte ich noch. Mit dem Mittagessen beeilte ich mich nicht wie sonst, wenn ich es kaum erwarten konnte, mich aufs Rad zu schwingen und zum Strand zu fahren. Ich aß lustlos, sah ständig auf die Uhr, in den Himmel, beurteilte das Wetter und sagte mir, daß es eigentlich nicht besonders schön war, eher zu heiß, vielleicht lohnte es nicht, für ein, zwei Stunden Badevergnügen aufs Rad zu steigen, denn bis vier... Da fiel mir wieder ein, daß ich nicht zum Friedhof gehen würde und demnach den ganzen Nachmittag frei hätte; ich sah erneut abwechselnd und ungeduldig auf die Uhr und in den Himmel. Bis mich die eigene Unentschlossenheit anwiderte und ich hastig, fast wütend zum Strandbad aufbrach.

Dort wurde plötzlich alles weit und frei. An diesem Ausgang aus der Stadt, von ihrem Lärm und Gewimmel abgeschirmt durch Reihen dichtbelaubter Pappeln und weißgetünchter Bretterkabinen, hübschen Miniaturen, die kaum an den Menschen und seine groben Bedürfnisse erinnern, sondern sich kindlich sanft über seinen bauherrlichen Ernst lustig zu machen scheinen; hier, auf dieser Handvoll Natur, die sich sehnsüchtig aus dem stickigen und engen Ärmel der Stadt reckte, gab es nur Ruhe und Zufriedenheit. Der vom Rahmen der Dächer befreite Himmel hing nicht mehr schweißklebrig und tief, sondern floh in eine tiefe ätherische Bläue und ließ die Erde unter sich frei und glücklich atmen. Die kilometerweit übersehbare Landschaft am Donaulauf ruhte dankbar entspannt. Am Horizont wellte sich sanft der Srem mit seinem Grün; diesseits, wo ich wie Hunderte andere meinen von der Kleidung befreiten Körper der Sonne darbot, erstreckte sich in umgedrehtem Halbkreis der ebene Sandstrand, weiß und entblößt wie ein Arm auf dem Kopfkissen. Und durch diesen harmonisch geformten Schoß, die Begegnung all dieser Grüße aus Weite und Farben, zog sich lautlos das blaue Band der Donau.

Ich mußte wie jedesmal stehenbleiben, um das vertraute Bild in mich aufzunehmen. Es war mir niemals gleichgültig geworden und niemals selbstverständlich. Immer schien es etwas Neues zu offenbaren: einen besonders weich modellierten Gebirgssattel, der die ganze hügelige Gliederung der Fruška Gora wie mit einem gedämpften Akkord in die breite Fläche des Flusses entließ; die ausgeprägte augentiefe Schattigkeit eines kleinen Tals; die bläulichen oder grauen oder rosa Reflexe des Gemäuers von Petrovaradin; das glühende Funkeln des Sandes, der in der Dämmerung schmeichelnd sein kann wie Samt, doch an unruhigen Tagen unter tiefen Windstößen schneidend; und schließlich die Vielgestaltigkeit der Donau selbst, die mal still dahinrinnt, als lausche sie dem Rollen der winzigen Sandkörner, mal sich unruhig in ihrem Bett wälzt wie ein launisches Mädchen, mal fröhlich unter der goldenen Decke der Sonne hüpft, mal ernst und weise in den Abendfrieden sinkt.

Aber ich liebe die Donaulandschaft am meisten so, wie sie an jenem Tag war: hell und rein, der Sonne und der Mittagsruhe hingegeben wie ein riesiger Afrikaner, der sich im Einklang mit der Natur ernährt und kleidet und reinigt und selbstzufrieden seine endlosen Sommer verbringt. Mich umfing ein Gefühl großer Beruhigung wie vor einer sehr schönen und sehr starken Frau, die jedoch wohlgeneigt und treu ist, ein stilles und etwas wehmütiges Gefühl, aber voller Gewißheit und Achtung und bebender Bewunderung, das Spiel und Scherz, mutwillige Erpobung der eigenen eitlen Kraft nicht zuläßt, sondern bescheidene Hingabe ans Selbstvergessen verlangt.

Langsam und demütig ging ich hinab zum Ufer, dorthin, wo der Fluß es ständig befeuchtet, mal andrängt, dann sich wieder mit seinen tausend Spiegeln zurückzieht in einem fast unmerklichen, beiläufigen, zerstreuten Spiel seiner Finger, unter denen dann ein schmaler, spitzengesäumter Uferstreifen in unvergleichlicher schimmernder Glätte aufscheint – und als ich noch einmal die Landschaft in mich aufgenommen hatte, stieg ich in triumphaler Erwartung jenes feinen Kribbelns von der plötzlichen Abkühlung des verschwitzten Körpers in dieses Reich der Wellen und unsichtbaren Strömungen, erhaschte, ertastete und erlauschte sie zuerst mit Füßen und Beinen, dann mit Hüften und Brust bis hin zu dem jubelnden Augenblick, da ich mich ganz der Wonne hingab und mich von dem balsamischen Strom nach seinem freundlichen Willen treiben ließ. Mit völlig entspanntem Körper wie ein Fisch, ein Klotz, eine vom Ufer abgelöste Erdscholle, und wie sie ohne Gedanken, schwamm ich flußabwärts, spürte nur die durchsichtige Liebkosung des Wassers, betrachtete mit unstetem Blick über das Wasser hinweg, aus dem Wasser heraus diese stille blaue Ebene um mich und die feierlich und ruhig zurückweichenden Ufer, die dennoch treu neben mir blieben, und das Himmelsgewölbe mit der glühenden Sonnenfackel – und dabei war ich selbst vollkommen ruhig in meiner schwebenden Schräglage inmitten des gütigen Elements, ohne ein Gefühl für die Zeit, für mich, für meinen Wunsch, es möge so weitergehen.

Es währte einen langen Augenblick, und als ich endlich innehielt und mich mit ein paar leichten Bewegungen dem Ufer näherte, um meinen Körper, von dem alle Schwere abgefallen war und von dem unter den Küssen des Flusses aller bei Mühe und Plage abgesonderte Schmutz abgespült schien, der Sonne auszusetzen, als ich mich abgekühlt, mir selbst sympathisch im Schauer des Genießens, im heißen, spröden Sand ausstreckte – da war ich in plötzlicher Erinnerung an das Versäumnis dieses Tages nicht imstande, diese Donau mit jener in Verbindung zu bringen, die vor nicht allzu langer Zeit mehr als tausend blutende Körper verschlungen hatte.

Ich konnte es nicht, wenn auch der Vergleich mit einer Mischung aus grotesk Irrealem und Wirklichem verlockend war und mich so stark ergriff, daß ich zusammenzuckte und mich aufrichtete. Nein, es war unmöglich, sich das vorzustellen, obwohl es zutraf, daß hier, genau hier, vor zehneinhalb Jahren an zwei Januartagen 1942 Mörder und Opfer aufeinandergetroffen waren, blutige Leichen gelegen hatten, halberschlagene Menschen schreiend in ebendiesem Wasser versunken waren. Daß unter ebendiesem, damals seelenlos grauen Himmel, auf ebendiesem, damals von vereistem Schnee bedeckten Sand halbnackte Menschen im Ostwind stolperten und fast wahnsinnig vor Entsetzen im Gemetzel vor sich die eigenen Wunden wahrnahmen, den eigenen Schrei, den eigenen, in das schwarze Wasser unter der Eisdecke gestoßenen zerfetzten Körper. Aber es war genau so: Während dieser zwei Tage wurden Menschen auf Lastwagen und zu Fuß aus der Stadt vor diese Badeanstalt an der Donau getrieben, mußten antreten, und so in der Warteschlange, die einen unverbesserlichen Parodisten an die Warteschlangen an sommerlichen Sonntagnachmittagen erinnern konnte, da sozusagen die ganze Stadt in die Badeanstalt drängte – so harrten diese Menschen darauf, an die Reihe zu kommen. Schauerliche, unmenschliche Warteschlange! Bei minus 28 Grad vor dem grüngestrichenen, mit den gekreuzten Latten idyllisch geschmückten Eingang zur sommerlichen Badestelle zu stehen, zu erstarren in Frost und Wind, der hier, jenseits der vertikalen Linie der Häuser, mit Nadeln gefrorenen Schnees stoßweise Augen, Hände und Hals überschüttete, geduckt zu zittern und mit zitternder Hand das Zittern seines Kindes, seiner Frau, seiner Mutter zu empfangen und voller Grauen, voller Gier, nicht zu hören und voller Gier, zu hören die Schreie und das Weinen und die Beschwörungen, die klagende vertierte Orgie des Sterbens jenseits der Kabinen, die sie unsichtbar machten. Und näher rücken, als wäre es dein Wunsch, näher rücken, ja, ja, denn du stehst in *dieser* Reihe, in der Millionen Menschen *nicht sind*, aber näher rücken Schritt für Schritt, entsetzlich langsam, stunden- und stundenlang, und entsetzlich schnell, gleich in Reichweite des Eingangs, und das nicht wollen, nein, nein, absolut nicht wollen, schrecklich wünschen, wünschen wie eine Schlange, wie ein Wolf, wie ein kranker Hund wünschen, nicht hier zu sein, weit weg zu sein, wo andere Menschen sind, am Leben und in Sicherheit, und fliehen, mit Augen und Blut, durch den Kordon der Bajonette, über die Wiese, das vereiste Wasser, über die Hügel, über das ganze Land fliehen, im Zittern des eigenen geretteten Körpers, aber nicht fliehen können, sondern bleiben, verstummt vor dem Kordon der Henker mit den Bajonetten, mit eisbetauten gesträubten Schnurrbärten und irren Blicken, vor der verzweifelt klammernden Hand von Kind und Frau und Mutter. Näher rücken, wieder um einen Schritt und wieder um einen Schritt, aber das nicht wollen, so stark, daß kein Gedanke es ausdrücken kann, denn der Gedanke sucht panisch nach einem Ausweg, einer Lücke, doch überall ist ein Panzer, der Himmelspanzer, der Erdpanzer, der Panzer der Männer mit den Bajonetten. Näher rücken und es nicht wollen, sich aufbäumen und gegen die hohle Brust des Hintermanns stoßen, und wieder näher rücken, an der Hand das Kind und die Frau und die Mutter, immer näher zu der Schlucht, wo die Panzer aufeinandertreffen, um dich zu zermalmen, wo sich Bajonette und gesträubte Schnurrbärte und irre Blicke auf dich stürzen, dich packen und wegzerren, dein Kind und deine Frau und deine Mutter packen und wegzerren, dich schlagen und dich anbrüllen, zieh den Mantel aus, und du verstehst nicht, und sie schlagen wieder zu, und dann verstehst du, knöpfst mit fliegenden Fingern den Mantel auf und ziehst ihn aus und danach die Jacke, und du ziehst deinem Kind das Mäntelchen aus, obwohl es entsetzlich kalt ist und der Ostwind Rücken und Gesicht peitscht, und sie reißen deiner Frau und deiner Mutter die Mäntel vom Leib. Und dann stoßen sie dich weiter und prügeln, und im Stolpern hebst du das Kind hoch, und seine Wärme und sein Weinen sagen dir: »Vielleicht tun sie es nicht«, aber du weißt, daß sie es tun werden, du siehst, daß sie es tun werden, denn dort vorn brennen Feuer, man holt mit den Armen aus, ringt, schreit, stürzt und verschwindet – wohin, ist dir nicht klar, bis auch du vom letzten Strudel, Schmerz, Brand erfaßt wirst und in steinernem Entsetzen endlich den Ausweg siehst: das ins Eis über dem toten blutigen Wasser gehauene Loch, an dessen Rändern sich Schädel, Beine, Arme aufbäumen, in das auch dein Kind fällt, noch warm, mit zertrümmertem Kopf, erstarrtem letztem Wimmern, und in das auch dich ein Schlag, ein Todesröcheln, ein Todeskrampf stürzt.

Und jetzt saß ich an ebendieser Stelle und genoß die Sonne, den Sand, die Donau, meinen nackten, erfrischten Körper. War das möglich? Ja, es war möglich. Ich lag, hergetragen vom liebkosenden Wasser, am Ort des Entsetzens, im Angesicht des Eingangs zur Badeanstalt mit seiner idyllischen, durch gekreuzte Latten verzierten elliptischen Öffnung, aus der gerade jetzt eine wahre Masse von Badegästen hereinquoll, mit Fahrrädern und prallen Leinenbeuteln, in offenen Hemden und kurzen Hosen, die Frauen in leichten anliegenden Kleidern, eine eilige, fröhlich atemlose Menschenschar, begierig, möglichst schnell die verschwitzten engen Sachen abzustreifen, sich in die kühlen Wellen zu stürzen, sich der Sonne preiszugeben. Zwischen ihnen und mir standen beiderseits des Sandweges weißgetünchte Holzhütten – waren es wirklich dieselben, vor denen Erwachsene und Kinder mit Gewehrkolben zum Entkleiden gezwungen wurden und in die man ihre noch warmen letzten Verbindungen an ein Leben in Sicherheit geworfen hatte? –, und diese Hütten dienten jetzt der friedlichen Muße: Vor einer rasierte ein Barbiergehilfe in Badehose einen korpulenten älteren Mann, der, entblößt in der Sonne und der reinen Donauluft, sichtlich zufrieden war, das Nützliche mit dem Angenehmen des kitzelnden kühlen Rasierschaums verbinden zu können; vor einer anderen saßen auf einer Veranda mit schattenspendender Markise leichtbekleidete Männer und Frauen, tranken Bier, schwatzten und spielten Karten und blinzelten träge zum gleißenden Wasser hin; um die Eisdiele drängten sich Kinder mit sonnengebräunten Rücken, und sie umklammerten das von Papa und Mama erbettelte Geld krampfhaft, erhoben sich auf die Zehen und blickten mit großen ängstlichen Augen auf die freigebigen Hände des Verkäufers, als wären sie nicht sicher, daß auch sie etwas von dem Labsal abbekommen würden. – Ein trügerisches Bild? Oder ein wahres? Es drängte sich lächelnd auf und reizte zu versöhnlicher Resignation oder zum Wahnsinn.

Denn wenn das, was vor zehn Jahren geschehen war, hatte geschehen können, was für eine Komödie führten wir hier auf mit unserer freiwilligen Entblößung, mit unserem selig prustenden Eintauchen in das blutgetränkte Wasser, mit unserem Gelächter und unserer Wichtigtuerei unter dem gleichgültigen Himmel? Was ist das für ein phantastischer Lebenshunger, der uns, sogar auf diesem Gelände des Todes, die Sicht verschleiert? Wir sonnen uns faul auf unseren eigenen Gräbern; von der Wärme durchtränkt, betrachten wir das Dasein als Geschenk; zwar trügerisch – fügen wir mit geheuchelter Zerknirschung hinzu, welche die blutige Wahrheit vertuschen soll –, zwar trügerisch, vergänglich, nur ein Stückchen des Weges, den man durchschreiten muß, eine Strapaze, eine Möglichkeit, die uns ein einziges Mal für kurze Frist gegeben ist. Aber sie ist nicht gegeben, nicht der Weg und nicht die Strapaze ist gegeben. All das ist Lüge! Die Menschen sterben nicht am Ende ihres Weges, und wenn, dann ist es ein Betrug an den anderen, wie jedes Privileg. Die Menschen sterben auf entsetzliche Weise, zu Beginn ihrer Lebensbahn, es sterben Kinder, die noch von keiner Richtung wissen, es sterben Menschen mit dieser Richtung als Pfeil im Herzen, sie sterben mit noch verwundbarer Liebe, mit ungeheilter Bitterkeit, mit dem grauen Himmelspanzer über dem Kopf, mit irren Henkern als letztem Bild vor Augen, unter Schlägen und Wehklagen, mit einem gemetzelten Kind auf den Armen, mit Schreien, mit Entsetzen, mit umnachtetem Geist.

Wozu dann noch diese Illusion? Wozu diese Sonne und die blaue Ferne, die uns zu rufen scheint, damit wir sie mit Blick und Tat und Phantasie füllen? Wozu dieses Kribbeln auf der sonnenbeschienenen straffen Haut, gierig nach Liebkosung und Spiel, dieses sanfte Wasser unter den Füßen? Warum verfinstert sich der Himmel nicht zur undurchsichtigen Drohung, warum erstarrt nicht die Erde zum Stein der Angst, warum heulen nicht die Schreie der Sterbenden, Getöteten, Gemetzelten, um den leeren, toten Raum ewig zu erfüllen?

Das sagte ich mir, nein, ich zischte es mir ins Gesicht, ich rief das Schrecknis herbei, in meinen einzigen Körper, der für einen Moment der Wahrheit gegenübergestanden hatte.

Aber nichts geschah. Auf meine herausfordernden Blicke

reagierte die Landschaft mit beharrlicher, spöttischer Lieblichkeit. Jetzt erst kam ihr Augenblick. Die Hitze hatte nachgelassen, die Mittagsschläfrigkeit war verflogen wie ein Feenschleier. Die Schatten begannen sich zu bewegen und über die Pfade zu eilen. Die Sonne hob ihren Deckel und entließ, leicht wie ein Kuß im Traum, ein Lüftchen, das sich sogleich bienenfleißig ans Werk machte und alles um sich erweckte. Die Hügel des Srem erzitterten in der unruhigen Beleuchtung, auf die Festung tropfte zartes Rot, über den Pelz des Sandes liefen kleine Wellen aus altem Silber, die Pappeln schüttelten ihre Starre ab und raschelten in stiller Erleichterung. Die Donau reckte sich, entwirrte ihr Haar und ließ Hunderte schneeweißer Möwen über ihr Gesicht hinab. Alles lebte auf, besänftigte sich, entspannte. Auch die Menschen gerieten in Bewegung. Da sie fühlten, daß sich das Ende der heutigen Feier näherte und daß dies die schönste Zeit war, in der das Baden nicht mehr Erleichterung und Abkühlung bedeutete, das Sonnen keine Pflicht war, um Farbe zu bekommen, sondern sich die Sonne und der Fluß und unser Körper zu einem einzigen Strom aus Frische und unersättlicher vorabendlicher Verspieltheit verbanden, rannten sie los, um sich in der verbleibenden Stunde, den verbleibenden eineinhalb Stunden ordentlich auszutoben. Das Ufer war bald von wogenden Leibern bedeckt, das flache Wasser brodelte von all den Bewegungen, dem Spritzen, Schwimmen, Spielen, vom Lachen und spitzen Frauengekreisch wie bei einer trunkenen Hochzeit. Die Menschen in ihrer unschuldigen Unwissenheit scherten sich nicht um die Toten, die an ebendiesem Ort einst geschrien hatten. Sie liebten das Vergessen so sehr, daß es ihnen nicht bewußt war. Auch ich, der allein wußte, auch ich mühte mich vergebens, diesen Augenblick mit dem Makel meiner Wahrheit zu überdecken. Sie war da, hart und bitter, schwebte jedoch irgendwo abseits und entwich immer weiter, bei jedem Sprung meines Blicks, der hilflos nur auf Schönheit und Freude traf. Auch ich war am Leben, schamlos am Leben. – Es war Zeit, nach Hause zu gehen.

Unterwegs bog ich noch zum Friedhof ab. Vielleicht, dachte ich unter der Last meiner Hilflosigkeit, meiner Gewissensbisse ... Aber ich glaube, insgeheim hoffte ich, daß die Gedenkfeier schon vorbei war. Doch sie war nicht vorbei. An der hohen Mauer, die den Friedhof umgibt, standen einige Autos, und da war sogar ein Lastwagen, auf ihm ein paar Neugierige und ein Rudel halbnackter Kinder, die sich vergeblich reckten, um etwas von dem aufregend Unbekannten zu sehen, das sich jenseits der Mauer abspielte, gedämpft angedeutet durch eine skandierte Ansprache. Ich stellte das Fahrrad ab und kletterte auf den Lastwagen.

Der Friedhof, wenn er auch nicht groß war, schien voll zu sein. Um ein grauweißes Marmorviereck in der Mitte, offenbar ein neu installierter Gedenkstein, drängten sich ein paar hundert Menschen in Feiertagskleidung und lauschten dem ältlichen Redner, der vom Podest aus seinen Text verlas; zur jenseitigen Mauer hin lichtete sich die Menge und mündete in einer Zweierreihe Soldaten. Man weinte mit teils eruptiven, teils kaum hörbaren Klagelauten, man sah in starrem Mitgefühl vor sich hin, ganz hinten spazierte man ziemlich hemmungslos um die Gräber.

Allem Anschein nach näherte sich die Feierlichkeit ihrem Ende. Die Kränze, wie bunte Krebse mit ihren ausgebreiteten Schleifen, lagen schon symmetrisch geordnet auf dem Gedenkstein, die Ansprache war eine der letzten, hastig, schon etwas atemlos, müde. Vielleicht ließ sie mich deshalb kalt, vielleicht aber auch deshalb, weil jeder Satz die Opfer der Okkupation mit dem Kampf der Menschheit um Fortschritt in Verbindung brachte. Weil nicht von meinem heutigen Erlebnis an der Donau über den wirklichen Gräbern der Betrauerten gesprochen wurde.

Und dann, nach der Rede, als der Referent vom Podest stieg und niemand ihn ablöste, gab es Augenblicke der Ungewißheit, ob die Feierstunde tatsächlich beendet war, es kam zu Bewegung und leisem Gemurmel, unterbrochen vom Kameraklicken der lokalen Pressefotografen. In einem Augenblick der Erwartung, da Wille und Gedanke verwirrt und ziellos verharrten, ertönte plötzlich eine ohrenbetäubende Salve. – Die Anwesenden zuckten ängstlich zusammen. Auch ich erstarrte, plötzlich wieder bei der Szene, die jenseits der Salve in voller Klarheit zu sehen war: taumelnde Leiber unter einem niedrigen, grauen, undurchsichtigen Himmel, hilflos geschwenkte Arme, blutende tiefe Wunden, das Loch im Eis, das die Klagelaute verschlingt ...

Aber es gab keine Klagelaute. Nur die Ehrenkompanie hatte gefeuert, davon überzeugte sich die Menge, als sie das Schnappen der Gewehrschlösser und die Rauchwölkchen über der hinteren Mauer wahrnahm. Mit reuiger Erleichterung begann sie wieder zu murmeln und wandte sich zum Ausgang. Auch meine Nachbarn stiegen hintereinander vom Lastwagen; die Kinder mit ihren glänzenden Rücken waren schon am Boden, sie rannten an der Mauer entlang und wirbelten Kaskaden schweren Sommerstaubs auf. Auch ich ging zu meinem Fahrrad.

Nein, Schreie gab es hier nicht! Nirgends. Einmal aus der Mitte des einzigen verwundeten Körpers hervorgestoßen, waren sie wie leichte Lüftchen in den Himmel entschwebt, in die Erde, die sie in ihrem Wandel unwiederbringlich verschluckt hatten.

# Inhalt